U0915597

【长篇小说】

畅销楼盘

蒋松◎著

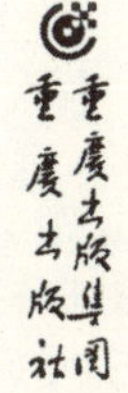

重庆出版集团
重庆出版社

图书在版编目(CIP)数据

畅销楼盘/蒋松著. —重庆:重庆出版社,2012.08
ISBN 978-7-229-05121-1

Ⅰ.①畅…　Ⅱ.①蒋…　Ⅲ.①长篇小说—中国—当代
Ⅳ.①I247.5

中国版本图书馆 CIP 数据核字(2012)第 077975 号

畅销楼盘
CHANGXIAO LOUPAN
蒋　松　著

出 版 人:罗小卫
责任编辑:钟丽娟
责任校对:何建云
装帧设计:八牛

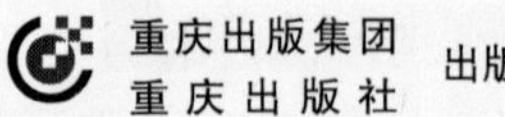

出版

重庆长江二路 205 号　邮政编码:400016　http://www.cqph.com
重庆出版集团艺术设计有限公司制版
自贡兴华印务有限公司印刷
重庆出版集团图书发行有限公司发行
E-MAIL:fxchu@cqph.com　邮购电话:023-68809452
全国新华书店经销

开本:720mm×1 000mm　1/16　印张:16.75　字数:231 千
2012 年 8 月第 1 版　2012 年 8 月第 1 次印刷
ISBN 978-7-229-05121-1
定价:28.00 元

如有印装质量问题,请向本集团图书发行有限公司调换:023-68706683

赵聪灵这两天变得有些神思恍惚的，时不时吁一口长气，又吁一口长气，像酝酿人生大抉择前的躁动不安。吐了一阵气之后，他毅然打算炮制一份掺有水分的简历去应聘。他本不想这么做，但他最终这样做了。怪只怪前天《江边晚报》刊登的阳光国际城项目公司“求贤榜”，载明“推广部经理年薪 30 万”太有诱惑了，这相当于他目前工资水平约 7 年的收入。这样，买不起一处蜗居的他坐不住了，说什么也想抓住这个机会，宁愿放弃在旁人看来风光神气的记者不做，也想跳槽，向兴旺发达的房地产业投怀送抱去。他偷偷保存了一份报纸，时不时拿出来翻看一下招聘推广部经理岗位的要求：有突出的写作能力、三年以上房地产推广从业经验。前一个条件，赵聪灵有自信，而且大学学的也是市场营销，但后一个条件，他没有相应履历。没有，就只好投其所好炮制一个相应的履历了。拿着一份掺有水分的应聘简历，来到位处繁华地段的芙蓉大酒店写字楼 18 楼，走进国内鼎鼎有名的阳光事业置业集团 · 江边阳光国际城项目公司参加面试，赵聪灵不免还是有些慌神，心里头七上八下的，拿不准结果会是怎样。

不过,他生出了“不妨碰碰运气试试看”的态度,心理上也就坦然了许多。

赵聪灵做记者已有三年多,见证了近几年来江边市乃至全国房市像施了尿素的林子一般欣欣向荣、房价快速上涨的局面,也忍受着自己的“望楼兴叹”,看多了房地产商迅速发财,房地产业的从业者们——尤其是那一批牛气十足做房地产营销的人拿着高薪,一般都购置有两套房,周末开着私家车带着家人或邀三五朋友去农家乐钓鱼,牛气十足地享受着西方国家中产阶级的那种洒脱生活情调。而他仍住着出租房。虽然,他在采访中也偶尔得到开发商送给的一个小红包,算是揩了一点房地产业红火发展的丝丝油腥,但无力买房。本来,房地产对他来说还有“夺爱之恨”。28 岁了谈过一次恋爱,就因为没有一处安身立命的地方,女友最终同他“拜拜”了,投向了一个做房地产营销经理的男人的怀抱,因为他有房有车。想起这些,赵聪灵有些无地自容,也不知道现在自己居然也想去做房地产业,算不算是投降?声誉、风光、地位是什么?如果没有好的经济做垫底,这一切都是虚的。眼下,遇上全国知名的阳光事业置业集团在江边市的首个千亩大盘招聘推广部经理,年薪高达 30 万,他怎么不怦然心动呢?

赵聪灵被这 30 万年薪挠得神思缥缈、心底痒痒,外出采访都心不在焉的。晚上,他在床头辗转反侧,便爬起来写构思好的应聘简历。他打算好歹去搏一搏这一个难得的机会。

不是说年轻人要有闯劲,要有冒险精神么?赵聪灵虽然没有操盘的实战经验,但他也算勉强熟悉这个行当,熟悉那些搞房地产策划的人,知道一些忽悠购房者的伎俩,也懂一些房地产营销的基本知识;他自觉有一个机灵善于变通的脑子,也是一个有学习能力的人。他自信通过快速学习、随机应变,便能把这个推广部经理的角色像模像样地担当起来。

面试他的中年人长着一副娃娃脸,笑靥有些可爱,说话爽快,喜欢拐拐脑壳。他眼珠的灵转反映出思维的活跃,又喜欢把玩办公桌上的一尊不倒翁。赵聪灵一见面就对他有一种亲切感,却又不无紧张造假的履历会被看出破绽来。

中年男人瞅了他几眼，先自我介绍说："我叫董宏理，阳光国际城项目的营销总监。"

"董总好！"赵聪灵满脸堆笑地递上了自己精心加工的简历，一连递上去的还有三篇曾发表在《江边晚报》上的分析江边市房地产市场状态的文章。董宏理接过来，边看边让赵聪灵做自我介绍。

"好，好！"董宏理看着，下意识连连说了几个"好"字，"我们项目正在寻找一位超级写手。"

董总监的兴奋情形，让忐忑的赵聪灵好生意外，瞬间升起了自信，绷紧的心绪也随之爽然轻松了。

"你做记者，职业很不错啊，怎么要改行？"董宏理问。

"我是学市场营销的，想挑战一下自己，也想把生活过得更好一点。"赵聪灵回答。

"好！好！我欣赏你敢于挑战自己，希望把生活过得更好！"董宏理说话像是伯乐相遇了千里马似的，"我曾经对求职的人说过：你想问投资方向吗？来做房地产吧！你想跳槽挑战自我吗？来做房地产吧！想把日子过得更好吗？来做房地产吧！你想为建设祖国新面貌做贡献吗？来做房地产吧！"

董宏理的幽默与随和，逗得赵聪灵忍不住开心地笑了。赵聪灵认定眼前的中年营销总监是一个有性情、有些另类风采的人。几分钟的交谈，他们之间的距离就近了很多。

"希望你加盟我们的团队。"董宏理晃晃脑壳说，"中国房地产的青春期最少还有20年，够你发挥的！而且，房地产是改善世界形象和人民生活质量的事业，是光荣而伟大的事业！"

赵聪灵喜笑颜开地点头说："是的是的，要是有机会，我非常乐意跟随董总再闯房地产江湖。"他打心眼里喜欢上了眼前这一位性格开朗、说话又有点张狂的营销总监，在他手下做事会是一件幸福的事情！他又隐隐感觉似乎碰到了一种职场的缘分了。

"如果录用你，你什么时间可以来上班？"董宏理接下来问。

赵聪灵说:“大概三五天吧,得向报社辞职,做一些工作上的移交。”此时,希望的火苗好像在眼前跳跃了。

董宏理又问:“我们的年薪结构是基本工资+补贴+季度奖+年终奖,正式录用年薪可达30万,你能接受这种计酬方式吗?”“没问题!”赵聪灵压着内心的狂喜回答,“如果有幸被董总关照录用,我首要考虑的是怎么把工作干好,为公司创造价值!”

“好,好,我欣赏你!后天听公司的最后通知。”董宏理身子往椅子背一靠说,用无比欣赏的眼神微笑着看着赵聪灵,又表现出来达到招聘目标、收获理想人选的神色。

面试完后走出阳光国际城项目公司办公楼,赵聪灵头脑似乎有些晕晕乎乎的,他发现城市的天空一派秋高气爽,五光十色的街景分外明亮,芙蓉路上的车流也像清江流水一般特别顺畅,林荫树上几声秋蝉也叫得特别爽人。他禁不住地想,是不是人生真的要走好运,会迎来一个转机了?

2005年7月中旬,赵聪灵接到了阳光事业置业集团江边分公司人事部的电话,他被录用了!不过,还会有一个月的试用期。试用工资是月薪一万,不计奖金,如果同意两天内回复,一周内到公司报到上班。

“我同意!三天内我来公司报到上班。”赵聪灵不假思索地答复。

录用虽然在他的期待之中,但挂了电话他同样欢喜得跳了起来。当天中午,他没有去食堂吃快餐,而是独自跑去外面的店子炒了两个小炒,痛快地喝了一瓶啤酒。下午,他便写好请辞书交给了报社。起初,赵聪灵本想找报社领导通融一下关系,先请假一个月度过试用期,再行决定,因为做记者毕竟是一个难得的差事啊!但念着高薪,他最终横下了破釜沉舟的决心。

“为30万年薪而奋斗!”他关起门在出租房里大喊了一声,便毅然写了辞职书。

正式来到阳光国际项目公司上班,赵聪灵实现了他人生轨迹的转变。人事部给他在分隔办公区安排了座位。这是推广部的小办公区,他坐的是最后靠窗的大空隔经理位子,颇显示出了堂堂经理的区别待遇。董宏理亲自到场,介绍他与推广部、邻座会员俱乐部的同事们礼节性地见面。上班当天,董宏理给了他一大叠有关阳光事业置业集团与江边市阳光国际城项目的相关资料,让他突击学习,尽快熟悉。与他一起进公司的,还有一位刚大学毕业的女孩子谢晶,她负责公司网站维护。这几天,赵聪灵全身心地投入学习,不单熟悉企业资料,回到家里也使劲地学房地产营销推广的知识,连上厕所都拿着书本。他希望加紧学习弥补自己工作经历的缺陷,以便能够尽快进入"推广部经理"的角色,把以后的工作像模像样地干好。

在赵聪灵试用期的第五天,阳光事业置业集团的亿董事长傍晚从北京总部飞抵江边市,对江边市分公司负责开发的项目进行考察。

亿董事长有点御驾亲临的味道,公司的上层都忙于去机场接车等接待工作,员工们事先已把办公室整理得清清爽爽了。上午,亿董事长一行莅临办公楼,稍作停留即由刘总经理及几位副总陪同视察项目工地和营销中心。而后,又返回分公司办公楼听取工作汇报。

赵聪灵走进会议室时,扫眼看到公司高层领导差不多都已到齐,围着椭圆形圆桌落座,亿董事长单独坐在靠墙的一个端头,背后墙上悬着启功书写的遒劲字幅"日正中天",两边墙角摆放着生长旺盛的文竹盆景。因其体形比较健硕形态镇定,显得稳如泰山,有一种君镇天下的神采。他与其他几位中层干部列席会议,就坐在外周的一排坐凳上。赵聪灵第一次参加公司的高层会议,觉得会场显示出一种煞有介事的氛围。

会议由刘总主持,先由抓工程、后勤采购、营销、行政的几位副老总做工作汇报。

"刚才听取了各位同志的项目前期运作情况介绍,感觉大家在刘总的领导下都为江边市阳光国际城项目做了大量工作,付出了很多辛苦,在此我代表集团公司向大家表示感谢!"亿董事长的开头语显得有些官方色彩,但说话利落,没有那些嗯嗯啊啊的拖泥带水。

掌声响起。与会人士一个个正襟危坐。

大家心里清楚,房地产属于风险投资,而阳光国际城是江边市首个千亩大盘,又是城郊规划版图上的一个拓荒项目,片区缺少人气,也没有城市功能配套;建筑设计在考虑了外形效果之外,又面临着户型优化设计的难题。这样一个拓荒项目,有什么非常策略把它做起来呢?并且销得痛快卖个好价钱呢?无疑,压力是摆在眼前的!再有,从前期楼市状况调研结果看,江边市作为一个省会城市,开发企业多到数百家,每年开发量有1200万平方米,而且在逐年增加;江边市城市不算大,常住人口和流动人口加起来不到300万,房价相对于中部省市也是价格洼地,等等。这些市场大环境,都让项目开发的预期面临着很大的挑战。

董事长又呷了一口茶水,接续说:“面对压力和挑战,就得思考对策。我们可以打世界知名的日本建筑大师——安田鸠山为项目担岗设计的响亮牌子,超前的建筑风格与小区规划也有卖点!另外,还可以在园林规划及相应配套等可塑空间上,也力图塑造出更多的优势卖点来,尽力弥补项目位置偏的劣势。重要的在于推广营销,营销是项目最大的悬念。阳光国际城要做好项目解读、整合与提升的文章。打造出项目的品牌效应,注重推广策略等等,都很重要!我们这个项目规划三个组团,将分三期开发,周期预计六年——开发周期过长也潜藏危机。一定要打造出品牌效应来,没有强势的品牌效应,就难以做到市场营销的可持续性。

然后亿董事长把目光投向了董宏理,声音低沉而又和颜悦色地说:“董总,你是集团的操盘高手,江边市阳光国际城能解读成什么样子,能塑造出一个什么样的品牌,达到一个怎样的价值高度,营销要有什么样的策略,主要靠你了!”

会场附和着发出了一些笑声,凝重的氛围有所松动。董宏理扭扭脑壳表示领了令牌。

“一个总投资30余亿,总建筑面积超过100万平方米的大项目,现在就交到你们手上了!我相信成事在人,事在人为!我希望它在江边楼市显示出一个千亩大盘的强势冲击力与影响力,写出新的市场奇迹!”亿董事长的言辞突然变得分外响亮。

工作人员给亿董事长的茶杯续了开水,亿董事长打开了刚刚添上开水的茶杯,一股热腾腾的雾气便弥漫开来。他吹着热气啜了一口,精神再度被热气鼓舞起来:“我希望阳光事业置业集团像狼一样进入江边楼市,不单能激发起江边市房市的活力，也是一匹抢夺市场最凶狠的狼！我希望江边国际城项目公司是一个具有战斗力的狼性团队。市场竞争，鹿死谁手，就看你们的了！”

亿董事长的训话神振气振，仿佛把会场的每一个人都拔高了一节似的，也将千亩大盘即将入市的工作氛围带入了临战状态。项目的前期工作虽已有条不紊地开展了半年多，入市的大致时间也已初定，但眼下董事长的亲临督阵，气氛就变得不同寻常了，大家似乎才感觉到了大任压头、伟业在肩，几十个亿的投资绝不是闹着玩的。所以，与会的高中层干部一个个表情凝重，全然不见了平时从容闲适的情态。

“我们期待着江边阳光国际城能够再续公司这一个大连锁品牌的辉煌，成为集团公司发展的一个新的里程碑！”

掌声再次热烈地响起，震得墙角的凤尾竹也微微摇曳起来……

赵聪灵列席了公司的高层会议后，就像一个体质虚弱的人被突如其来的热浪一蒸中暑了一般，心惶惶地发起虚来。回到办公桌前坐下，他发怵地想，自己太财迷心窍了，胆敢伪造工作经历应聘到这样一个大楼盘做推广部经理，未免也太莽撞不知深浅了。要知道，自己虽然学的营销专业，但对于房地产策划营销只是看了一些场面，懂得一些皮毛。就像一个混进军营来的前线指挥官，眼看元帅临阵督战、战事就要打响了，而自己却是一个没有上过前线、打过一场实战的人，怎么办？等着做“马谡”吗？瞟一眼窗外，天空灰蒙蒙的正飘着霏霏秋雨。赵聪灵一再后悔不该心血来潮、不懂深浅地贸然跳这个槽。他萌发了打退堂鼓的念头，是不是想办法再重返媒体？

中午，赵聪灵在写字楼夹层的餐厅心思不宁地吃着午饭。董宏理没有陪同亿董事长去吃饭，他打了盒饭，一眼瞅见推广部赵聪灵经理单独占有一张桌子，便走了过去。赵聪灵连忙起身迎接。董宏理晃动着头说：“都是自家人了，何必搞得那么客套？今后莫要再这样。”

董宏理坐下来大口吞了两口饭，抬起头来问：“你今天第一次参加公司的高层会议吧，有什么感觉？”

赵聪灵笑了笑说：“感觉公司的高层会议挺严肃的。亿董事长那么年轻，挺厉害，是一个干伟业的人。”

“你没感觉，董事长把楼盘成败的主要任务压到了我们营销团队的头上吗？”董宏理边反问，边埋头吃饭。

赵聪灵露出了一脸歉意的笑，转口说道：“董总，看来你在董事长的心目中重量挺足的。”

董宏理说：“我不在乎这个轻重，我在乎的是怎样把这个千亩大盘营销好！”他又冲赵聪灵问，“项目工地、营销中心你去看了吗？”

赵聪灵摇了摇头：“我这几天在熟悉书面资料和公司网站。”未等董宏理开口，他又申辩道，“您看，下班去呢，营销中心又下班了；午休去呢，又没公交车，不方便。”

“这样吧，今天下午我领你去项目工地看看去，中午在办公室休息一下，下午两点半走。”董宏理三下两下把盘子里的饭倒进了肚里，告辞先走了。

赵聪灵感觉董宏理总监是一个急性子、有艺术气质的人，随意中流露出一种“腹有诗书”的自信与洒脱不羁。但赵聪灵还是摸不清他的深浅，又害怕董总是高手，会最终看破他从业经验的缺失。

下午，董宏理开着公司派给的“奥迪”领着赵聪灵去工地。途中赵聪灵说：“公司租这么豪华的办公楼，买豪华车，阔气呀！”董宏理眼睛注视前方，摇了两下头说：“这是公司的实力，也是面子问题。我这个当兵的只能开没面子的车，刘总开的是一百几十万的奔驰呢，其他几位副总也是七八十万的豪车。”

赵聪灵咂咂舌，又找话头说：“‘阳光国际城’案名挺大气的。”

“当然，我们是一个倡导国际化居住理念的大盘嘛，而且阳光事业置业集团也是一个有国际理念的大牌房地产公司。”董宏理自豪地回答。

位处河西的阳光国际城项目虽与市区河东只相隔了一条河，但从市区的办公场所驱车前往，也要过几处红灯拐几处弯，有一段路程。过南二桥引桥，车驶上了一条新修的河西大道，再打一把方向盘便停到了先行建好的会所前的广场上。清江是城与郊的分界，举目四望是一片平整的土地，蔓生着茅草，秋风空旷地吹拂。广场入口有两根标志性的蓝色参天方柱挺立两边，直指蓝天，格外地显眼。广场两侧新植的风景树绿色未退，被雨水淋得闪亮。细细的秋雨也把广场的大理石地板洗得清清亮亮的，纹理明晰。广场宽敞气派，中心的一处观赏性浅水池在微风中清波荡漾，太阳下鳞光闪闪，惹得赵聪灵情不自禁地走到池边，伸手拨了一把水。

董宏理在一边悦色悦声地说："看来亲水是人的共性哩！告诉你，按园林设计的创意，这个观赏水池就是江边市母亲河清江的缩影，今后做推广也是要突出来的一笔。"

赵聪灵点头领会，跟随董宏理走进了会所，也就是现在的营销中心。售楼小姐们一个个笑靥如花冲董总打招呼。赵聪灵看着这十多个身着职业装淡施脂粉的美女，一时乱花渐欲迷人眼，觉得阳光国际城的营销中心真是名媛荟萃。房地产营销部被人誉为是美女扎堆的地方，但一般的营销部也不过是平常姿色杂有一两个美女，像眼前美女如云的场景却难得一逢，似乎也显示出来这个千亩大盘的实力与形象。赵聪灵目迷五色，竟然没有反应过来董总正在对负责营销的罗经理介绍自己。"赵经理，看美女看入迷哩！"董宏理加大嗓音才把他唤醒，惹得全场哄堂大笑。

董宏理把赵聪灵与罗经理做了相互介绍，然后冲罗经理说："赵经理负责推广部工作，你们俩是左手和右手，他的工作今后你得多多支持关照。"

罗经理发出了一串铃铛般的笑声后答："看董总客套的，都是自家人！需要我做的，没得说。"

赵聪灵觉得这个而立之年看上去比较成熟的罗经理，也是美少妇，性格爽朗，声音好听。

罗经理向董宏理反映起营销中心的人流状况："公司怎么还不打广告呀？售楼部现在的来客很少，大家都有些无所事事的。还有，公交车怎么还没通呀？客人都怨言来这里太不方便，要多偏有多偏，打的来却没有的士回去，还得步行走过清江南二桥去坐车。

董宏理笑笑说："把你们美女们的魅力使出来，把上门的客户一个个地笼络住嘛。"罗经理说："就算我们的美女把所有过来的客户拴住，也只有那么多呀。何况来的客户中还有女性，她们看着我们的美女还有嫉妒心呢。"于是大伙一起哈哈地乐。笑过后董宏理便说："公司的推广很快会启动，这个空当，你就多给姐妹们做些营销技能培训吧。公交车的事，公司也正在努力争取，相信很快会开通了。”

罗经理不再说什么。董宏理便给赵聪灵解说沙盘，沙盘做得玳玲剔透又显大盘气派。第一组团中间是塔楼，两边是板楼，正是一个莲花盛开的意象，便与东方禅宗文化挂上了钩；整个小区设计有一个中轴线，还有一些回廊，汲取的是江边市千年学府清江书院的建筑特色，体现本项目国际化建筑风格的小区与地方传统建筑风格的有机联系，显示出融合中西深厚文化的内涵。塔楼与板楼的错落分布，“莲花盛开”的意蕴便显示在建筑规划艺术上，又成功解决了通风采光的问题，宽楼间距也让住宅私密空间得到强化，其中被中心花园隔开的最大楼距达200米，更是一种奢华的人性化生活尺度……这些都是本案在今后推广中应当突出来的卖点。赵聪灵悉心聆听，连连点头，脱口赞叹：“董总，营销中心整体气派，很能勾起人对一个品牌千亩大盘的联想啊！”

“你这话说得对！我们这个有未来意义的楼盘，首先得来势不凡，给人不同凡响的第一印象。”

从营销中心走出，董宏理又领着赵聪灵把项目第二组团、三期的红线图都看了一遍。回到会所前面的小车边，赵聪灵情不自禁地又朝营销中心看了几眼。这细节又被董宏理看在眼里。上车后，董宏理不以为然地问：“小赵，今天看营销中心的如云美女看花眼了吧？”

被人看破内心，赵聪灵有些不好意思起来，便“跛子拜年就地一跪”地说：“爱美之心人皆有之啊！美女们都是董总搜罗过来的吧，那，董总就比我更懂得审美爱美了。”

董宏理哈哈大笑说：“我是出于营销目的，想用美女把上门来的客户一个个拴住。”

“美女的确是一种微妙的促销暗器。”赵聪灵附和。

“小赵还没找女朋友吧，正好！我给你提供机会，今后让你常来营销中心走一走，一面了解营销一线的情况，搞策划不了解前线情况不行；一面让你有机会接触美女，在这百花丛中选中一个女朋友。”董宏理扭头瞟了一眼赵聪灵，转口说道。

赵聪灵心动了一下。他来到营销中心，看到百花摇曳、明眸闪闪的场景，就生出一个闪念：这群闪闪的眼眸中，有他一颗宿命的星。他打趣道："那我得谢谢领导的关怀。"然后又说，"董总是不是也在中间物色了一个啊？"

"我啊，中年人了，只有赏花资格，不可以采花了。"

"董总也可以考虑小蜜啊。"

"小赵，花儿有时宜赏不宜摘啊，再说了，兔子不吃窝边草嘛。"董宏理摇了摇头说。

车过南二桥便到了南郊公园。这里雨已停歇，天空映出淡淡的阳光。董宏理突然提议逛一逛南郊公园。赵聪灵扭头看着董宏理，有些弄不明白董总怎会在上班时间带他去游公园呢。

南郊公园是一处自然山体改造出来的公园，有盘山公路穿行在葱茏的树木中直达山顶。雨后的公园一派湿漉漉的清凉的绿色景象，游人寥寥。风透过车窗扑在脸上溜进张开的嘴里，有一种雪糕余味的凉爽丝甜。赵聪灵立即感慨董总的确是一个格外有文艺气质的人，带他来溜达一圈雨后的公园，不失为一份别样享受。董宏理把车开到山顶后，选一处能看见清江对岸阳光国际城工地的地方靠边停了下来。然后，董宏理从车上拿出一块毛巾擦干了一条坐凳上的雨水，邀赵聪灵同坐。董宏理说："小赵啊，哲学家教导我们，隔着距离看问题会更明晰更清醒。现在我们俩就隔着距离来看阳光国际城的项目，我们都冲河对面看，能看到什么？"

一眼望去，透过树枝可见清江在枯水时节单瘦的身影，河床中央的江水清明如链。河西岸一马平川在昏暗的雨雾里空阔、寂寞地延伸。阳光国际城被围困在茅草之中，一堆黑乎乎的脚手架宛然一处孤岛，在寂寞地沉思。只是那分立项目入口的两根标志性蓝柱子特别醒目。远处可见零零落落的一些民房，再远处是隐隐苍山。赵聪灵忽然想起一句名词来，便脱口而出："天苍苍，野茫茫，风吹草低见民房。"

董宏理一手拍到赵聪灵的手背上，夸奖道："没错，说得好！不愧为江边市的才子。"又问道，"你说，我们的项目建在这一片茅草丛中，会有人来买房吗？我们该怎么把房子推销出去？"

一语，把赵聪灵的心思问了出来，让他内心震动了一下：是啊，这荒郊城外开发的大住宅项目，会有人过来买吗？做记者的经历让他也了解到，目前江边市的开发楼盘基本上依托着商圈寻找空隙地块，从位置好、生活功能便利等考虑问题搞项目，推广上也是以“坐拥城市繁华”“打造城市CBD”等等做卖点。像阳光国际城特立独行找到这荒草萋萋的地方大兴居家土木，实在匪夷所思。江边市民谁会吃错药了，跑到这偏僻荒凉的江对岸茅草丛中来买房居家呢？随后他又联想到了以后的工作：我这个尚未入道的“房地产策划经理”，能够把一个荒凉的千亩大盘推销出去吗？我做这个“推广经理”是不是“国际玩笑”开大了？赵聪灵一时懵头，答不上话来。

董宏理一副漫不经心的样子，捡起一颗石子顺手扔向树林，打得树叶发出一片沙沙声。董宏理随口又说：“再问问你，你们江边市名字的由来是不是城市发展在清江的一边，故取名江边市？”

这个提问好像特意给赵聪灵一级台阶下。赵聪灵连忙回答：“是的，解放初期生产力水平低，物力财力欠缺，省会就确定在清江的东岸发展，西岸仍然是农业生产区和菜农地。因为河西有一个千年学府清江书院，有历史文脉，新中国也选择在这一带建立了江边大学、江边师范学院、商学院等几所高等学院。改革开放后又在这里建立了高新开发区，因此河西也是省会的高教区和有名的科研硅谷。”答完了他又琢磨，董总刚才提问分明是在考自己，可是怎么再问出这么一个低级的问题，把我从窘迫中解救出来呢？

“哦，那市政府现在怎样规划建设河西新的城市呢？”董宏理再问。

赵聪灵如数家珍地回答：“现在市政府提出要在河西再造一个‘江边市’，河西新城区发展规划出了五个组团，有新市府组团，其他三个组团都是以原有乡镇所在地划分，我们这个项目属于大学城组团，靠江边临高校，也是离中心城市最近的新片区……”这些，对于记者出身的他来说，是随时可以脱口而出的知识。

董宏理听着听着，显得很开心了：“小老弟不错啊，对江边新城区的规划了如指掌。你说的这些，其实都可以成为我们项目的卖点！阳光国际

城项目是江边城市发展战略的西起点，如果我们把它操作成功了，你我对这一片新城区享有开山之功。”

赵聪灵勉强地笑了笑，心头却被凉风吹得虚飘飘的。

董宏理说：“世上无难事，只怕有心人。阳光事业集团发展近十年，已在全国10座城市拥有12个开发项目，基本上不拿成熟城区的地，开发模式是选择城市的新兴地带，主要面对青年白领营销。也就是说，阳光事业乐意做具挑战性的项目。所以，我们也需要勇于挑战的人才。小赵，我们公司是全国知名的地产企业，前来应聘你这个岗位的人一大堆，我力举你，最终选择你，相信没有看错人！你好好把你的文才转到商业上来吧，在阳光国际城的推广上好好写出浓墨重彩的一笔。”董宏理的话语似一位长者，又像亿董事长那样显露出稳操胜券的底气。

赵聪灵听着这番话比吃什么都快意，也像被打了一针兴奋剂一般，士气陡然提升起来。

董宏理接着说：“又回到我问你的第一个问题，我们把这里的楼盖好以后，你说会有人来看房买房吗？——有的！不单有，我们的营销目标还要力争吸引许多的市民来抢购，还要吸引高素质的中青年白领金领阶层成为我们的业主。阳光事业置业集团有成熟的开发理念与操盘手段，我们要把项目建成江边市的地标性建筑！让首个千亩大盘撼动江边楼市。做房地产策划应当明白一个道理：房地产卖的不单是钢筋混凝土的房子，卖的是生活方式，是文化。”

董宏理接着又道：“莫因为项目位置荒僻就灰心丧气，如亿董事长在会上说的，其实项目有许多的优势资源可以挖掘整合。如果我们推广营销到位，我们就能把项目打造成大品牌，促成热销效应！”说话是不疾不徐平心静气的，这让赵聪灵浮动不安的内心也平复了很多。

说时，手机响了，董宏理接起：“哦，刘总啊……我在项目会所……好好，我马上赶回来。”放下手机，董宏理说：“小赵，我们回去吧，刘总找我有急事。”

赵聪灵不知道公司有什么急事，想问又没问。十月小阳春，车子下山一路清风扑面，让人感觉说不出来的爽快。赵聪灵感觉头脑醒豁了许多，清风也好像把他想知难而退的心思驱逐了。他时不时看一眼握着方向盘的董宏理，觉得这个人不简单，工作上一定有几把刷子！无怪乎上午的高层会议上，亿董事长说到项目推广时那么倚重他。

车子沿着前方的一段石子路下山，颠荡着赵聪灵的心思，他想：董总今天带自己到南郊公园山顶隔江看项目，好像是特意给自己一个心理疏导，他是不是觉察出了我的主意浮动，蓄意要把我挽留下来呢？

董宏理回到公司走进刘总的办公室，才知晓公司刚接到了江边市政府的电话通知：明天上午10点，分管城建的陈副市长率国土、规划、建设局领导将到阳光国际城项目视察调研。董宏理一到，刘总即电话传来另外四位副总经理，一起商量起接待事宜。谁都知道，现在各地政府都大力搞招商引资，地方长官千方百计讨好外来投资商已成风气。刘总说：“是不是亿董事长光临江边市的消息传到了市政府那些大领导耳朵里了，还是董事长此程巧遇了市政府的例行公事？怎么这么巧陈副市长就要来项目考察呢？”

“刘总的意思是……”行政副总试探地问。

刘总说：“按行程安排，亿董事长今晚就得飞回北京总部。我的意思是，是不是把他留下来与这些市政府官员见个面，顺便看看能不能把通公交车到项目的事情解决了？亿董事长出面，分量不一样啊。”

“对，把亿董事长留下来。项目早点通公交车是个头等大事了。”董宏理赞同。

“他的机票订好了吗?”有人问。

“订好了,这个不是问题,改签明天就是。”刘总说,“关键是董事长的个性,不太喜欢过多跟这些地方官员打交道。”

“我们一起去宾馆,跟他说说吧。”有人提议。

大家异口同声赞成。

刘总拨通了亿董事长的电话,说有要事来宾馆商量。大家就跟在刘总的屁股后面直奔贵宾楼而去。他们走出贵宾楼的电梯,走向董事长的房间的通道。突然,他们一眼瞟见一个靓女从亿董事长的房间闪出来,低头匆匆朝楼梯走去。顿时大家都有些错愕,停下了脚步。董宏理急忙抬起手指向大家嘘了一口气,示意大伙猫着腰悄悄后退,先躲到电梯间去。他的暗示很明显,现在撞进董事长的房间会导致尴尬,不如稍作歇息等董事长的情绪恢复后再进去。谁料,董事长的房门忽然又开启了,亿董事长穿着睡褂出现在门口,他镇定自若地对他们说:“你们鬼鬼祟祟做什么?有什么要事,进来啊。我这阵子身体不适,刚做了个按摩。”这下,临到刘总一行人狼狈了。大家直起腰来,不好意思地嘿嘿笑着走进了董事长的房间。

“有什么要紧事啊,匆匆赶过来又神秘兮兮的?”亿董事长坐下,示意大家也各自随便找地方坐。

“哎哎,其实呢也不是要紧事。就是刚才接到市政府办公室电话,说明天上午10点,抓城建的陈副市长要去我们项目视察,我们想问董事长能不能多留一天,与陈副市长见个面。会不会是他知道你到江边了……”刘总说。

“这个,你们接待不就行了? 还用得着我出面吗?”

“董事长,项目通公交车的事情一直没解决,十分要紧了。您出个面顺便与市领导说一下,分量不一样啊!”刘总诚恳郑重地说,“我们已经给市政府递过几次报告了。”

董宏理也接着一本正经地说:“董事长,项目的推广很快要启动,来看楼的人会不断增多起来,开通公交车的确很重要了。这个事还是请您出个面……”

“这个,那……我就多留一天吧。”亿董事长勉强答应了。

在场的人神色舒展开来。大家都明白,从拿地开始,亿董事长和陈副市长就多次接触,当初拿地陈副市长还帮过大忙,他们之间关系不同一般。董事长出面说事,陈副市长一般都买面子。离开董事长的房间来到电梯间,大伙都说不该来得那么匆忙,碰了个大尴尬。

第二天亿董事长与刘总等一批高层干部都提前等候在了营销中心。陈副市长出行视察的一行小车如期而至。陈副市长与亿董事长一照面几乎同时伸出热情的双手紧紧握在一起。陈副市长开口道:“亿董事长几时来到江边的啊,来了怎么也不联系我?”

亿董事长打着哈哈道:“我是听刘总说陈市长要来考察项目,特意从北京飞来的。陈市长亲临我们项目来指导工作,我能不赶来迎候吗?”

“你这话说得就不真诚了!你这个千亩大盘是块大肥肉,得河西大规划之先机,我们还希望贵项目加快速度推进,做河西新城区大发展的领头羊呢。”

双方一番寒暄,松开了相握的手。

“我们项目是想尽快入市了,许多事情还得靠市政府、靠您陈市长大力支持啊。”

“江边市在大力推进服务型政府建设,为你们做好服务是应该的。”

“陈市长,那我们项目还真有一件小事想取得你们的支持。”亿董事长放松神态说。

陈副市长的眼神陡然警惕起来,但话语仍显得平和放松:“什么事?您说。”

“您看,我们几栋楼都建起来老高了,第一组团销售就要上市,为了方便市民前来看房,公交车通达的问题还请市政府尽快解决。”

“这个,你们递过报告,我们也讨论过做了安排的。”陈副市长的防备神态又有所释然,“我就再过问一下,争取尽快替你们解决!”他转头对着一个年轻人说,“谢秘书,把事情做个记录。”

被唤作谢秘书的年轻人,连忙顺从地掏出了笔记本,做了记录。

随后陈副市长把随从的规划、国土、建设部门的负责人简要做了介绍，亿董事长、刘总等与他们一一握手。大家一起来到沙盘前，刘总手持激光笔点击着沙盘，把项目的规划设计特色、设计大师安田鸠山的国际知名度与影响力、建筑的基本文化内涵、分期开发的情况等等一一做了解说。陈副市长不断点头称许，又当场问了有关规划设计方面的一些事情，刘总一一做答。末了，陈副市长用响亮的声音说："我们这次考察，一是了解河西各项目的开发进展情况，二是听取开发企业的意见建议。刚才亿董事长说了一个开通公交车的事情，你们还有其他意见吗？"陈副市长眼神和善地扫视着大家。亿董事长和刘总都连连说："暂时没有了，不过项目开工后，还会遇上许多事情，再请陈市长多多关照。"

"你们是江边市的首个千亩大盘，是重点项目，市政府也对你们寄托厚望。只要是合理要求，有利于片区城市发展的问题，你们尽管提！"陈副市长再次话语清朗地说。

待了大约半小时，陈副市长一行准备离开。亿董事长和刘总又邀他们到公司办公室坐坐，晚上一起吃饭。陈副市长带有几分调侃地说："我们刚吃完午餐不久，你们就邀我吃晚餐了？亿董事长还会在江边待几天吧，晚上我做东为你接风洗尘，怎样？"

"下次下次，陈市长工作忙，我晚上就飞回北京了。"

"那好，下次光临江边一定跟我联系。我还有几个地方要去，再见。"陈副市长钻进了小车。

大家目送陈副市长一行车队钻进茅草掩映的河西大道，一溜烟离去。

今天与陈副市长会面也算是氛围和洽，大家都很高兴，异口同声感慨说还是"统帅出马，事情好讲"，亿董事长把公交车的事提出来，陈副市长的表态就不一样了，估摸这事情，很快就能得到解决了。

亿董事长与刘总等几位高层走出广场，沿河西大道边散步边聊天。公路双向六车道街面两旁与中间隔道带绿化井然，举目四面是一片葳蕤的茅草地，麻雀唧唧喳喳在茅草丛里起起落落，马路边时有鸟雀被亿董事长一行人惊起，扑棱着翅膀把人的目光牵向空旷的远方。如果脚下不是街道的雏形，还真叫人担心冷不防有一只野兔从茅草丛里窜出来，给大家一个欢喜的惊吓。亿董事长感慨道："真是'三十年河东，三十年河西'

哩！原先这一片低产低收的郊区菜农地，现在可变成江边市的财富银行了。”紧随董事长身边的刘总说：“是啊，这一大片推平的大片空置土地都在等待挂牌出让。市政府的胃口也越来越大了，现在挂牌底价抬升到了250万元一亩，他们的期待成交价在300万元以上。算一算，这地产是多大的一笔收入啊！土地出让后，楼盘陆续建起来，税收对江边的GDP又有大拉动。”几位副总又异口同声奉迎亿董事长，敢在三年前拍板80万一亩拿地是英明远见之举，现在楼刚开建，地价就翻了几番了。

“看来，做事还是要吃头筹抢先机！”抓工程的副总感慨道。

董宏理说：“吃头筹也像第一次吃螃蟹，横爪硬壳的需要有胆识才敢下口啊！现在许多人仍在盯着这一片地，又顾及这里的荒凉，担心投资风险不敢下注——他们都在坐观我们阳光国际城的运作情况呢。刚才陈副市长说希望阳光国际城项目加快运作，成为片区开发的领头羊，也是由衷之言。”

亿董事长笑笑：“董总说得对！”停了一下他转口又说，“所以今天陈副市长当面表态尽快解决公交车的事情，不是我面子大，而是董总说的，江边市政府想借我们这个龙头项目的启动把这一片新城区的开发尽快带动起来。”

董宏理脸色突变，偷偷看了董事长一眼。

一边的刘总连忙讨好地说：“陈副市长的考虑，两方面因素都有吧。”

亿董事长触景生情，禁不住又感慨道：“我们在这一块漫天茅草的‘新城区’把项目建起来、营销出去，而且要趁着房市的大好势头卖出一个好价钱，的确面临很大的挑战啊。兄弟们，全靠你们多多想办法了。”

董宏理说：“如果我们项目首期开局开得好，肯定能吸引不少开发商购买周边地块，就会大大促进这个新城区的发展。”

亿董事长说：“董总监说得对！楼市没有救世主，只有我们自己救自己。”

在接待市领导的当儿，董宏理指使赵聪灵把装有200元的红包和一份新闻通稿一一塞到了随行记者们的手头。记者们的笑纳，似乎让他感觉到项目与媒体互动的友好开端。

当晚，江边市电视新闻频道报导：市政府常务会议决定，加快河西新城区的建设速度。今天陈副市长率相关部门领导，对河西在建的开发项目进行了考察调研……镜头主体画面与解说文字，都把阳光国际城作为此次考察调研活动的典型材料。第二日，《江边日报》《江边晚报》《江边晨报》几大报纸也刊登了陈副市长一行考察河西开发项目的新闻，几乎都是以阳光国际城作为典型进行报道；报道中按新闻通稿提供的材料，对阳光事业置业公司的实力、江边所建项目的建筑文化、开发理念及国际设计大师安田鸠山在世界上的影响力等都一一写了进去，而其他项目一笔带过便是陪衬。部分报纸的报道还写了陈副市长当场表态尽快解决阳光国际城通公交车的问题。赵聪灵兴奋地对董宏理说："这无疑也是对市政府解决问题的一个舆论监督。"以前做过新闻记者的赵聪灵清楚，陈副市长一行的考察行动已经被公司成功地利用了,几乎把它变成了江边国际新城项目的一次专题宣传。显然,他们事先准备好的新闻通稿和记者小费起了重要作用。赵聪灵佩服董宏理的谋事在先,棋高一着,有些像变戏法一般,成效手到擒来。

董宏理说:"小赵,你今后好好把你的媒体关系利用起来。一个楼盘品牌的打造与营销都离不开媒体平台,就像飞机起飞需要借一个跑道做平台一样。我们今后的项目品牌塑造与推广,要大力借用新闻的影响力,不能只靠掏死钱打硬广,所以,你要把媒体关系维护好,融通媒介朋友的一些茶水费,可拿给我签字去报销。"赵聪灵点头应诺,不声不响地叹服董宏理的精明。

陈副市长一行的考察活动是周一。周四下午,营销中心的罗经理打电话向董宏理汇报:"三天来,来电话和来现场咨询的市民明显增多,填表加入阳光会员俱乐部的人也接收了一把,看来,如果宣传得好,项目今后热销的希望就会很大。"放下电话,董宏理拍着赵聪灵的肩膀扭扭脑壳说:"小赵啊,我们的推广工作算是初战告捷。"

"这全是董总的高明啊!"赵聪灵脱口而出,他觉得自己不可以邀功。

"你的新闻通稿也写得不错。"

"哪有,我只是按董总的要求做事。"

"小赵,我们得准备项目的整体推广策略了,你好好思考一下,下周五拿出一个初步的方案来交给我,我们再开会讨论。"

撰写项目的推广策略报告,这是件不能藏拙的事情了。虽说赵聪灵是学营销专业的,做记者时也采访过一些房地产策划人,但那都是表面的问问答答。房地产推广策划书这个专业性很强的文书,毕竟没有正儿八经地写过。范本去哪儿找呢?晚上,他待在房间里思考着这个问题。他忽然想到了借。对,找以前相识的地产策划人士借过来一个范本看一看!他急忙找出电话本翻出了几个名单,电话打出去,对方却一个一个把策划范本视为商业机密似的,与他虚与委蛇一番不肯出借。赵聪灵气愤地骂了一句粗话,把电话本丢在一边。他忽然想到了网络,网络是一个万能知识库!搜搜去!打开电脑一搜,竟然搜到了数十个房地产营销推广策划书的范本。

范本有了，内容怎么填呢？赵聪灵自知自己的营销水平与董宏理的要求存在很大差距，而他暂时又揣不透董总的思路。怎么办？这现摆的，是董总对他能力的一次试探考查。正儿八经去讨教吧，不是很妥；瞎揣摩，当然更是下策。想来想去，他觉得设法请董宏理去南门口街吃一回江边市地方的小吃，借机探一探他的操盘思路。

上班，手下一员工不无讨好地向赵聪灵递过来今天的报纸。他说一声“谢谢”，便抽出《江边晚报》先看。先看《江边晚报》算是他离职后一份不自觉的依恋情愫。今天他拿起《江边晚报》，便有一行大标题字跃入眼帘：《江边市7090政策实施方案出台》。国家为抑制房地产过热出台的住宅“70% 90平方米以下户型面积”的政策，后来被解读为以城市为大单位进行宏观规划和调控，而不是针对所有项目的硬性规定。这一次江边市出台的《实施方案》，就是分城市区位针对新开发楼盘户型面积配比的规定。赵聪灵发现中心城区的楼盘90平方米以下小户型配比高达90%，然后对次中心城区、次次中心城区的配比依次递减。像河西冷僻区位的楼盘，小户型配比仅限于40%，阳光国际城所在区位属于“7090”的范畴。这是一个影响未来江边楼市走向的、业界与消费者们都在留心等待出台的重要政策！他匆匆看完，便握了报纸走向董宏理的办公室。

董宏理的办公室敞开着门，他径直走了进去。董宏理正在兀自玩桌上的不倒翁，玩得自得其乐满面笑意。赵聪灵对董总玩不倒翁的情态一直很感觉亲切，从中似乎透露出这位顶头上司有几分童心未泯。

“董总，江边市‘7090’调控方案今天出台了，我们项目属于‘7090’限制范围。”他说着，把报纸递了过去。

董宏理接过报纸看起来，示意他就座。董宏理也很快把报纸浏览完了，放在桌面，有些不以为然地说：“看来江边市民乐于消费大户型的享受习惯，今后会受到挑战了。但是这个政策出台，对我们这个提前备案的大盘项目营销还有利好。如果政策硬性执行，大户型将成为稀缺资源，大户型的价格就会有攀高的迹象。不过呢，政策能不能执行到位，现在还是个未知数。”

“董总，像我们项目在‘7090’规定以前审批的大户型项目，还有很多。”赵聪灵说。

“是的，所以‘7090’政策对市场的影响最少在一年两年之后。”董宏理说，他抬眼用欣赏的眼光看着赵聪灵，错开了话题问，“小赵，来了一个多星期了吧，感觉怎样？”

“还好哩，不过觉得有工作压力。”

“有压力好啊，你看这个不倒翁……”董宏理随手拨动了一下，“他之所以不倒，就是因为肚子里有压力。小赵，营销是超越自我的职业，现在好的平台提供给你了，就看你怎样去超越了。”

赵聪灵笑了笑，错开了话头问：“董总，您来江边市有多久了？”

董宏理说有两个多月了。赵聪灵说：“那您去南门口街领略了江边有名的传统小吃没有？”董宏理回答：“没有啊，但我听说江边是小吃的天堂，但前期工作又千头万绪忙得不可开交，顾不上去领略。小赵，江边有什么绝色口味啊？”

赵聪灵如数家珍地道：“麻辣虾、麻辣蟹、麻辣田螺，还有臭豆腐、月亮粑粑、白粒丸、猪血汤……多着哩！江边南门口街的地方饮食文化特色，差不多与南京的夫子庙、上海的城隍庙齐名，广州深圳和港澳地区的食客，还专门乘飞机到江边市来品小吃呢。”

“是吗？江边小吃还有这样大的魅力？那我不去领略就对不起江边人民了。人说天下男人有两好：好色好吃，我呢不好色但好吃。”

“董总，你莫谦虚了，天下的美女都被你搜罗到营销中心来了，还不好色哩。我看呢，还是要倒过来说：好色不好吃！来江边两个月了，竟然没去领略江边市天下闻名的小吃文化。”

“好！明天就是周末了，你带路我请客。”董宏理显得很来劲了。

“董总，你是欺我寒碜吧？好歹我也得尽‘地主’之谊啊。”

“那好吧，明天你请，下次我请。”董宏理晃晃脑壳笑了笑。

次日，赵聪灵吃过早点，就跑到了南门口街踩点。这里地方特色小吃店有近三十家，他一家家地考察店内环境和菜单，之后对比选定了一家叫做“李记兴”的百年传统老店。然后，他电话约董宏理到来。

赵聪灵点了两大盘口味虾和口味田螺，另外要了几个小盘的其他小吃。品小吃，最佳的饮品是啤酒，麻、辣、香的菜食再喝上一口清爽的啤酒，真是无与言说的口腹享受。董宏理本是一个性情中人，几口菜几口酒下肚，他便辣得嗖嗖吸气咂起了嘴巴，兴致也很快提了上来，口头不停地数落“江边人吃东西够辣够狠的……”，赵聪灵看着他直想笑。乘着兴头，赵聪灵有意把聊天的话往项目推广上引。既是请教，也能体现自己的敬业精神，这是他预设的心机。

“董总，阳光国际城是公司打造的一个大连锁品牌，营销策略是做文化地产，适销客户定位于中青年白领阶层，这的确是很英明的。”赵聪灵开始抛砖引玉。

董宏理喝了口啤酒，眼睛闪了闪说：“你说得对！钢筋混凝土的建筑本来是冷漠的，你只有加入文化的东西，她才会变得有情感有灵魂。中青年白领阶层讲生活品位，你就得用文化与他的精神层面去接对。他一旦从精神文化的层面认同了你，他就会认同你，对你的房子死心塌地。所以说，房地产营销是最适合我们文化人来做的事业。”

赵聪灵心头窃喜。他又抛出第二个问题说：“我们的项目虽然地理位置偏，其实卖点还是挺多的，比如临近清江、河西的传统文化、国际建筑大师安田鸠山的设计，小区还有游泳池、羽毛球场……”

赵聪灵用讨教的目光，诚恳地看着董宏理。董宏理又开始侃侃而谈：“做推广主要是做优势卖点文章，所以得努力提炼项目卖点。比如大盘地标的显著优势、三环六桥的交通优势、河西山水洲城的特别地理优势、大盘集约优势、高档定位优势、小区园林的公园化优势、信息物管优势等等，都是本案推广的好卖点。项目推广，考验着你解读项目的水平。”

赵聪灵眼神里流露出心悦诚服。他给董总的杯子添满了啤酒，啤酒泡沫就像热情一样鼓起，溢了出来。接下来，他再顺势引向了第三个话题：“项目推广不能只打硬广告，而应当采取多种灵活的推广形式。”

“你觉得应当采取哪些形式呢？”

董宏理的反问，顿时让赵聪灵有些措手不及了，但他很快就镇定下来，略加沉思便回答说：“我们，可以编一个内刊免费赠送……”他做记者时看过其他楼盘编的内刊,觉得自己作为一个推广经理,总得拿出一点东西来。

“你这个主意不错!我们项目必须编一个很有文化品位的内刊做宣传赠送。阳光国际城采取的是会员制营销的方式,这个内刊就当做会刊。”董宏理很满意地说,他已被江边小吃辣得唏唏溜溜,然而欲罢不能。他用一根牙签熟练地挑了一个田螺肉塞进嘴里,然后呷一口啤酒,“小赵,我没看错你!你做完这份推广书,下一个任务就是编内刊,内刊你负责编。”

赵聪灵意外地欢喜,又提议:“我们还可以多做软文宣传,读者愿意看,有利于品牌塑造,也能节省广告费用。”董宏理用欣赏的眼光看了他一眼:“小赵,我力荐引进你这位人才,就是看中你能写!公司会加强与媒体的合作,希望你今后能把软文这一块很精彩地运作起来。”赵聪灵为自己的想法再次得到肯定感到很开心。于是他又振振有词地说:“今后的推广,要针对买房者的需求去多做文章!”此番,他是想显露一下自己具有专业营销水平。

谁料,董宏理的表情忽然有了异样。他问道:“小赵是学营销的吧?”然后不等回答又兀自摇起了头,“你这个方法不对,至少不适合我们项目的推广。”

赵聪灵心头“咚”了一下,不解地问:“为什么呢?”

董宏理晃动脑壳字清句朗地说:“小赵,书本和社会实践是有很大距离的,你得逐步改变书生意气。”然后又侃侃而谈地给他讲起了其中道理,“房地产营销不外乎两种市场,一种是迎合市场消费,一种是引导市场消费;我们的推广应当把力气用在引导消费上。迎合消费,消费者的趣味和取向千差万别,你会无所适从!我们只有做好引导消费的文章,才能牵着消费者的鼻子走!小赵,你今后做推广首先要明白这一点。”董宏理打开了话匣子,然后又谈及项目的营销策划书和活动推广的方式,活动推广是很有效的炒作手段,应多想点新点子好点子出来等等;还有就是怎样与媒体报道巧妙互动,借助名家炒作,广告方式多样化等等,都应当考虑深入。阳光事业置业集团搞项目开发,从来不高声在市场上叫卖产品,而是特别注重文化营销、多手段巧妙营销，尤其在产品缺陷明显的情况下，推广就更需要技高一筹，不妨“避实就虚”……赵聪灵听着，顿感豁然开朗。又看到董宏理张口就是一套一套的，不免对眼前的顶头上司心生赞叹。

边吃边聊，一盆口味虾与一盘田螺几乎被他俩收拾干净，各自面前堆了一堆如小山一样的残渣；啤酒也喝掉了四瓶。两人的表情都显得心满意足。董宏理打着酒嗝连连称赞江边的特色小吃真带劲，打着哈哈回味余味，然后上洗手间去了。折回来，董宏理道谢说：“小赵，谢谢你让我饱享了江边市的特色小吃文化！我得回去睡一觉去了。”

“谢什么啊，董总觉得适口，我们下次换一家店子再来。”赵聪灵说，“董总，你现在不能开车啊。”

“喝点啤酒，没事！”董宏理把挂在坐凳上的外衣穿上，就要走。

赵聪灵拦住他说：“董总您不知道呀，现在正严查‘酒驾’！查到了要拘留半个月！”

“哦……”董宏理恍然大悟，“那怎么办了？”

“我们洗个脚去！”赵聪灵顺势说，“去洗个脚，躺下睡上一觉，再回家。”

“哈哈，看来只能这样子了。”董宏理打着酒嗝说。

赵聪灵领着董宏理又走向了街道对面的一家洗脚楼。洗完脚，他又物色了一位靓丽的小姐，单独给董宏理安排了一个洗澡推油的大节目。

这一场破费，赵聪灵一半是出于笼络，一半是出于感激。傍晚回到住处，赵聪灵很是陶醉于自己手段的棋高一着，一次请客基本上解决了一个推广策略报告的核心内容。同时，通过这一次亲密接触，他隐隐感觉出性格爽朗乐于教人的董总，其实也是喜欢被奉迎的人。他似乎找到了今后怎么取悦这个上司的一些道道。此前，他对自己最终能不能闯过试用期，心存顾虑，而现在，他的信心足了许多。

有点像学生写命题作文交给老师一般，赵聪灵把第一份项目推广策略报告双手捧着交给董宏理时，终归有些惶恐不安，以致说话的语气也显得特别轻柔特别诚恳：“董总，请您指教！”

“哦，完成了？好好！”董宏理接过随手翻了翻，“我先细看一下，再找你谈。”

董宏理拉开办公桌的抽屉，拿出一份资料交给他说：“这是内刊《国际新城》的编辑目录，你拿去好好看看，有什么不同意见，我们再讨论。”赵聪灵把资料带回办公桌细看内刊的栏目：“阳光韵律”发与阳光事业置业公司思想性、文化性或者动态的相关大稿；“阳光论点”发有关时代地产业观点的随笔稿，强调思想性；“阳光生活”发时尚生活或艺术生活的稿子；“阳光建筑”转载具国际视野前沿思想的建筑学界稿，经典建筑作品赏析；“阳光动态”发布有关公司或者项目的动态消息；“阳光平台”发公司联盟商家的形象稿或者相互交流信息。凭着自己的媒体从业眼光，赵聪灵感觉这个目录的思路与构架有高度有宽度有厚度，迥异于一般企业内刊一味自吹自擂的小窄气。他暗叹董宏理这个人,做事情城府深,非同一般!

“我还能提些什么意见呢?”赵聪灵想,他实在提不出什么意见来,真的!他突然觉得汗颜:自己虽然从媒体出来,却在编企业刊物的水平上不如董宏理。

好几天,赵聪灵心里七上八下的,老在念着那份交上去的推广策划书,到底能不能得到董总的认可。

翌日上午10点,公司推广部与会员俱乐部的联席会议召开。董宏理坐在从前亿董事长坐过的位子上,清了两下嗓子开始发话:“按照亿董事长上月底视察项目的意图,江边阳光国际城要争取在春节前开盘入市,现在已到了8月中旬了,前期的营销准备工作时间紧迫,任务压头。推广是营销先锋,项目入市销况的成败优劣取决于我们!今天的联席会议,便是战前会议了。”

赵聪灵先做了简要述职。董宏理问他对拟编的内刊方案有何看法。赵聪灵回答:“我认真看了,至于意见——我只能说内容已经蛮好了,有高度有宽度有厚度。”

“好,你能给出这么一个评价,说明你对内刊的思路领会了。”董宏理显得有些自以为是。

平面设计师小李、文案小张、网站谢晶一一述职。俱乐部张经理代表部门做前期工作总汇报。她首先强调部门的人除节假日外,差不多天天在外边跑客户,挖空心思为俱乐部找联盟商家;每隔几日就到营销中心收集新会员的登记表。目前俱乐部签订了合约的联盟商家有15家,登记会员有近300人。

所谓的联盟商家,就是名义上与阳光国际项目俱乐部结成伙伴,如持阳光俱乐部VIP卡的意向购房客户走到联盟商家的营业场所消费时,商家承诺给予一定点折的优惠。阳光俱乐部做的是顺水人情,也是吸引会员的一大诱惑点。

董宏理瞪大了眼睛问:“联盟商家和会员怎么还那么少?”

张经理回答:“现在找联盟商家很有难度。一听说我们项目建在那么偏僻的地方,都摇头表现一派嘲笑神态,认为江边市那么多好楼盘,谁会吃错药跑到一片茅草地购阳光国际城的房,所以,许多商家认为同我们合作意义不大。目前发展的几百名登记会员,主要靠公司搞的几次活动的一些新闻报道,吸引到营销中心来的。”张经理特别强调说,“公司搞活动联合媒体报道看来很有效,以后要多搞。”

董宏理皱着眉头又问:“总公司编的那个《阳光国际行走在中国》宣传册,这是一个很大气的企业品牌宣传册,资料室存有一部分,你们外出跑联盟商家带在身上没有?”

张经理垂下头低声回答:“没有。”

董宏理说:“发展联盟商家,你们应当好好利用阳光事业置业集团的品牌影响力,让商家觉得与我们联盟有面子有实惠。”董宏理停顿了一下,再强调,“钓鱼的人在没有鱼上钩的时候,就知道要用饲料在放钓的周边打底,目的是什么?就是要用‘饵’把鱼群吸引过来;有更多的鱼游过来了,才会有鱼上钩的机会。我们现在发展联盟商家,就是要利用他们对我们会员消费的点折让利,吸引更多江边市民游到阳光国际城的身边来。”

营销中心罗经理发言,重点提出了何时通公交车的问题。说项目位置偏,来访人极不方便,因此营销中心目前很冷清;置业顾问们也越来越没信心,老嘀咕今后谁会来买这茅草地里的楼盘居家,到时卖不动怎么办……说到这一点,董宏理也明白:置业顾问的顾虑有一定道理,因为他们的主要收入是靠提成。

前期市场运作的情况汇报透着几许秋凉,然而秋风面前的董宏理依然表现得淡定从容,仿佛许多情况都不出他的意料,他对项目的运作与前景,一切早已了然于胸。他扫视了一眼众人说:“项目刚起步,你们是这样的情绪状态,不对头啊!这样的话,公司几个亿不是要白扔在这块茅草地里了?”略停,他声音突然高了几分贝:“大家先把气振作起来!公司会有能力把阳光国际城做成畅销楼盘!我们现在要做的是群策群力做好项目入市前的预热工作。”

关于项目的市场预热,董宏理特别强调要搭建好宣传平台,赵聪灵除了要联络好媒体关系,还得在一个月之内办出首期高质量的《国际新城》

内刊。刊物应注重文化含量，大盘卖文化，文化就像《道德经》里的水，至柔至刚，文化营销才是高明之道。现在江边市大力提倡文化建市，我们的项目更应当做文化地产。二是办好公司网站，这是项目营销的重要平台。报纸电视媒体对项目的报道，务必及时转载到网上去；每一期内刊的重要文章，也得转贴到网站上；公司与项目的重要动态也得在网站上发布信息。还有就是论坛的维护，及时跟帖解答网民的提问，引导他们的购房价值观。负责网站维护的，是与赵聪灵一起进入公司的小妹子谢晶，但归口管理仍然是推广经理赵聪灵。

董宏理向俱乐部下达了硬性工作任务："在内刊出刊前，各个消费场所的联盟商家最少要达到40家，并把联盟商家的信息刊上内刊。发展会员、组织会员活动是打造一种关系营销网，先把意向客户用一根情线牵着，今后才有可能把他们慢慢发展为有效客户，务必打好这张营销的出手牌！会员制营销是阳光事业置业公司探索出来的行之有效的方式，这种方式在江边楼市还是首开先河，这也是有新闻卖点的。当联盟商家组织到一定数目，公司再搞一个会员俱乐部的启动仪式，邀请部分联盟商家与会员参加，再邀来多家媒体记者前来采访，这样又会是一次很好的宣传炒作。总之，我们现在要想办法努力给项目制造前期声势。"

末了，董宏理强调道："做项目首先做先声夺人的文章。"然后转脸向赵聪灵，"房市新闻得靠开发商制造出来，小赵是做过记者的，你说是不是？"

赵聪灵连忙点头称是。他觉得董宏理在今天的会议上，显露了操盘的底气和运筹帷幄的水平，好像对一盘棋已构筑在胸。

董宏理鼓舞士气说："阳光事业置业公司是一个品牌公司，具有成熟的经营理念和推广理念，我们目前十几个连锁项目都是立足于新兴城市地带，都做得很好；江边项目也有一揽子推广计划将逐步实施，不要担心项目做不起来。营销学强调'营销是把适当的产品卖给合适的人'，但在实际操作中你只要把产品卖出去了，而且卖了好价钱，就是英雄！因此，我们不单要把阳光国际城做起来，还要做红火，做出强势品牌效果，销绩独领风骚。"稍停，他又强调，"我们现在做前期推广，就是下海前织网，先得把网织好，然后撒网才能捕到更多的鱼！”

赵聪灵参与这样的营销研讨活动，感觉目标客户群体都被他们物化了似的成了想象中的猎物。

“大家务必记住：阳光国际城的市场成功，是大家共同的荣耀！也是我们幸福生活的依托！”董总再说。

散会后，同事们相继走出会议室，说说笑笑的，仿佛心思不那么沉重了，仿佛对项目的信心都有所恢复。

赵聪灵在犹豫了一番后，找到董宏理说：“董总，这个主编还是您做吧，我就照您的指导办事。如果您看得起我，封我一个编辑部主任好了。”虽说办好这个刊物他很有自信，但心机又告诉他应该主动露点拙，在董宏理面前还是先表现谦卑一点的好。

董宏理说：“小赵，你莫谦虚了，编刊编报是你拿手的本行，我呢，只懂得高谈阔论，眼高手低。”他随手把桌上的一大叠资料推到了赵聪灵的面前，“这是我最近为刊物找到的资料，你依照栏目的要求去做整理。”董宏理又授意赵聪灵给创刊号写出一篇大气的开篇大稿——《大盘引领新时代》。文章从“未来楼市的主角”“大盘的资源集约优势”“示范江边房市”三大方面进行运笔。注意行文要多用“超值”“顶级品牌楼盘”“国际化现代人居”“建筑标杆”等炫目、煽情、含有心理暗示的字眼，今后的文案也一样。

“好的，董总。”赵聪灵应得很诚恳。

眼前这位年轻人的虚心领教，倒也让人感觉顺心顺意，董宏理用鼓舞加欣赏的眼光看着赵聪灵，又说：“你写的策略报告我看了，还不错。里面有一些好点子，比如联络知名的幼稚园、知名的中学搞复合地产卖点等，都与公司高层的想法合拍。不过，你这个报告书好像写得比较拘谨，过多注重格式。写市场策略报告书要放开思维，思路清晰，关键在于有出奇制胜的见解。关于活动促销，先在方案里提一提，以后再另行策划。”董宏理要求赵聪灵把稿子拿回去再做修改，改好后再递到刘总那里去。

“感谢董总的指导关照！”赵聪灵悬着的一颗心，总算放了下来。他心里清楚，董宏理的确是在关照着自己，他也感觉到了董总的一片苦心，总不失时机地给自己传经授道。他备感温暖，对董宏理生出了一份亲切感，感觉眼前这位上司像个仁厚的兄长。

赵聪灵涉足新行业，又逢很投缘的良师指导，角色很快便融入了新行业，涌动着学习新知的兴头。他在不长的时间里觉得从董总身上学到了不少房地产营销的专门知识和行事方略，却还是不无惶恐地感觉要学的东西仍有很多。他迫切地希望尽快进入角色。想起今天的会议上，大家对项目位置太偏流露出来的顾虑情绪，他也在心里咕嘀：董总真的能让阳光国际城产生营销奇迹吗？

赵聪灵静静地编写着内刊的稿子,却不知不觉地心思漂浮,想起了营销中心的美女们来了。他很想再去营销中心赏花去,却又一时找不到合适的借口。这天,他思谋着怎样靓化刊物的版面,做到图文并茂,一个念头蹦了出来——搞一个视角专版,取名“阳光国际城营销中心的美女们”!他便把点子请示了董宏理。

董宏理一听,眼里溅起了兴奋:“好啊,这个主意不错!营销中心的美女们不能‘养在深闺人未识’,推广出去,也是一道吸引人的亮丽风景,一个特别的卖点!”赵聪灵补充道:“刊物版式也应当体现出时尚品位、生动活泼、有视角冲击力,阳光国际城的美女们是一个蛮好的炫耀资本,能吸引眼球增强刊物的活泼氛围。”

“好,好。你去找人事部杨经理要相机,明天就去拍吧,把美编小季带去拍。注意要拍生动活泼点,莫拍出那种呆板的证件照。”

赵聪灵不假思索地回答:“知道,董总。我一个人去拍就行了。”

“哦,忘了你是名记出身的。”董宏理说,“行,行,你明天上午打的去吧，发票拿回来报销。”

赵聪灵为自己找到一个冠冕堂皇采风美女的机会而暗喜。下班的路上，他扬起头哼起了歌曲《明天你等着我》，不留神碰撞到了一位街头美女，招致了美女斜眼一声嗔骂“神经病”。

第二天，他背着相机跑到营销中心。营销中心没有来客，罗经理正在给置业顾问们做培训。赵聪灵把给美女们拍照片登到内刊上的事情说了，一边眼睛滴溜溜地把美女们一个个扫描了一遍。

“啊?”美女们一个个做出惊讶夸张的表情。

“每个人先来一张生动的单影，然后再来一张生动活泼的合影，怎样?”赵聪灵摆弄着相机，做出了预备状，“谁先来?”

美女们一个个摇手，嘻嘻哈哈推让躲闪。

看着美女们的拿姿作态，赵聪灵觉得心里很受用，但今天的工作必须完成。“你们不配合那怎么行呢?”他说，“罗经理，你组织一下吧，我今天是工作任务。”

“既然是这样，大家就好好配合一下吧!”罗经理正色说，“欣欣你先来!”而立之年的罗经理是美女当中的大姐大，也是唯一结过婚的女人，看上去在这个半边天中有绝对的号召力。

“啊?我先来呀?”被称做欣欣的女孩有一头黑亮的齐肩直发，一对清澈明亮的大眼瞥了赵聪灵一眼，动人的笑靥就像一颗石子投入水面荡开的微波。赵聪灵感觉她是美女群中性格最开朗、最乖巧的一个。

赵聪灵举起相机开始对准她，她就迎着镜头歪着头，摆出了一个pose。快门一按，一张美丽的靓影便定格在显示屏上了。欣欣又跑过来要看效果，其他几位女孩也凑过头来看。有了这个开端，其他女孩也不再扭捏了，都从包里掏出化妆镜，做起面部修饰来。

“下一个，蓉蓉你来。”罗经理又吩咐。被称做蓉蓉的女孩也是一位个性美女，长脸柔发，身材婷婷，说话细声细语的，含笑盈盈，是典型的“黛玉型”美女。赵聪灵觉出她的美貌与个性，与欣欣相比各有千秋。蓉蓉要求坐在客户接待桌前照一张。赵聪灵手头的相机“咔嚓”一声，一张娴淑的静影又定格了。

“你们俩都有男朋友了吧?”赵聪灵冷不防问出了一句话。

“她们俩都还没男朋友呢,如果赵经理也没女朋友的话,就做她俩的男友好了。”一个女子笑语嫣然地回答。

“啊,怎么能够同时做她俩的男友呢?岂不乱套了?赵经理只能二选一呀。”一旁的罗经理插嘴调侃道。

赵聪灵不吱声,脸上露出了害羞。他镇定了一下,便招呼下一个拍照。照片一个一个拍好了,然后要拍合影照。她们商议选择到室外广场上去拍。这时女孩子们的状态都放松了,选好背景后,女孩们有的蹲着、有的俯身、有的站着……大家围合到一起。赵聪灵举着相机对准:“开始咯,大家摆一点 pose。”

“一、二、三,耶——”一张生动的合影拍完。赵聪灵今天在女孩子面前表现得就像一个摄影艺术家。他再次借机不露声色地把营销中心的美女一个个溜了一遍、对比了一番,心头有些乱跳。这一场工作,赵聪灵把营销中心搅得欢声笑语,生机一片。他更从中感觉一派春天烂漫、空气甜美的惬意。时近中午准备返回公司,赵聪灵才切身地感觉到从市区打车来、却没车打回去的不方便。罗经理留他说:“你就索性在这里吃了中餐,体会一下营销部的艰苦生活,再玩一个下午,等下班公司的车过来接我们,再一起回家嘛。”

赵聪灵说:“那哪行呢,下午回公司还有事情的。我就走过南二桥,到南郊公园门口坐车去。”

赵聪灵走到河西大道,看到有两个人在马路边立什么牌子。他走过去一看,原来是 123 路公交车阳光国际城的站点牌。啊,终于要通公交车了!赵聪灵压抑不住内心的惊喜,当即用手机打通了董宏理的电话报喜。董宏理听到情况后,也十分兴奋,要他赶快回公司商量相关事情。

赵聪灵回到公司时,刘总已与市政府联系,证实了 123 路公交车将在三天后首开河西大道。董宏理建议举行一个简单的阳光国际城站点揭牌仪式,请来公交总公司的总经理与刘总一起揭牌,再邀请记者们过来进行采访报道。

董宏理对赵聪灵说:“小赵,你准备一份新闻通稿,针对项目地偏的现状，我们不能放过任何一个炒作的机会。”他又传授机宜说，“这个活动事小，但贵在拔高。新闻通稿大致写123路公交开通河西大道，设立阳光国际城站点，是市政府对我们这个千亩大盘关怀的结果，也体现了市公交公司对江边首个千亩大盘的大力支持，不单给广大市民去在建的阳光国际城看房提供了便利，也将带动这一个片区的加速开发，并给更多开发商进驻河西增强信心。河西大道公交车的首行，意义非同寻常。然后呢，再把阳光国际城的主要卖点融进去。”

第二天，媒体发布了123路公交车将通行新建的河西大道、设立阳光国际城站点的简单信息。

第三天揭牌仪式如期举行。市公交公司的总经理受邀来到阳光国际城站点揭牌，他乐呵呵地说："他在公交公司工作20余年了，搞站点揭牌仪式的活动还是首次遇到。"

董宏理意味深长地道："我们阳光国际城就是喜欢做前所未有的事情。"

活动还请来了一支社区腰鼓队，吹吹打打迎来了第一辆123路公交车首次通行河西大道，然后徐徐停靠在阳光国际城站台。事先安排好的一批乘客，在此站上下车。刘总与公交公司总经理一起拉下了站牌的红布。然后，董宏理带着几个人给公交车披红挂彩，还给司机发了个红包。公交车停留了几分钟，让受邀来的记者们拍照、摄影，然后鸣几声喇叭缓缓开走，悬在空中的气球、彩带在茅草夹道的公路上飘舞，很有喜剧色彩。到场的记者们都赞叹，这个活动虽小，但搞得蛮有意思。当场，市电台用轻松活泼的方式做了现场直播。当晚，市电视台公共频道和都市频道及时把活动报道出来了。翌日，四家平面媒体又分别做了图片新闻、文字新闻的报道。阳光国际城又借机在江边市风光了一把。赵聪灵又一次大开眼界后，暗自赞叹：董总就像一个高厨呀，一道寻常的素材经他一烹调，便变得色香味俱全。他想起董总说过的一句话：做房地产推广，其实主要做的就是项目的卖点文章，得千方百计找卖点！早几天，报纸上透露市政规划在南二桥下游要再添建一座跨江大桥连通两岸；很快，就要在这座过江大桥附近开发房地产项目。这个八字尚没有一撇的未来卖点，便成为了项目的附加价值！这让他非常感慨，现在各路商家都在挖空心思做市场，各有各的套路啊！

几天后，董宏理又在营销中心搞了一个“阳光会员俱乐部”启动仪式。阳光国际城在江边别开生面、首推会员制营销的新闻又见诸报端和电视。串串动作高频率地通过新闻发布，引起了社会对阳光国际城的广泛关注，加上有了公交车开通，前来营销中心考察的市民一天比一天增多，清冷的会所渐渐变得车水马龙，人气旺盛。借用新闻平台的一连串炒作，赵聪灵感觉到了董宏理做项目推广谋略的高明。

楼市即将进入“金九银十”的销售季节。江边市的媒体不断报道政府统计出的楼市数据，本市乃至全国的楼市一派形势大好，二手房、新房的成交量与成交价正在逐步上升，反映市场步入繁荣期。总公司要求江边项目加快前期推广进程，尽快预热楼盘，去大力争夺和稳住一批潜在市场客户。

董宏理向赵聪灵催问起内刊的编辑情况。赵聪灵明白内刊的编辑任务是董总对他试用期的又一个重要考评。工作，是卯足劲头做了，但最终能不能获得董总的肯定呢？

赵聪灵与美编小季埋头苦干，仅用了十余天的时间，就把编好的刊物雏形交到了董宏理的手头。算一算，过两天，他的试用期就到了。赵聪灵不无疑虑地想，我能顺利转正吗？

试用期最后一天的下午，快到下班时间。董宏理悄然走到了赵聪灵的办公桌边，神秘兮兮地用手戳了一下他的背，轻声说："你跟我去一下刘总的办公室。"

董宏理这一个举动似乎有些反常。这让本来自信能顺利过关的赵聪灵不免惴惴不安起来。他跟在董总的屁股后面进了刘总办公室，坐在老板椅上的刘总微笑着吩咐他俩就坐。刘总首先发问："小赵，试用期到了，你给自己打多少分啊？"

"这个……打 60 分吧。"赵聪灵忐忑地回答，声音很小。

"哦，看来你是一个谦虚的人。"刘总说，"董总给你打了 80 分。"

董宏理接着用清亮的声音说："通过一个月的观察，我觉得小赵的确表现不凡，诚恳、好学、工作努力，也有一定的工作能力。"

刘总点了点头，啜一口茶，面带似有似无的笑容道："你完成的两个大东西我都看了，还是不错的。刚才我与董总商量过了，同意你转正！推广经理的岗位很重要，所以我们用人也比较慎重。希望你继续努力工作，为项目的成功运作发挥你的才干，为公司做出突出贡献。"

"谢谢刘总，谢谢董总！我会努力的。"赵聪灵一阵欢喜，想起以后拿高薪的灿烂日子，有快乐得要飞的感觉。

坐在他身边的董宏理拍了拍他的肩膀，用嘉许的语气说："我们相信你有能力胜任职位，工作也会努力。今天还有一件事想和你一起商量商量。项目推广报告中你提到的联络知名幼稚园和知名学校合作、搞复合地产的建议，这点也跟我们当初的想法合上了。搞复合地产能够增加项目的附加价值，也是以弥补产品缺陷为卖点，是吸引客户的一个重要筹码，很好！小区附设幼儿园的事情，公司已与江边市知名的连锁明星幼儿园基本谈妥了，他们将在阳光国际城项目设立分校；名校我们准备选择社会声誉优良的师大附中合作，但没能找到合适的搭桥人。你有这层关系吗？你是做记者的，社交应当面比较广，路子多。"

"这个，我们报社的肖记者是跑教育这条线的……我跟他说说看。"两位老总居然找自己商量大事情，并有求于自己，赵聪灵觉得很有面子。

"好，这事拜托你努力一下。"刘总笑脸亲切，"情况怎样及时回复给我或者董总。"

董宏理说："我们楼盘的适销对象是中青年白领阶层，培育后代更是未来业主们最关心的事情，这个教育复合地产的卖点十分关键。我们希望尽快把这个事情落实下来，这一期内刊《阳光国际城》把信息登上去，发布给江边的市民。"

"好，我晚上就跟肖记者联络，明天回复初步情况。"赵聪灵响亮地答应。

赵聪灵在报社时，与肖记者的同事关系处得不错。他打电话把求助的事情一说，肖记者爽快地答应了，显然他也知道不会白做事的。当然，赵聪灵也不忘在电话中设下了一个事成后公司将会"感谢"的饵。次日上午，他便把肖记者约到了公司与刘总和董宏理见面。肖记者当天就带他们去找了市教育局的一把手，让局长打了电话，然后又一起去找到了师大附中的校长。

刘总抓住时机趁热打铁与校方进行谈判，一周时间便达成了合作协议：公司支付校方一笔建校费；阳光国际城业主的子女，可以优先就读师大附中。赵聪灵知道，学子们要想通过升学考试进入师大附中，那真是万人角逐挤独木桥，难于上青天的！可是，现在你只需要购买阳光国际城的房子，今后子女就能走绿色通道，享受到优先入校特权了。破坏社会公平的特权，在当今时代总是能够曲径通幽。能够让购房者享受到一点特权，是很富有诱惑力的事情。项目在户型缺陷明显的情况下，着力把这些附加价值做起来，不失高明。他禁不住又自嘲地想：做记者时愤世嫉俗打抱不平，未料眼下自己也成为了制造社会特权的始作俑者了。人哪，站在哪一座山唱哪一座山的歌，真有点身不由己。

事情办成，公司上层皆大欢喜，认为这是打造项目优势卖点的又一个筹码。但是，这一回的新闻炒作遭到了冷遇。公司与明星幼儿园、师大附中合作举行签约仪式的那一天，相邀的媒体记者仅来了三位，事后发稿的只有两家媒体，都是简讯栏一则没有标题的三行字短消息。

董宏理拧着眉头拨弄着桌上的不倒翁，一边对赵聪灵说："我们的推广计划的运作，主要是想办法借助媒体轰轰烈烈打造项目的知名度。小赵，你应当大力利用好你在媒体的人脉关系。你看，这一次名校合作的炒作，我们没有达到预期效果……"

赵聪灵明白董宏理的不满情绪，是对自己进一步施压。他清楚搞教育地产已算不上有多少新闻性了，不过呢，要记者多写点文字，也出在他们的笔下。他搔了搔头，为难地笑了笑，闪烁其词地说："媒体有一个潜规矩，如果某一个单位短时间内上新闻太多，小事件给发一则小新闻消息稿就算不错了。除非，除非与新闻单位建立起了特别深入的关系……"

"特别深入的关系？这怎么说呢？"

"当然是给媒体投放广告咯。"赵聪灵答。

"广告？可是我们项目还没有到入市时机，广告怎么投？"董宏理若有所思，下意识地玩弄一把刚停摆的不倒翁，"是不是，预先跟几家主要媒体签下一个广告投放协议,约定在他的媒体上投放多少金额的广告,明确媒体方给予我方项目动态新闻报道的优待支持呢?"

董宏理一语既出,又让赵聪灵脑子一跳:这个董总,真是个一点即通的职场高手！在这样的领导手下做事,也是一件快活的事情啊。他脱口而出:"对,先给几家主要媒体吃颗定心丸。找到报纸或者电视的主要领导去接触,事先签订广告投放的意向合同,要求他们在新闻报道方面给予支持。"赵聪灵在《江边晚报》做记者时,报社与一家食品公司的宣传合作就有过这样的先例。

"看来只有用这个方法去突破了!"董宏理站起来,脸上映出拨云见日的神色。

董宏理当即邀赵聪灵一起去刘总办公室。不料,刘总听了董宏理的提议后,颇有些不以为然。他看着一份材料,头也不抬地说:"打广告要他们的业务员主动找我们才对,我们有必要提前这么久去找他们吗?"董宏理发出一声笑解释:"这不是谁找谁的问题,关键是我们要实现项目的推广计划与营销目标,事先与媒体结成盟友对我们有利,这是用许诺换实惠的事情!"赵聪灵在一边也插嘴边帮腔说,如果能够与几家主流媒体达成新闻互动的话,那对以后宣传力度的促进的确会很大。他隐隐感觉,董总与刘总一起谈事,老像隔着一层隔膜似的不顺畅。

刘总喝着茶水,思考片刻,然后咂了一下嘴巴说:"那,你们就先去接触一下吧。"

董宏理再与赵聪灵商量,选择影响力比较大的《江边日报》《江边晚报》《清江晨报》及江边电视台都市频道先行接触。他一家一家地跑,因为是主动送钱上门去,每家媒体的社长、总编们都对提案很有兴致。只是现在媒体都懂得抓经济,要价不低,而且签协议得付一定数额保证金。董宏理把与媒体分别洽谈的情况再向刘总做了汇报。刘总一听每家媒体的广告费要价在百万元以上,还得先付 10 万元的保证金,他面露难色又打起了迟疑。

"我们动辄把数百万元的广告费签出去,不太合适吧。"刘总颇不欣赏地说道。

“刘总，我们是一个投资20亿的项目，按广告预算，广告投入最少也得上几千万元。这数百万的广告单预算是最保守的了，迟早是要拿给他们媒体的，现在只是事先给他们吃颗定心丸。”董宏理说。刘总以前是做食品贸易的，因与亿董事长有校友关系而被请来做了项目公司总经理，运作房地产似乎尚未入道，还停留在打小算盘的思维里。董宏理只得苦苦解析。

“这事，我们是不是先向总公司请示一下好？”刘总迟疑着问。

“行！”董宏理接口爽快，“我们按总公司的指示办。”

董宏理就此计划写了一份报告，传真给了总公司。三天后，公司收到了亿董事长的批示传真：与江边主流媒体建立起密切关系是个好主意。注意合作协议措辞把关，合同范本双方拟定后再发到总公司审阅。

几经谈判，董宏理与四家主流媒体谈成了合作协议，主要约定内容是：阳光国际城项目公司分别确定年内对四家媒体投放一定数额的广告费；四家媒体分别承诺给予阳光国际城举办推广活动、重要动态的新闻报道支持，并承诺不报道阳光国际城的负面新闻。

事后，董宏理得意扬扬地对赵聪灵说：“小赵啊，我们项目的进展状况顺风顺雨啊，这里有你的一份功劳。现在，你应当对项目发展的信心更足了吧。干事业我们还是得信奉一句话：事在人为！”

赵聪灵心里比夏天吃冰激凌还要舒畅，觉得在董总手下做事很带劲！他连连点头嬉皮笑脸地道：“我现在渐渐相信了：紧跟董总走，光明在前头！”

“小赵，今后你就把你运作新闻的才能好好发挥出来吧。注意，阳光国际城出自世界顶级建筑大师安田鸠山这个大卖点，是在任何宣传场合都得带上、在推广中都要着重突出来的一笔。”

“好的。”赵聪灵颔首顺从，心快口快地答应。心头也庆幸自己的意见被采纳，自己有了许多楼市策划知识的长进。

公司定在每月10日发放上月的工资。赵聪灵领到了试用期10000元月薪的工资存折，这是他平生拿到的最高额的一笔月薪。按用工合同的约定，从本月起他的基本工资会涨到15000元。这也意味着30万年薪的保底待遇，公司会通过补贴、奖金、叠加的方式兑现给他。照这个收入，他一年之后便可以买房了，如果按揭购一处100余平方米的房子，他还可以买一辆经济型私家车。有房有车，这也便是成功白领的象征！想着这些，赵聪灵禁不住踌躇满志起来，嘴头哼起了曲子。这房地产业，真是走向富裕生活的终南捷径吗？赵聪灵失神地想，感觉人生某些向往的兑现，有时很具戏剧性，颇像做梦一般。

然而，他的的确确是一个享有30万年薪的大地产项目推广部经理了。赵聪灵感慨：只有兴旺发达的房地产业才能有如此机会，当然这也是"舍得"人生哲理的结果。没有当时从媒体跳槽的"舍"，哪有今天乃至今后的"得"啊？看来人生要多悟"舍得"的哲学道理。

厚遇，也加重了赵聪灵作为推广部经理的使命感和责任感。第二天上班,他鬼使神差地去得特别早,工作状态也特别投入。以后的日子,有时晚上做梦都在想项目策划的事情。

人生能够有今天的新起步,能够畅想未来更好的幸福生活,赵聪灵最要感激的人还是董宏理。今后要在公司混下去,他最要依靠的也是董宏理。赵聪灵念起董总的关照,心头暖融融的,于是周末,他决定再次邀董宏理到南门口街去吃口味虾。他们换到了另一家叫"思口味"的传统小吃店。店老板拿来菜单让他们点单的时候,董宏理抢先说:"小赵,我跟你说好啊,今天是我请你!"

"董总,怎么可以要你请我呢? 还是我请你!"赵聪灵赶紧说道,看着董总说得情真意挚。

"怎么不可以我请你,上次你请,这次我请,礼尚往来啊。"

"董总,我昨天拿到了第一笔薪金,我应当感谢您!"

"小赵,我应当恭喜你顺利通过试用期,成为我的同事。我该请客祝贺你!"

女店老板看着他俩争执不下,被逗笑了。她故意催问:"你们到底谁请谁啊?"

"小赵,这个事我就这样决定了!"董宏理抢过了菜单。

女老板殷勤地问道:"你们是做什么行业的?"

"我们做房地产的。"他俩几乎同时回答。

女老板就说:"你们做房地产的都是赚大钱的人呀,谁请谁都行。"然后她又追问他们做的是哪个项目。赵聪灵回答是阳光国际城项目。老板一听眼睛大睁,然后用夸张的语气说:"河西的阳光国际城哩,我经常在报上电视上看到你们项目的新闻耶! 是我们江边市的首个千亩大盘啊!"女老板像是意外地相遇了明星人物似的。

董宏理兴奋地接口回答:"我们项目实际比报道的还要好!"

"你们项目好像是江边市最大的楼盘,是个一千亩大盘吧?"邻桌的一位食客突然扭过头来插嘴问道。

"是的,江边市首个国际化千亩大盘! 也将成为江边市品质最优越的顶级楼盘。"赵聪灵也做起了推广。

“是吗？你们项目真那么好，今后我就到你们那儿买房。我现在正准备买房子。”食客说，“你们项目好像已经开建了吧，什么时候开盘呢?”

“好啊，欢迎你来买我们的房子！开盘时间还没有定下来，您可以先去营销中心填个表成为我们的免费会员，以后楼盘的相关信息会随时电话通知您。”董宏理回答。

“你们运气真好啊，来我这里吃饭都遇上客户了。”女老板捧场说，“现在江边市的房子卖得很火，价格也一个劲往上涨，你们搞房地产好发财啊!”

一语，说得赵聪灵与董宏理都一脸的阳光灿烂，然后相视而笑。就像一部前期炒得很火的电影预备上市，演员无意相遇了热心的观众一般，董宏理与赵聪灵是何等的高兴！因此，这一顿饭，他们吃得比上一次更开心快乐。走出小吃店，赵聪灵对董宏理说：“我们在一个小饭店就遇上了两个知晓阳光国际城大盘的人，而且是意向客户，说明阳光国际城已经有不错的社会知名度了。可见我们前期炒作的效果啊。”董宏理也踌躇满志地说：“如果我们把以后的推广策略再跟进好，项目的品牌效果还会更加显示出来，就会给市场一个强势的信赖支撑!”

董宏理又召集了一次营销联席会议，主要是对前期工作做阶段性总结。俱乐部张经理汇报联盟商家已发展到40余家，会员发展到了近2000人。营销中心的罗经理说：“几次新闻炒作和公交车开通之后，每天前来营销中心参观咨询的人数明显增多，但目前意向客户仅有20%左右，主要原因还是来客嫌河西区域显得冷清荒凉，缺少基本的城市功能配套。另外，关心房价的人也很多。”罗经理顿了顿，突然欢声笑语地提议说，“公司是不是花点钱请一批民工，把项目周边蔓生的茅草割掉，也让氛围不显得那么荒芜?”一语引起全场快活地哄笑。

“把绿意盎然的茅草割掉，就不荒芜了?”董宏理轱辘着眼睛突然发问，一时让大家的笑容僵在了脸上。

董宏理言轻语重地继续说：“那样就会更加荒凉狼藉，让人惨不忍睹！当我们一时没办法改变环境的时候，就要致力于解读环境，引导消费。这一处近郊的自然风光，是城市的绿肺，是一种独有的生态宜居……不又成了我们项目的个性优势了吗？大家要记住：房地产营销的水平，很大程度上取决于解读项目的水平。”

大家听得心悦诚服，赵聪灵更听得肃然起敬。前期推广的一步步棋，似乎也都在谋略之中，效果看得见。

今天的会议因为前期推广总体形势有起色，各部门经理的汇报都言词轻快，显得做事信心十足。董宏理脸上也露出了满意的神色。会上他又安排了项目推广的户外路牌广告全面铺开。

项目没有开盘，就像播种没有见到发芽一样，最让投资人牵肠挂肚。几天后，总公司的陈总裁又飞抵江边市进行项目考察。鉴于全国楼市，包括江边楼市持续升温，楼市攀升较快，而下半年又是购房消费的旺季，他要求加快项目各项工作进程，推广加大力度，用更有社会影响力的活动提高市场对项目的关注度，拉升营销中心的人气和意向客户的积累，争取在元旦开盘。陈总裁亲自主持了多次高层会议进行研讨，敲定了实行强势前期推广营销的组合拳：一、总公司举办的国际时尚居家图片展全国巡回展在9月底进入江边市展览；二、积极备战2005年10月末江边市举行的秋季房交会；三、配合做好11月底总公司将在江边市举办一次“为城市建功立业”的高峰论坛活动；四、12月着手江边阳光国际城的开盘工作。陈总裁希望这些活动的影响力一波高过一波，把项目前期营销的人气推向高潮，争取积累达到10000以上的潜在客源，也就是会员的积累量，实现阳光国际城开盘的一炮打响走红。

陈总裁最后强调说：“活动推广能够引起社会关注，能够提升企业和楼盘的知名度和美誉度，是一种行之有效的营销手段。现代商家，越来越注重这种营销方式的操作。阳光国际城的前期推广，务必在这方面做出出色的表现。”

楼盘上市前的悬念，就像一根无形的鞭子抽打在每一个营销人员的内心，使每一个人的脸上都浮现出几分忧虑和紧迫感。赵聪灵以前觉得做记者虽然自由却很累，现在走入了房市营销，才真正体会到什么叫心累。这高薪，的确让人感觉拿得不轻松。

会后，董宏理就像察觉了赵聪灵的倦怠似的，突然笑模笑样地问：“小赵你感不感到累呀?”却不等回答,他又兀自吐露“真累”的丝丝怨言,说眼下一系列推广活动,的确逼得有些让人透不过气的感觉。

董宏理在当天下午就组织了推广部开会,落实公司的高层会议决定,针对9月底的国际时尚居家图片展全国巡回展,进行工作安排。董宏理对赵聪灵说:“国际化大盘做推广活动就要有大气势!租赁省展览馆的展厅,大门外设置充气拱门和气球彩带制造热烈氛围,入门与展厅布置红地毯。赵聪灵建议为配合这一次公益性展览活动,增设一处阳光国际新城的产品展区,对项目的总体规划、设计大师安田鸠山的世界影响力和先进理念、新潮外立面、小区花园精彩的局部效果图、游泳池和羽毛球场等设施、户型的时尚入户花园等等,通过图片加文字说明的方式展出,凸显江边国际新城项目图片展倡导国际主义居家的理念,给江边市民带来国际化居家方式,这样能够使这个带公益性的展出和项目的推广结合起来,预期的效果会更佳。董宏理听完后拍掌叫好,称与自己的想法走到一起来了。

会上,就场地租赁踩点、活动的具体策划、各种宣传的设计、制作、图文稿件组织、撰写、各种物料的采购等等,一一工作分配。董宏理动员大家全力投入到首个大型活动的准备工作中来,该加班的加班,务必高质量按时完成好工作任务。结尾时他说:“这次活动成功举办之后,我请大家去唱卡拉OK!”

董宏理又提出了几句鼓劲的口号:“我们要用一个又一个出手不凡的大动作,做出阳光国际城入市前的大气势!把项目的品牌形象树起来,让市场关注的目光众星拱北!——不,确切的描述应当是‘众星拱西’!”

这些推广计划,虽然都是一相情愿,但赵聪灵感觉营销的氛围在董总的带动下,开始逐步形成了。做事业就是这样:领头的风头健,群龙也就士气高昂。大家都分头忙碌着,特别卖劲。董宏理亲自跑场地联络事情。这一天他正在与省展览馆的领导商量着相关事宜,《江边日报》的社长突然打电话给董宏理,问:“你处是不是有人泄密了,把我们签广告合作协议的事搞到省委宣传部去了?”董宏理顿时吃了一惊。

“刚才省宣传部打来电话调查,问我们报纸是不是跟你们签了合同,搞广告新闻交易，承诺不做你们的负面报道。”社长说。

“我方怎么会有这种事呢？绝对不可能有这种事情。”董宏理肯定地回答。

“你调查一下吧，你们知道这事的人是不是喝酒时不经意把事情说漏嘴了。”

“行！我马上去了解，再告诉您情况。”董宏理不敢推辞。放下电话，他心里就翻江倒海地想：这事要是公司的人泄的密，这个人会是谁呢？他突然想起了以前从事媒体工作的赵聪灵……

董宏理赶回公司，首先找赵聪灵问话。赵聪灵一听，急忙说：“董总，我向你发誓这事情我没有向任何人提及过！”

从赵聪灵的反应看，董宏理觉得他绝对不是泄密的人。董宏理又向刘总反映此事情。刘总找来了相关知情人一一盘查询问，都一一排除了。

董宏理想，这问题可能是出在报社一方了。他把调查的情况及时给《江边日报》社长回了电话。社长这一回语气平和了许多：“可能是我方出了问题。报社刚离职了一位广告部的副总，他是与报社闹意见走人的，可能是这家伙捣的鬼。”

董宏理总算吁了一口气，又问：“这事情该怎么办？”社长回答：“没什么了不起的。宣传部要是来你们公司调查，你们坚持说没有这回事就好了。”第二天，省宣传部果然来了两位同志调查此事。刘总和董总一致否认有这样的事情。宣传部的两位同志也没做过多深究，接受了公司的午餐邀请后，便走了。显然，这是一个走过场的调查。

一场变奏的插曲，算是打发过去了。

《阳光国际城》内刊在国际时尚居家图片展活动之前印刷了出来，很精美。赵聪灵特意选了个中午把一批杂志送到营销部去。现在人气旺起来的售楼部，只有在中午会有一些空闲。

美女们看到杂志出来了，一窝蜂地跑过来抢拿杂志看，然后急迫地寻找照片刊登页，一睹自己的形象效果。赵聪灵把"阳光国际城的美女置业顾问"图片稿放在刊中，设计了一个很大气的跨版。中间是美眉们的合影照，周围一人一个特写镜头。展开这一页，情态各异的美女们组成一个万花园，叫人有些眼花缭乱。欣欣与蓉蓉的照片最夺人眼，两个人一个活泼、一个娴静，花开两朵各表一枝，把两种不同类型的美表现得十分抢目。赵聪灵在编排时就情迷两端，难以取舍。这，也带给了他甜蜜的苦恼。

美女们嘻嘻哈哈相互品评着照片的效果，好像都陶醉于自己做了一回明星。赵聪灵则站在一边，乘机不声不响地对比着他心头早已选定的两个"猎物"：欣欣与蓉蓉的不同类型之美，静静地用感觉寻找着最心跳的瞬间。多次接触中，欣欣与蓉蓉都用会说话的眼睛对他抛过情幽幽的媚眼，用其他肢体语言表示过亲热，她们甚至因为他而暗中发过醋劲。举棋不定的赵聪灵把情感不分厚薄地送给欣欣与蓉蓉，取舍成为他现在最难做的一道题。现在，他对公司渐渐生出了一份浓浓的依恋感，其中很大部分来源于营销中心那份“才下眉头，却上心头”的情恋。像两根丝线牵着的一只蜘蛛，让他编起了迷离的网。美是圣洁的，这与欣欣和蓉蓉的纯真联系在一起。赵聪灵虽然对她俩都留情，但内心也是纯洁的，没有半点想玩弄谁的邪念。

“赵经理，在痴想什么呢？”罗经理突然问道。

赵聪灵这才从一种忘我的甜蜜而又纷扰的状态中回归现实，冲罗经理咧嘴含糊地笑了笑。

国际时尚居家图片展在省展览馆闪亮登场。这种前沿时尚居家生活的形态美，引得市民接踵而至。图片展示着千姿百态的国际主义居家方式和情调，让他们大开眼界，赞叹连连。他们爱屋及乌，情不自禁地夸奖阳光事业置业公司到底不同，观念超前不同凡响，江边阳光国际城肯定是一个非常好的楼盘。阳光俱乐部人员现场给参观者办理入会手续，填表人居然排起了长队。这场面，充分反映了国际化新潮生活理念对市民，尤其是青年白领们的号召力。赵聪灵看到这场面，心头快慰，很有成就感。他又感觉，公司步步为营的推广策略，正让项目一步步向预期的胜利目标走近……

回到办公室，赵聪灵接到了大学同学刘宾的电话。刘宾在电话里说：“我从《阳光国际城》欣赏了阳光国际城的大批美女置业顾问，才知道你赵大记者改行了，到大盘做内刊主编，做采花使者了！开始我怀疑是同名同姓，现在求证果然是你！”

不等他多说话，刘宾又说：“老赵，你大彻大悟了呀，终于归降房地产业了！”

“怎么，你只想一个人悄悄发财啊？”赵聪灵调侃道。

“你老兄这话就不够意思了！毕业时我就邀你一起入行的。”刘宾回敬道。

大学毕业面临就业选择时，曾经也是学校文学社人员的刘宾，邀赵聪灵一起投向房地产业。赵聪灵出于兴趣爱好与出色的写作才能被招进了报社。各自三年多的工作经历对比下来,刘宾目前是一家房地产开发企业的营销经理,早已是有房有车的高薪族。他不禁感叹:这个社会是脑子活泛的人的世界,不一定要书读得好!刘宾在大学时就是这么一个学习平平,却脑子活泛的人。

久违的同学俩在电话里头热聊了一阵。几天后,他们相约喝茶,聊天中刘宾也自得地对赵聪灵说了一个观点:快点步入小康,非做房地产业莫属。赵聪灵禁不住想起了董宏理在面试他时的调侃:“……你想过上好日子吗?来做房地产吧!”他暗想:这房地产业究竟能永久牛气下去吗?

兴旺发达的房地产业,前所未有地激发了人们对美好生活的热切向往。赵聪灵也从兴高采烈张罗着乔迁新居的人、一簇簇绽放出靓丽的新住宅小区,看到了房地产市场的发展给市民生活面貌带来的巨大改变。有人说房地产开发实际上就是给购房者造“好日子”的梦。哪个楼盘的推广文章“造梦”造得更美,更能拨动人心,引人去畅想新生活,谁就能笼络人心,最终赢得消费者,那个楼盘自然也就会成为市场竞争中的大赢家。

这一天,赵聪灵去省展览馆观摹国际居家时尚展现场,返程的公交车上,他又遇有到市民在谈议楼市和阳光国际新城。赵聪灵兴奋地觉得阳光国际城虽然还没有开盘,但已先声夺人了。

针对这一次公益活动,江边市的许多媒体都关注了,然而还是豆腐块。这种状态再次出现,董宏理皱着眉头对赵聪灵说:“小赵,你看这些豆腐块报道……我们广告定心丸也给他们吃了。这个状态,要怎样才能从根本上改变呢?这样的小块消息,哪跟我们这个千亩大盘的形象相匹配呀!就拿眼下这个活动说吧,带有很强的公益性,倡导的是国际流行风格,有丰富的居家文化内涵,对提升江边市民的生活素质启发意义大,可供写的东西本来挺多的,媒体完全可做出大篇幅的深度报道来。可是,可是记者们怎么还是蜻蜓点水做文章呢……”

赵聪灵嘿嘿地笑道:“董总,记者们给项目做免费宣传,公司老是给200元的红包,他们可能就只有写这个字数的兴致了。”

“你是说让他们多写文字，就得多给小费？”

“可能是吧……”赵聪灵笑笑说。

“什么可能是？小赵你在我面前还卖关子哩！”董宏理瞥了他一眼，“这事我回去与刘总商量去。”

董宏理走进刘总的办公室，又提出了一个让刘总拧眉头的方案：提高给记者报道本项目活动的小费标准，按字数一个字一元钱；电视新闻报道按3秒、5秒、10秒以上几个档次给小费。大篇幅报道更吸引眼球，体现我们公司与大盘项目的大气形象。刘总很不欣赏地说：“给记者的小费标准，普天下一般都是200元啊。”

“如果我们只给小费，那么有关我们项目的新闻稿件也永远只能发豆腐块。刘总，这也很不利于我们千亩大盘的形象啊。”董宏理说，语气似乎带有几分揶揄。

“你看，我们与《江边日报》签的广告合作协议，都差点闹出事情来了。”刘总仍不认同。

“这事情谈不上有什么大影响，事情不是过去了么?!”董宏理争辩道。

“我们与四家媒体签了合约，优先报道我们的项目是他们应该的，有必要再多给小费吗？”刘总说得振振有词。

“可是字数写多写少，还得出在采访记者手头啊，报社能硬性规定他们多写吗？”董宏理不依不饶，“这是花小钱、占大便宜的事情。”

“好好，你坚持要这样搞，就按你的意思搞吧。”刘总勉为其难地同意了，但表情流露出被逼宫的不悦。

虽是勉强同意，也总算是同意了！董宏理有着压抑不住的快活，他把赵聪灵喊到了自己的办公室，照旧拨动着案头的不倒翁，不倒翁悠然自得地摇晃起来：“小赵，告诉你一个特大特大的好消息！”

赵聪灵兴奋地问：“什么特大好消息啊？”

“刘总同意了我们的意见！今后记者报道关于阳光国际城项目或者公司形象的新闻稿，按字数给小费，一个字一元。你就把这个新政策透露给记者们，鼓励他们给我们多做大篇幅报道。”董宏理停了一下，压低了声音吩咐道,“这事千万对其他人保密,只让记者们知道。”赵聪灵也表情夸张地高兴。他心头也窃喜多争取到了一份赠给记者朋友们的顺水人情。

案头的不倒翁正摇晃得自得其乐,再看一眼董总,赵聪灵心头不禁佩服董宏理就是一个精明到了家的、活脱脱的一尊不倒翁!

国际时尚居家图片展成功举办,项目又吸纳了一大把意向性客户,公司与项目也赚了口碑,公司上下情绪高涨。

董宏理说服了刘总,破点费给营销部的员工搞一次卡拉OK活动,以示嘉奖和激励。不料刘总欣然同意了。

事后,董宏理首先一副快活的样子,把消息告诉了赵聪灵。赵聪灵笑笑,然后慢吞吞地道:“中秋节和‘十一’都快到了,按平时习惯,哪个公司都得搞些什么文娱活动活跃一下节日气氛、调节一下员工情绪的吧?”董宏理“哦”了一声,拍了拍脑袋说:“看看,我都忙糊涂了!刘总爽快同意了我的提案,原来也是借机行事,送了顺水人情哩。”

国际时尚居家图片展的圆满成功,让赵聪灵感觉到自己渐入佳境,越来越进入角色了。现在,他也不再想自己跳槽到房地产业算不算是投降了。他主编的内刊《阳光国际城》杂志在展会上发放,很受观众欢迎,不少人翻看了杂志后就脱口夸刊物办得好,很有品位。公司上下对刊物的评价也很不错。早上在电梯内遇到刘总,刘总还表扬他说:“小赵,内刊我看了,办得很有专业水平。”但赵聪灵不知他表扬的是刊物有行业专业水平呢,还是编刊的文化水平。

唱卡拉OK,俱乐部联系了联盟商家——江边市有名的“香港娱乐城”,订了一个能容纳数十人、既可唱歌又能跳舞的大包厢,又购买了几大兜各色各样的小食品。推广部加俱乐部加销售部,总共有二十几号人。大伙围坐四周吃着零食喝着茶水,有的围着自助点歌器点歌,棚顶镭射灯旋转着……歌声未起氛围已是盎然。赵聪灵发言让大家鼓掌欢迎董总讲话。

“同事们,我们项目启动推广营销以来,形势甚好,大家辛苦了!今晚的活动是刘总对大家的嘉奖。阳光国际城初定在元旦前后开盘,现在面临的营销工作很重,紧接着就要迎战江边市的秋季房交会。11月份也有大型营销活动举办,任务压头。希望大家继续努力,共创前程!快乐的时光总是过得很快的,我就不再多耽误大家的幸福时间了。大家就尽情地唱,尽情地跳吧!”

大家再次鼓掌,欢呼声响起。投影屏幕上现出了第一首歌名《让我们荡起双桨》,这首歌竟然是活泼的欣欣点的。她首先欢跳着跑上了台,接过了董宏理手头的麦克风。室内一片附和声称赞这首开场歌曲点得好!

前奏响起,欣欣对着麦克风鼓动说:“大家一起来吧。”

于是大家站了起来手拉着手,摇摆起身子齐声开唱:“让我们荡起双桨……”热烈的晚会氛围顿时高涨了起来。

赵聪灵感觉到唱卡拉 OK 不单是娱乐放松,还能够满足一般人的明星梦想,尤其是女孩们。谁上台不管是 A 调唱成 B 调,都尽情地表现,大家也不分彼此送上热情的掌声。当然,在这样的氛围中,对于有情人也是示爱的最佳时机。

董宏理乘着歇场的空隙,时不时制造一点夸张的氛围:“哇塞,推广营销部在唱歌上也藏龙卧虎、人才一大把啊!看来,得组织几个人去报名参加湖南卫视的‘超级女声’。”

赵聪灵不露苗头的私心,依然彷徨在欣欣与蓉蓉之间。

欣欣开始用眼神和肢体语言对赵聪灵频频出击。她点了一首王心凌出道时唱的情歌:

……

松松肩膀点点头
好像淘气的熊猫在耍花样
有你陪我　一起疯狂
美丽日子就是这样
你说你爱天空微风海洋
我只最爱　和你一起的时光
两个人站在街头傻笑对望　像开在
田野的两朵花

花香 是认识你的奇妙

海水 轻抚我们的脚掌

阳光 洒在你堆砌的城堡

……

赵聪灵听着欣欣歌唱，也碰到了欣欣不时瞟过来的目光，他看着屏幕上的字，有些心动神移。

欣欣火辣辣地唱完之后，大胆走到了他的座位旁坐下，与他搭讪说笑。音乐再起，她又邀他跳舞。舞后，她再唱了一首张敬轩的《只因为喜欢你》，听得赵聪灵心情不能平静。后来她竟然大胆邀赵聪灵合唱《纤夫的爱》，顿时引发全场欢呼声鹊起，弄得赵聪灵耳热心跳的。

赵聪灵始终感觉到在幽暗的灯光下，还有另一双眼神，一直在静静地偷偷地关注着他，向他放电，发问。——那便是蓉蓉。今天他更加感觉出蓉蓉与欣欣是两种截然不同的性格，她不跳不闹的，用一种含蓄的不服输跟对手欣欣抗争。她虽然也不甘人后地点歌上了唱台，但她唱的尽是邓丽君那些温柔恬静、略带点忧伤的歌，像清风流水一般温柔地唱起来。他本想邀蓉蓉跳一支舞，但欣欣始终没有放开他，不给他旁逸的机会。他似乎也顾及到欣欣不悦。但赵聪灵留意到蓉蓉几次被董宏理邀下舞池，心里也有些醋意。在舞池擦肩而过时，蓉蓉也几次眼神幽幽大胆向他放电，但他被欣欣控制得很紧。

赵聪灵继续对两个意中人做比较，他的情感天平开始发生倾斜。他觉得欣欣的大方活泼更让他产生快活和心动，能够唤起他的激情。无疑，今后若能与欣欣过日子，那样的日子将是活色生香的。而蓉蓉是属于那种会无声无息地把家里整理得整整齐齐，闲下来便对他小鸟依人的女人，但那样的日子多少会有些沉闷。因为有了这种情感的倾向，赵聪灵也明显地表示出对欣欣的亲昵，便让一边静观世态的蓉蓉失望了，伤情了。蓉蓉突然与身边的姐妹们告别，要离开。赵聪灵把一切看在眼里，忽然难过，想站起来去送她一下。可是他刚站起来，欣欣就顺势拉住了他的手下了舞池。这似乎是欣欣故意做给蓉蓉看的。

蓉蓉离开时,赵聪灵与欣欣正在舞池旋转。

赵聪灵顿感愧疚,自觉有些对不起蓉蓉。但念起自己情有归处,心里又爽然一释,一直以来心猿意马两难选择,现在终归明朗地落在了欣欣身上。活动结束后,赵聪灵黏着欣欣双双走出娱乐城,然后他主动打车送欣欣回家。他俩超乎同事关系的亲热,已经暴露在许多同事的眼里。

之后,赵聪灵一有机会就到营销中心,与欣欣的亲热也不再遮掩。罗经理首先说事,要赵聪灵去买喜糖,其他女同事也跟着起哄。欣欣不置可否,但笑在眉头喜在心。

赵聪灵也高兴,口头却说:"别闹了。这荒天野地的,你们要我到哪儿去买吃的啊?"

"这个你不用管,你只管掏钱出来,现在公交车方便了,我们会有人替你代劳进城去!"有人嚷道。

赵聪灵觉得不便再推辞了,就掏出一张百块的票子。当即就有人抢过票子,蹦蹦跳跳进城买喜糖去了。

欢闹气氛之外,赵聪灵瞅见强作欢颜的蓉蓉一直在用手机打电话。放下电话,她突然向罗经理请假说:"罗经理,我妈身体有些不适,我得赶紧请个假回去才行。"

"是吗?没什么大事吧?那你回去好了。"罗经理关切地问,末了她又画蛇添足地加了一句客套话,"哦,赵经理请客,要不你等吃了喜糖再走啊。"

"不了,我得赶紧回去才行。"蓉蓉轻声回答,便拿起坤包低头快步走出了营销中心的大门。

大家似乎没有觉察出蓉蓉离开的情绪变化和真实原由,但赵聪灵和欣欣心知肚明。他心生恻隐,无声地透过窗口目送蓉蓉离去,扭头又一眼发现欣欣正偷偷瞄他,就装出一副天高云淡的神态。爱情是甜蜜的,却无端生出苦闷夹杂在其中,赵聪灵在内心一声叹气。

营销中心走进了一批看房客,一起说说笑笑的,看来都是关系比较亲近的人结伴而来的。

走在前面的一位男士,刚进门就面带笑容地大声说:"报上把你们楼盘吹得那么好，位置却又这么偏，实际到底怎样啊？”来客一个个带着质疑来看究竟的表情。欣欣与另几位置业顾问反应迅速地迎了上去。置业顾问们职业化的笑容与亲切感便武装了起来。欣欣心活口快笑语欢声地回答：“我们楼盘本来就是好啊，比报上说的还要好！天天都有上门登记的意向客户。”

有上门客户，美女们马上进入了角色，开始分头一对一地把客人引到沙盘周边，欣欣手拿激光笔，向客人讲解沙盘。

来客们围着精美的沙盘边看，边听欣欣训练有素地讲解楼盘。然后美女们分头把客人带到了洽谈区的座位上，奉上茶水，便坐在顾客身边，开始采取各个击破的战术。赵聪灵把一切看在眼里，边听置业顾问们解答客户提问。有人提问项目位置太偏，置业顾问就强调大盘有较完备的生活配套的优势。有人问建筑质量有没有保障，置业顾问就强调阳光国际是中国一个大品牌地产企业，在全国各地开发的都是精品楼盘，阳光国际城更是由世界顶级建筑大师设计，内含国际化生活理念。有人担心今后子女上学不便，置业顾问就搬出项目与江边名校合作办学的亮点。有人说这里荒僻缺少城市生活氛围，美女们就大谈河西是江边市的文化发祥地、当今高科技基地与高教荟萃地，传承文脉，文化底蕴最为深厚，发展前景最为乐观。巧舌如簧的美女们又反复强调世界大师作品、顶级品牌企业、顶级国际化品牌大盘等等说词，说得客户们眼睛一眨一眨的：“这么说，阳光国际城真这么好了？”置业顾问们当仁不让地回答：“是啊，我们的项目本来就是江边市的顶级楼盘。”顾客们的表情就乐呵呵的。

赵聪灵看到推广部提炼出来的营销卖点，活灵活现地演绎在眼前，心里别有一番感慨。

欣欣不失时机地拿出阳光俱乐部的入会表，递上圆珠笔便要客户填单入会。男士警觉起来，犹豫着不肯轻易下笔。欣欣就亮着嗓子打了两个哈哈说：“你还怕上当是吧？放心吧，你填一个表我们不收取一分钱，还送你一张 VIP 会员卡。你拿着这张卡在 80 家消费场所可以享受折扣优惠，有机会免费参加我们俱乐部的活动，获得我们的内刊赠送，今后买房还可以享受购房优先……”

“可是,可是我们今天是随意来看一看,不一定打算买你们的房子啊!”男士说。

“我们也没有强求你今后买我们的房,不过我得先告诉你,你今后想买我们的房,也不一定能买得到!我们现在的意向客户都数以千计了。”欣欣落落大方,快言快语,以退求进,又亲切近人。

男士的脸似乎微微红了一下,便不再说什么,拿笔填起入会单。其他人也都喜笑颜开地跟着入会了。然后,他们带着愉快的表情离去。美女们再聚拢来,一起谈笑风生。

赵聪灵看到营销美女们对项目卖点推介得很到位,又有“见人说话,见菩萨打卦”的随机应变能力,觉得她们的确很有专业素质。她们对男客户营销,还不时利用媚眼,或打情骂俏几句,或摆摆其他情态,一颦一笑应用得炉火纯青。但他也觉察到了有些男人,似乎色眯眯地对美女抱有一种暧昧的企图。这种情况,刚才也发生在欣欣接待的那个男人身上。这不免激起了他“护花”的冲动。

以后,赵聪灵“客串”营销中心,心思便有意无意关注起来访的男性客户,面对如云美女,他们大多心醉神迷,尤其喜欢向漂亮的欣欣与蓉蓉靠近,献点殷勤,表露一点阔绰。这让他不免紧张起来,担心起欣欣会不会意志坚定、经得起诱惑,该不会哪天被有钱男人勾了去。因此好几回在营销中心,赵聪灵看到了不对劲的情况,言行不自觉地流露出醋意与防范,引起了客户的不快。罗经理把事态看在眼里,便找欣欣谈话了,要她劝说赵经理少来营销中心,以免影响营销工作。事后,欣欣羞恼带嘲地对赵聪灵说:“放心吧,如果你自信,我就不会被人拐走。”

赵聪灵脸色绯红了。

欣欣发觉了男友的窘态,又换了一副情态拉了拉他的胳膊甜着声音说:“有了你呢,我还吃亏了!其他姐妹都可以接受帅哥顾客的请吃请玩,大好的享受我就早早地白丢了。”然后看着他吃吃地笑。

周末,董宏理邀赵聪灵去郊外农家乐钓鱼。当他在相约的地点一头钻进董宏理的小车时,猛然看到蓉蓉坐在副驾驶位上,便顿生意外,但他很快镇静下来,放松神态随口问:"蓉蓉,你怎么……也一起去钓鱼啊?"

"董总可以邀你钓鱼,就不可以邀我一起去吗?"蓉蓉的回答很从容却显得生硬,杂着揶揄,仿佛窝着闷气又早有预谋似的。

"不,不,我不是这意思……只是觉得女孩喜欢钓鱼的少。"赵聪灵一时有些窘迫。

"蓉蓉当副手,是一把好手。"董宏理接腔说,"她上次陪我钓过一次鱼了,还问我怎么没把你带上呢。"

陪董总钓过一次鱼了?还问怎么没把我带上?赵聪灵再次一愣。

蓉蓉轻声笑了一下,说:"主要是我看到你们师徒俩成天形影不离的,董总钓鱼也应当把徒弟带上。"

"那是那是。"赵聪灵附和道,心头非常意外于眼下这种局面,也意外平时寡言少语的蓉蓉,今天怎么突然变得心活口活。董总和蓉蓉难道……他有些不敢往下想。

“小赵，怎么没有把欣欣带过来啊？”董宏理开着车，扭了一下头问。

“呵呵，她今天值班。”赵聪灵回答，心头庆幸欣欣值班，否则他真的会把她带过来的，那样会是怎样一个难堪的局面啊！不过他忽然意识到，在座的蓉蓉应当很清楚欣欣今天是值班的。

车，在一处清风送爽、蓝天白云、绿水青山的农庄前停了下来。农家乐的工作人员与董总熟络地打招呼，把他们引到了一处盖着简易小亭的钓台。蓉蓉开始帮着摆弄钓竿和鱼饵，显得很熟练，让人感觉她真的在以前给董宏理当过副手。看着水面上时有鱼儿跃水，泛起一轮轮杂乱的涟漪，赵聪灵的心头也无端地显得很乱。董宏理边转动手头钓竿上的线盘，边吩咐赵聪灵别愣着，莫让蓉蓉替他准备，得自己动手放竿。回过神来的赵聪灵也就准备了起来。

三个白色的浮标漂在了水面，他们各自就座，摆开了“钓翁”的架势。赵聪灵眼睛的余光一直观察着蓉蓉的动静。她好像蓄意冷落他，却又时而偷偷地斜他一眼，想亲近他。她同董宏理坐得很近，时而很热络地和董宏理说着什么，时而吃吃地笑。忽然，他发现董宏理浮现出色眯眯的神态，手在她的面庞上抚了一把。蓉蓉赶紧避了一下，同时瞄了他一眼。赵聪灵差不多颤动了一下，赶紧当做没看见。

这，这……怎么可能呢？平时显得娴淑的蓉蓉，难道就是这样一个人吗？董总不是口口声声说赏花不采花，兔子不吃窝边草的么？怎么又在“吃窝边草”了？说一套做一套呢？难道，你董宏理也是一个十足的伪君子么……而且，蓉蓉的这种做派，与他心目中的蓉蓉也太不相符！赵聪灵傻傻地看着水面，心湖有一团鱼在乱窜，扰得他不平静，手头的鱼竿好像也轻轻颤动起来了。董宏理，这个他心目中的偶像式人物，似乎也在今天轰然坍塌了。

“小赵，小赵，你看到没有，你的浮标……”董宏理突然压着嗓音冲他喊。

“哦，看到了看到了，我是让它再咬紧一点……”赵聪灵醒悟过来，一眼看见浮标被拉动得时浮时沉的，情绪便一下回到了钓兴上。

董宏理说："你，现在慢慢拉竿呀……"

赵聪灵猫起了身，开始旋转钓线收竿。董宏理与蓉蓉都向他身边轻轻凑了过来。鱼，渐渐被拖到了近岸，开始现出青溜的身影。不小的一条鱼，估计有七八斤，摇头摆尾，仿佛看到岸上的人影有些紧张，又全然不知道自己已经上钩了似的。再近岸边，鱼意识到了自己的受制与危险，开始挣扎。董宏理赶紧示意赵聪灵放松一点收线，稳住鱼的情绪，一边，他接过了赵聪灵手头的鱼竿。董宏理又急忙吩咐蓉蓉去取捞网。捞网递到了董宏理的手头，又转到了赵聪灵的手头。董宏理开始缓缓收线，赵聪灵在董总的指挥下，缓缓把捞网伸向了水面……全场屏声静气……一条鱼，便在一个突然动作中被收进了捞网。蠢笨的鱼这才知道在网兜内剧烈地挣扎。蓉蓉急忙招呼赵聪灵，把捉在手头的鱼放进盛着水的大铁皮桶内。

鱼，打得水桶啪啪做响，仿佛不甘心自己被俘。这种声响，激发着他们仨初战告捷的喜悦，心情久久难以平复。董宏理盛赞赵聪灵童子手，运气好，放竿半个多小时就钓上了一条大鱼。赵聪灵希望蓉蓉也说几句夸奖，但她不作声了。

他们各归其位。蓉蓉又蓄意地与董宏理热络在一起。赵聪灵冷冷地坐在一旁，落寞的情绪又笼罩在了心头。他开始回味刚才齐心协力捕捞战利品的情景，为了一个共同目标与成功在即的喜悦，他与蓉蓉都把隔阂抛到了九霄云外，相互合作，同图结果，共庆胜利。这种感觉，多美！于是他又希望早点再有一条贪食的笨鱼上钩……

然而，接下来鱼们就是不上他的钩了，好像鱼也懂得"前车之覆，后车之鉴"似的。于是，他借口挪了一下位置，与董宏理和蓉蓉隔开距离，仿佛赌气一般，特意把空间留给他们。而董宏理的反应呢，好像也不以为然，又好像是故做坦然。

赵聪灵听到董宏理轻声、急促地叫唤他的声音。董总与蓉蓉都猫起身来，神态紧张地看着一根钓竿……他赶紧奔了过去，果然见到了一条大鱼上钩的身影。又一场合作剧上演了，又一条大鱼被抛进了水桶。一场欢喜过后，又归于平静，清风吹起水面的微波，也吹拂着他内心的落落寡欢。

午餐时，他们被农家乐的工作人员唤去吃饭。饭是农家红薯米饭，分外香甜。菜，都是农家小炒风味，独具一格。只是赵聪灵吃得特别不是滋味，因为他看到了蓉蓉与董宏理仍黏在一起，相互让菜碰杯。尤其是蓉蓉，显得对董总特别主动亲热，对他显得很冷漠，好像故意做给他看似的，他心里就堵得慌，吃得很不是滋味。饭后，董宏理吩咐服务员安排三处房间做午休，服务员应声而去。赵聪灵忽然紧张起来：午休，是不是一个借口？董宏理与蓉蓉……他终于禁不住向董宏理提议说："董总，午休何必安排三个房间浪费钱呢？我们俩睡一间不就行了？"

"小赵，别忘了我们是做房地产的！这能多花几个钱啊？我不习惯与人一起睡一个房。"董宏理大大咧咧地说。

赵聪灵苦笑了一下，说："看来董总很为我们做房地产有一种自豪感啊！"

"你说得对！因为是我们在改变着世界和生活的面貌！我们做的是光荣而伟大的事业！"董宏理悠然自得地扭动着脑袋。

赵聪灵无心就这个话题侃下去。他又偷偷瞄了蓉蓉一眼。蓉蓉表露得有些天高云淡。

赵聪灵不能入眠，脑子里老摆脱不了董宏理与蓉蓉的龌龊画面，心头赌得慌。他突然坐了起来，蹑手蹑脚走到董宏理的房门去偷听，他听到了董宏理酣畅的呼噜声。他心头突然释然了，又感叹十个胖子九个是睡虫。

他脚步轻快地走出了大门，到外头吹吹风，去看田园风光。不料，他一眼看到蓉蓉也在外头看风景。他稍做镇定，故意清了清喉咙，便把脚步移了过去。

"蓉蓉……"他走到她身边，轻轻唤了一声。

"找我有事吗？"蓉蓉斜了他一眼，眼神里满含怨恨。

赵聪灵脸上堆着尴尬的笑，然后迟疑地说："你，怎么会……跟董总来钓鱼呢？"

"这关你的事吗？你管得着我吗？"平时温婉的蓉蓉，此时依然说话很冲，"你只需管好你的欣欣，不要跟董宏理来钓鱼就好了！"

赵聪灵骑虎难下，良久无语，心情却无端地平静下来。他终于鼓足勇气说了一句:“蓉蓉,我会把你当最好的朋友!作为朋友,我也希望你多点自爱!”

“我怎么不自爱了?我怎么了?”蓉蓉怒目圆睁地对他质问道。

赵聪灵这才意识到自己说错了话,而且是一句很不得体的话!他便腆着脸解释:“蓉蓉,我不是那意思……”

蓉蓉一扭头,闪身离开,脚步咚咚地回午休房间了。赵聪灵好生没趣,独立外头仰望着空旷的秋天,天空浮着几朵白云,显得淡然悠远。他的内心有着一份无可排遣的落寞。

下午,董宏理起床后又唤赵聪灵去钓鱼。赵聪灵说:“是不是别去钓了,打道回府算了。”董宏理迟疑了一下又说:“再钓一条吧,再钓一条我们就打道回府。我们仨一起来,不能谁空着手回去嘛,都得带个‘战利品’凯旋才对。”忽然他感觉到了什么似的说:“小赵,你今天怎么显得精神不振,心不在焉啊?”

赵聪灵歉然一笑,连忙否认。他们三人又回到了鱼塘边摆开了阵势。大约下午四点,董宏理钓了一条五六斤重的鱼,于是各自带了鱼开车回市区。下了董宏理的车,赵聪灵如释重负。

赵聪灵怎么也不能相信,董宏理会与蓉蓉混到一起去,他所敬重的董宏理总监也是一条平时不露声色的色狼;在他心目中那么淑女的蓉蓉,原来如此不懂自珍自爱。不过,他隐隐感觉蓉蓉与董宏理的亲昵是一种赌气,好像是特意演给他看的。他深知蓉蓉很在乎自己,对他选择了欣欣心怀醋意和怨恨。不过,即便如此,他认为她也不应该这样做啊,用不自爱的方式向他来挑衅啊!他突然对蓉蓉很心痛,觉得应当想办法阻止她这样做。可是,利用什么办法才能奏效,阻止他们呢?董宏理,是自己的直接领导,明着去劝说显然是不合适的;蓉蓉呢,从她今天中午的反应来看,显然根本不会领他的情买他的账。怎么办呢?赵聪灵有一份做救世主的心情,想要挽救一个人,让她尽早迷途知返,却苦于无策。他提着鱼往欣欣家里走去,一路上控制不住都在琢磨这个事情。爱情甜美,刚刚使他的工作压力得到了一些纾解;而现在另一份感情,好像又把他带入了烦恼纠葛的旋涡。

傍晚下班回家，欣欣一眼看到厨房里的大青鱼，欢喜地问谁买回了鲜鱼，晚餐可以大饱口福了。赵聪灵告诉她，是他钓回来的，他今天与董总和蓉蓉一起去农家乐钓鱼了。欣欣一听是他与蓉蓉一起钓回的鱼，当即脸色就沉了下来，然后酸溜溜地丢出了一句话："哦，原来你们一起钓鱼去了呀，那你应当把鱼提到她家里去一起吃啊。"

赵聪灵顿时紧张，慌忙环顾，准岳父岳母幸好不在旁边。他急忙拉了欣欣走到门外的小区花园，对她说："你怎么这样说话呢？是董总把我喊去的，去了才知道蓉蓉和董总在一起……"

"那，是不是董宏理有意要撮合你们呀？"欣欣仍不依不饶。

"哎，你真是！"赵聪灵气得摇了一下头，"我是告诉你，我发现蓉蓉和董总的关系走得很近！"

"哦，原来这样啊。"欣欣转脸露出幸灾乐祸的笑，"那，你是不是有些吃醋哩？"

赵聪灵有些气急败坏地说："欣欣，有时我发现你就是尖酸过分！我是想对你说，你是不是可以去劝劝她，莫要放纵自己，多点自爱。"

"我去劝她？那是她的选择，她的自由，我有什么权利去干预她呢！"冷笑了一声，欣欣自言自语地道，"这个世界，真的是不缺少新鲜事。"

赵聪灵看着漫不经心的欣欣，心思杂乱，一时无言。静了片刻，他又拉了拉欣欣的手说："算了算了，就当你什么也不知道，莫要把这事情跟其他人说。我们回去吧。"

路上，欣欣不忘对他说："我警告你啊，你敢心思不正对某人还不死心的话，我就跟你说拜拜！现在，她的事不关你的事！"

赵聪灵无奈地辩解道："如果我对她还有什么，我还把这事告诉你吗？"

周一上班，公司收到了市房地产局下发的《关于 2005 年江边市房地产秋季交易会》的通知，展位投标活动定于 10 月 3 日在江天宾馆国际会议厅举行；房交会定于 11 月 15 日至 11 月 18 日在星星农博会馆举办。历年来，房交会人气鼎盛，是各大楼盘大举推广吸纳人气的最好时机。

阳光国际城如何参展房地产秋交会已提上议事日程。因为初来江边市还没有参加过本市的房交会，不懂展位竞标细则，董宏理便向赵聪灵咨询相关情况。赵聪灵做记者时，对房交会做过相关报道，所以基本上了解一些操作程序。他介绍说："展位竞标是投暗标，把报价单送上主席台；主席台评审是将低于标底价者作废，将高于标底价者、最接近标底价的投标人定为中标者。"董宏理有些讶然地说："这么搞呀，我们还以为是像土地挂拍一样，谁对某个展位出价高谁就中标！"

赵聪灵摇着头说："不是这样的！投暗标，中标者还得凭估价水平、靠运气。江边一年的开发项目有数百个，而秋交会能提供的展位只有近 80 个，所以大部分楼盘还进不了展会。"

“这么说,我们项目能不能中标参加‘秋交会’也是个未知数了?”董宏理有些心急起来。

“是的,这就得看我们投标的估价水平了。”赵聪灵肯定地回答。

董宏理忧心忡忡地喃喃道:“这可是个难题了!陈总裁强调要求秋交会务必精彩参展,我们又都没有投标的经验。”赵聪灵觉得在这个节骨眼上应当努力替董宏理与公司分忧解难,他略加沉思后便提议说:“董总,上次陈副市长视察,说我们的项目是河西的龙头项目、市政府重点扶持项目。这次是不是还请亿董事长出面再找一下陈副市长,请求背后做个特殊照顾呢?”

一语,让董宏理拨云见日。他高兴地说:“小赵你说得对!这事务必请亿董事长出马。”

赵聪灵又建言说:“要亿董事长出面协调的话,现在事不宜迟了。”

“我这就请刘总给亿董事长打电话去!”董宏理折身离开。

刘总给亿董事长打电话说了这件事情。亿董事长半个小时后便回了电话,说:“陈副市长同意跟市房产局的李局长打个电话,让他想办法把阳光国际城项目的展位安排下去;不过陈副市长还嘱托我们,也去找一次房地产局的李局长。”

找李局长最好的办法不是去他办公室,这一点刘总也明白。他对董宏理说:“晚上我们请李局长一起吃个饭吧。”

求人办大事,吃饭当然也只是一个借口。董宏理询问道:“给李局长打多大的红包呢?”

“2 万,还是 3 万呢,你觉得?”刘总转动着眼睛反问。

“3 万吧。”董宏理建议,又说,“这事看在陈副市长打招呼的面子上,否则这个数字是远远不够的。”

刘总爽快地点头。董宏理在心里说,小气的刘总对走官场还是蛮懂道道的。

晚餐时分,李局长大大方方地来到了芙蓉大酒店中餐厅的莲花包房,一见面他便主动说:“秋交会展位的事,陈副市长已经给我打过电话了。”

“这事得靠您多关照才行!”刘总谦和地说。

“你们是河西重点龙头项目，我们本应当支持。”李局长端坐着说，然后又露出了稍稍难色，“不过呢，这事我们又挺难办的。我正在考虑看怎么解决好。”

“李局长，我们准备在下半年开盘，这次房交会对于我们来说很重要。”董宏理说，“我们项目如果开盘走响，对片区地块的出让也会带动很大的。”

李局长点点头称是，又说：“你们可能还不太清楚，每次房交会的展位都是僧多粥少很紧俏，所以我们搞的是公平竞争，投暗标，并且当场投标当场揭标。参标单位对每一个展位都盯得很紧的。”这时，服务员陆续送菜上来，刘总便把话头扯开聊起一些家常。酒喝起来后，刘总见仍有服务员站在旁边待命，便对服务员说：“你出去吧，有事我们再叫你们。”

相互敬酒几杯下肚后，气氛似乎融洽了。刘总把装有三万块钱的大信封移到了李局长的身边，悄声说：“李局，这三万块是我们的一点见面礼。本来打算给您去买瓶好酒的，又觉得提着不方便，就劳驾您自己去买了。”

“不不，这本来是陈副市长关照的事情，我理应尽力想办法。”李局长含含糊糊地说。

董宏理把话题扯开问道：“今年秋交会估计会有多少竞标项目呢？”

“估计 200 多家吧。”李局长回答，“房市有金九银十之说，所以秋会的展位会更俏。”

“您知道的，我们初来江边市，对竞标又没经验，所以需要您关照一回才行。”刘总说。

“你们看中了哪个展位呢？”李局长问。

“正对大门入口的展位一定很贵吧。我们想选择入口左侧或右侧的 2 号、3 号展位，哪一个都行。”

李局长点点头说：“那也是两个黄金展位，价格比 1 号位要便宜 10 万元，竞标的单位也会很多。”

“您的意思是这两个展位难办吗？”董宏理轻声问，“但我们又希望弄到一个位置好一点的展位。”

李局长举杯和他俩碰了一下，略做沉思状，说：“你们就选 2 号展位吧。”然后压低了声音凑近刘总说，“我一直都在替你想解决问题的办法，你们看这种方式行不行？招标现场，你们竞标 2 号展位，把竞标单送往主席台时交到我手头，记住只填你们的项目名称，莫填标价。到时我看了其他竞标单的出价后，再给你们填上一个最靠近底价的标价，现场揭标就宣布 2 号展位是你们中标。”

“好好！”刘总与董宏理齐声道谢，然后敬酒。董宏理有些高兴，却在心里说，你这个老奸巨滑的家伙，看来搞这种暗箱操作是轻车熟路了。

“没办法，破坏公平竞争，公开给谁特权是行不通的，只能冒险给你们想这办法了。”李局长做出一副苦衷状。

“不好意思，我们给您出难题了。”刘总说，“刚才董总说的，我们是龙头项目，开局好能带动片区发展。从这个层面来说，您也是为加快新城区的发展做考虑。”

李局长面露悦色，说：“我们做公仆的，有时不得不左右权衡各方面的关系，也有苦难言啊！”

秋交会展位竞标会如期举行。刘总和董宏理早早赶到会场，迎候在大门口。会前十分钟，李局长一行大步流星走进来，刘总便迎上去与李局长打招呼，握手。这是董宏理的主意，意在借机再给李局长一个会前提醒。

竞标会正式开始，参加竞争 1 号展位的单位有 11 家。揭标后 1 号展位被一个商业项目拿走，2 号展位竞标开始，递上去的竞标单有 13 家。李局长亲自揭标宣布各竞标单位的竞标价，然后镇定自若地公布 2 号展位标底价是 35 万元，阳光国际城投标 35.5 万元，以最靠近标底价中标。李局长把事情做得神不知鬼不觉，可谓天衣无缝。

刘总和董宏理早早轻松得胜拿到了中标单，看到全场黑压压的人群还在伸长脖子等待幸运机会的降临，脸上便挂上了无比的优越感与得意神形。能够超越游戏规则办成事情，的确叫人爽快！

驾车回程的路上，刘总对董宏理说：“这一次中标来之不易啊！董总，你得把这次机会利用好。”董宏理回答：“刘总放心吧，我们会尽力而为。”

备战一次房交会，所要做的准备工作更是千头万绪事情一大堆。展位风格设计、宣传单页制作、礼品袋制作、小赠品设计加工、影像宣传片录制、物料采购、制作单位选择等等，推广部忙得不可开交。赵聪灵向董宏理申请俱乐部的人员援助，参与进行做一些跑上跑下的事情。针对这一次秋交会，罗经理找到董宏理反映情况说："来到营销中心的客人都对项目的名气很肯定，但都嫌太偏僻，对周边的茅草丛耿耿于怀。"她问推广部是不是有办法把意向客户的这一层心理给突破了。

董宏理决定编出新一期高质量的《阳光国际城》内刊在房交会上发放，对市场进行引导。他授意赵聪灵会展期间的内刊的主打文章将阳光国际城倡导一种新生活方式为支撑点，把楼盘的外立面风格、国际居家流行的入户花园个性设计、人性化大气度楼间距、连廊通道、羽毛球馆、游泳池、名校合作等等一系列实在性卖点，结合河西山、水、洲、城的自然生态卖点和历史人文卖点有机地融合起来，给江边市民描绘出一种理想的国际化新生活形态，强化阳光国际城作为未来优雅生活社区的典范形象，梦想家生活中的现实天堂！

董宏理说："我们项目目前让人看不上眼，我们做推广就要力图给意向客户构画未来生活形态，注意：文章要用散文描写的方式，把读者带入一种未来生活体验之中去。只有让客户进入未来的梦，才能突破理性消费心理的当下顾虑。"

董宏理拨弄着不倒翁，思绪翻滚，口若悬河。赵聪灵边听边忙着记录，听得脑子一愣一愣的，深深感觉到这一篇文章如果到位地炮制出来，必定将对市场消费心理产生新一轮的冲击波。

赵聪灵觉得自己没有足够的底气把这篇文章写出来，心虚地对董宏理说："董总，这篇文章太厚重了，我，我恐怕不行。还是您亲自操刀吧。"说着，他用奉迎的目光看着董宏理。

"我这人是能思能说，但不长于写。小赵，写是你的长处。沿着我的思路再好好构思一下，相信你会写得很好！写出来了，我们再一起讨论做些修改。"

"这个，那我就先试试吧。"赵聪灵说。

“小赵，做大品牌推广就得这样，在不同的阶段有不同的杀手锏使出来，不断去攻破那些消费者的理性心里防线，让他们招架不住，他们就会乖乖地成为我们的俘虏。”

赵聪灵想起了不少楼盘把户型做卖点，便提议在内刊搞一个户型解读的专版。董宏理连连摇头说：“我们的户型不是卖点，而是缺点。楼盘的外立面设计一经固定，里头的户型设计就只能‘憋着嗓子唱歌，戴着镣铐跳舞’了。我们塔楼的户型暗厨、暗卫、黑房子、入户花园晒不到阳光等等，都给我们推广营销增加了难度。如果你再去解读，就是‘此地无银三百两’。”他叮嘱赵聪灵，这一点千万要记住。

董宏理一套套新奇大胆的推广策略，可谓是“守正出邪”，让赵聪灵心弦跳动，脑壳“咯噔咯噔”地开窍。赵聪灵回顾几个月来与董宏理学策划，忽然蹦出一个念头：这房地产推广，原来是一个巨大的阴谋啊！他又联想起董宏理与蓉蓉的暧昧关系，不无恐惧地感觉董总这个人内心泥沙俱下，太深不可测。

董宏理好像看穿了他此时的心迹似的，又说了一句话：“小赵啊，做市场就像男人混情场，要懂得逢场作戏，随机发挥。”

赵聪灵五味杂陈地思考着董宏理的这番话与策略，这好戏连台的房地产文化营销，怎么就有些走拐变味的趋向，而且好像又与“蒙人”搭了界呢？

随着时代进步，人们生活水准大幅度攀升，“住”早已成为生活中的头等大事。现代人提高生活品质，首先考虑的就是改进居住环境，购置小区环境优雅的新楼，住豪宅，住别墅，再按照自己的心意与生活理想精心装修。一年两度的春季房交会与秋季房交会，政府高度重视，媒体热烈关注，参展开发商使尽招数推销自己的楼盘，购房者接踵而来逛闹市选择自己的意向住宅……房交会，已俨然成为城市社会生活中一个特别盛大的消费节日。房地产市场历来有“金九银十”之说。秋交会面临下半年持续升温的楼市，相对于春交会更显盛况空前。上下三层几万平方米的星星农博场馆，临时被辟为江边市秋季房交会会场，建筑四周已被各种各样的喷绘地产广告、彩带装扮得分外妖娆。大门口广场上则是充气式红色拱门，大红气球挂着一排排彩带迎风飘摇，四围彩旗招展，洋溢出一种盛大的喜庆氛围。走进会场，你会看到逛展市民如潮般涌动。

虽然还有淡淡的阳光，十月秋天已有沁人的凉意。但会场内因为人气鼎沸热浪熏蒸，各项目展位上的工作人员穿着单衫还热得汗涔涔的，不得不搬来落地风扇扇动一点凉风。

房交会,也是本市各路开发商营销大会战、短兵相接进行市场火并的战场,大家都会使出浑身的解数。各处展位,在声光电艺术的渲染下凸显出建筑美。参展商们把各自展位设计装修成微缩建筑景观,显得异彩纷呈、文化个性盎然:有的是升腾奇突巧美的哥特式建筑;有的是极具透视感的意大利风格;有的是富装饰性柱式拱券式的古罗马风格;有的是古希腊三角形建筑风格;有的是中式小桥流水人家的江浙园林式风格;有的是篱笆大树菜园加屋宇的田园庭院式风格;有的显示简洁富有视角冲击力的现代风格;有的是标新立异的后现代风格;有的造景展示出阳光沙滩太阳伞的海滨风情……为了吸引眼球,商家煞费苦心。全场可谓是名符其实的江边市千姿百态建筑风格的一个微缩博览会。各展位里精工制作出的沙盘玲珑剔透,又是微缩景观里的微缩景观,像一个个童话世界,美得像人间天堂,特别吸引眼球。

阳光国际城的展位设计,则把项目具标志性的两根大的蓝色立柱微缩处理设置在展位入口,自成醒目特色。展厅内的墙面,贴着几位据说与阳光事业置业公司合作过的国际建筑大师的头像,带着沉思的头像宛如一位位学理高深的思想者,暗示出建筑独有的思想高度。此外,展位摆放了一台宽屏电视,不停地播放阳光事业置业公司宣传片,片中介绍北京、天津等城市连锁项目,以此衬托尚未露脸的江边阳光国际城,很能给人遐想。三维立体效果图显示出小区规模大,外立面设计的新潮,色彩对比鲜明活泼,小区规划大气……这种感观效果,体现出一处国际化大盘的时尚宜居,也体现出大牌开发企业打造国际化大项目作品的不同凡响。这,似乎也很好地填补了阳光国际城展位的简陋。或许也是因于阳光国际城前期的名气,展位吸引的来客并不逊色于其他展位,好像还要胜出一筹。一堆堆人驻足围观宣传短片,好像都看得津津有味。人们似乎想通过片子把阳光国际城做更透彻的了解。现场咨询的人也络绎不绝。

此次作为业内人士参观房交会,与以前做记者过来采访房交会的观感很不一样,仿佛眼前的一切都变得特别明晰。参展项目为了吸引意向客户和人气,用尽心思招数百出。楼书和宣传单派发铺天盖地,忙坏了趁

机搞勤工俭学的大学生们，也乐坏了捡废品的老太太们。许多展位的礼品大派送，则成为逛会者的意外惊喜。有送广告雨伞的，有送小运动器具的，有送食品饮料的，有送小工艺品的，有搞抓阄抽奖的等等，吆喝手段五花八门。你只要有耐心不怕排长队，登记一个姓名电话便能领到赠品。除此而外，有的商家还请来艺人跳舞、杂耍，有的搞茶文化艺术表演，有的请来书画家当场泼墨赠送，有的请你玩一场小高尔夫球，还有卡通人物秀、三点式美女秀、美眉游行秀等等，当然，更多楼盘在高喊房交会期间大让利！不过对这种让利，内行都清楚是玩的花样，是"提高价格再打折"。

花样百出的推广招数中，某楼盘别出心裁在展位打出了"开盘日请来南岳高僧亲临开光祷福"的招牌，引来逛展市民排起长队做登记。总之，各种推广形式精彩上演，无不让人感觉到开发商们的熬费苦心。

董宏理和赵聪灵把会场都逛了一圈，算是对"秋交会"做一个大体的了解，也开开眼界。

他感觉商家的做秀与逛展市民的热情捧场，使会场呈现出一种营造新生活、向往现代新生活的局面。让人怦然心动和想入非非的美事还有，房交会组委会不惜重金购来了三辆漆光闪亮的小车摆放在展会大厅中央——这便是会展期购房抽大奖的奖品。不过现在的购房者似乎也越来越懂得一些购房知识与诀窍，懂得抵御展会上的诱惑，控制自己的消费冲动，一般都会多方比较，带回一些资料，问明价格情况，了解开发商的实力和社会美誉度，回家再与家人及亲朋研究讨论一番，然后决定购买目标。因此真正在展会上掏腰包当即购房的人为数不多。不过，不少开发商参展的算盘不打在卖几套房上，而主要是做楼盘的品牌推广、卖点推介和其他信息发布，让广大市民知道自己的楼盘，多了解楼盘的利好，潜在客户也便自在不言中。自信的商家更乐意把意向客户拉到自己楼盘的现场去看一看。展会上的美女披着授带举着"免费乘车看房"的牌子游行，又是一道风景。

展会上，阳光国际城没有搞更多花俏的促销，也没有用打折做诱饵，只是免费派送宣传单、内刊《国际新城》，赠送填表入会者一个价值不大、但精美的小塑钢茶杯。刘总在订展位花了一大笔钱之后，很心痛了，因此要求董宏理在布展、促销上力行节俭办事,但又要力图精彩亮相。董宏理苦笑摇头,只得遵从。赠品虽微不足道,但一样引来光顾者排起长队。赵聪灵很明白这是项目前期推广卓有成效的结果。他从现场了解到,许多逛展会的市民都是特地到阳光国际城的展位来的,有一睹“明星楼盘”风采的味道。有的人甚至就是冲着阳光国际城来看展会的。场内人声鼎沸,加上各处宣传片不绝于耳,室内声浪喧嚣,董宏理带着现场10余人不停地解答市民询问,说得口干舌燥,嗓子嘶哑,不得不买来金嗓子喉片润喉。

访客中愿意去看项目部营销中心参观的人数不少。公司派了两辆中巴一辆小车成天往返于工地与会展接送客人,忙得不亦乐乎。大家只有在吃中餐的时候,才能得到一会儿轻闲歇息的时刻。

董宏理针对这一次秋季房交会的宣传,使尽浑身解数说通了刘总,同意了他加大小费筹码贿赂记者的策略:凡报道秋交会期间,把阳光国际城做正面典型例子报道的文章,都给予不低于200元一篇的小费;如果是专门针对阳光国际城写的独家文字或者图片报道,小费再做提高。因此,江边秋季房地产交易会,阳光国际城又成为了各大媒体报道中的重点关注楼盘,场外的舆论风头之健,几乎无与匹敌。

会前,董宏理对赵聪灵说:“小赵啊,秋交会我们不单要把自己的楼盘推广好,群英荟萃的房交会也是了解行情、学习同行做项目推广营销的很好机会。你得好好逛一逛,多留一份心。”

赵聪灵从房交会上收集了几大袋子广告宣传资料,带回办公室做学习研究。会后,他慢慢地翻看,各楼盘的宣传资料无不编制得美轮美奂,各处楼盘各有卖点,主题概念推广也是异彩纷呈。什么中式古典主义、现代新古典主义、欧陆风格、北美风格、地中海风情、海岸风景、韩式建筑、北海道情调、第一大道、古典意大利、金色巴黎香榭里等等楼盘,不胜枚举,反正世界上那些独具个性与色彩的生活方式、商业名区在江边地产市场几乎都能在房交会上觅到翻版踪影。同时,新都市主义、新古典主义、江南水乡等等生活概念,也使房交会呈现出浓郁的时尚文化异彩;各种个性化生活格调与品位争相绽放,使人可以尽情畅想未来的新生活。逛房交会真可谓是“坐地日行百万里”，能体验到世界各地的经典生活风华与差异明显的国际国内居家生活式样。

秋交会让赵聪灵感慨现在楼盘营销重文化炒作、重项目包装越来越成风气，各种宣传资料无不做得精彩绝伦。他细心研究着从房交会上带回的各种宣传资料，越研究越开心，觉出其中的趣味，觉出其中的“道道”有章可循。他禁不住动笔，总结出了江边市楼盘广告语提炼的套路：

地段偏远：远离都市尘嚣，尽享静谧人生。

位处郊区乡镇：回归自然，享受田园风光。

紧邻闹市：坐拥都市繁华。

挨着一条臭水沟：绝版水岸名邸，上风上水。

小区挖出个池子：东方威尼斯，演绎浪漫风情。

地势高：视野开阔，俯瞰全城。

地势低洼：私属领地，冬暖夏凉。

楼顶圆架：巴洛克风格。

楼顶尖架：哥特式建筑风格。

户型很烂：个性化户型设计，紧跟时尚潮流。

楼间距小：邻里亲近，和谐温馨。

周边荒野：满目生机，回归自然。

边上有家银行：紧邻中央商务区。

边上有个居委会：中心政务区核心地标。

边上有个学校：浓厚人文学术氛围。

边上有家诊所：健康有保障，乐活人生。

……

赵聪灵把玩着这些异彩纷呈的营销卖点，自得其乐，又感慨为一处楼盘提炼卖点，只要挖空心思，何患无言！他把总结出来的这一个地产营销套路拿给董宏理看。董宏理看完后哈哈一笑，用手头的报纸敲了一下赵聪灵的脑壳说：“你现在能写出来这样的二律句子，说明你做房地产营销的思维也算登门入室了。楼盘推广重点是做优势卖点的文章，学问很大。要说楼盘的文化包装附有虚假的话，这也是高明的忽悠，一种文化营销的策略。”

赵聪灵想反驳，但他瞄了一眼董宏理后，觉得一些话若是说出来不合时宜，又把话咽了回去。

借江边市秋季房交会，阳光国际新城的品牌推广再上一级台阶，俱乐部又积累了一大批会员客户。从资料分析的结果看，意向客户也绝大多数是中青年知识白领阶层，符合当初的目标客户群定位。赵聪灵暗叹董宏理做事的先见之明。当他把这一个疑惑在欣欣面前提出来时，欣欣不假思索地回答说：“你们做推广渲染的都是阳光国际城如何有文化内涵，如何体现国际化居家时尚，又传承了城市文脉，如何显示出居家品位……这些都是都市中青年知识白领们津津乐道的东西，自然就投其所好了。”

赵聪灵眼睛直直看着心思活泛的欣欣，做恍然醒悟状。他想起了董宏理曾说过的一句话：“什么是品位？文化就是品位！”欣欣接下来又加了一句：“现在越是讲文化品位、追求生活情调的知识分子，就越好忽悠，嘻嘻！”

赵聪灵在秋交会展位上，遇到了在市教育局工作、平素很少来往的表姨妈。表姨妈惊讶于他在那么好的新闻单位，为何还要跳槽。但表姨妈看了人气旺盛的阳光国际城的展位，转口又说：“现在的房地产行业确实好赚钱，你跳槽是跳对了，改行很有眼光。”

“姨妈也来逛展会，是不是也想买房子呢？”赵聪灵欢喜地问。

表姨妈做了一个亲切的表情回答：“是啊，现在房价一天天看涨，我也想买套房子。我经常在报纸电视上看到你们楼盘的报道，觉得你们楼盘很不错的，今天也特意来看一看，哈哈，不想遇上你了。”说完，她就神秘兮兮地把赵聪灵拉到一边，附在他耳边悄声说：“小赵，我就到你们楼盘买房了，你能给姨妈争取到一个好户型和优惠价吗？”

赵聪灵知道表姨妈也被阳光国际城的宣传俘虏了，但眼下许多话又不便讲，他只好说：“姨妈，这个是没问题的，等开完房交会我再跟你聊吧。现在我也忙，您也到别处楼盘多逛逛去吧。”

房交会刚结束的第二天，表姨妈就迫切地打电话给赵聪灵，约他去家里吃晚饭。赵聪灵当然知道表姨妈的用意，他也乐于有这个单独相处的机会，以便与姨妈交交心，把真话说出来。

他刚进表姨妈的家门，就一眼看到烹调好的红烧肉、辣椒炒鸡丁、土匪豆腐三样菜已端上饭桌。表姨父还在厨房里油煎火辣地忙碌着。表姨父以前是市组织部的干部，已退休两年了，有一手好厨艺，全是从在职时隔三差五接受宴请、吃遍江边美食、博采众长学来的。今天从摆上桌的三道菜的品质来看，表姨父是把专业的厨艺发挥到了很高的水平，看来是把他当贵宾盛待了。表姨妈住的还是老式房，餐厅客厅合一。表姨妈忙着给他让座倒茶水，表姨父也特意从厨房走出来与他打了声招呼。这种厚遇，顿时让赵聪灵感觉受宠若惊，又担心享受之后，下不得台来。

表姨妈说："小赵啊，我与你姨父革命了一辈子，你看现在还住着20世纪80年代的房子。现在都讲提高生活质量，用你们的话讲就是追求素质人居。所以，我们也想改善生活质量了，晚年也跟随时代享受一下现代生活。"

"那是那是。"赵聪灵喝了一口茶说。茶清香满口，是绝对的好茶。

"小赵，姨妈就是看中你们楼盘了，也算是支持你的工作吧。什么时候开盘呢？"

"谢谢姨妈！"赵聪灵不无歉意地一笑，又问，"姨妈看了其他的楼盘没有？没遇上中意的吗？"

"看是看了很多，看得眼花缭乱。阳光国际城那么好，你又在那里做事，姨妈还信任谁去呢？我还跟你表姐和表姐夫也说了，要他们一起和我买到你那里去。"表姨妈唯一的女儿在江边市一中教书，丈夫是校长。

赵聪灵不说话，开始打量姨妈的居室。这是20世纪80年代国家房改政策推行时购得的单位房。小区教育局机关大楼后面附属的家属院落，谈不上什么现代规划与活动设施的配套。室内虽然厨卫、厅卧各种功能齐全，原建空间仅一室两厅，后来整栋楼的邻里们协议，沿墙另起地基从下到顶扩建了一间房，于是居室就有了100余平方米。但毕竟是白灰墙发黑的老式房子，家里摆设也老式简朴。他想表姨妈一家是有经济能力的，也积蓄了大笔存款，正酝酿着对生活现状来一次根本的变革。

表姨父把做好的其他三道菜也端上桌来了，取下围裙又到酒柜里拿出了一瓶五粮液，张罗着准备开饭。

赵聪灵边与表姨父喝着酒，边对姨妈说：“姨妈，您到底看中阳光国际城哪里好呢？”

“你都把它写得那么好，还问我哩。”姨妈说，“你主编的《阳光国际城》刊物，还有你们的宣传彩页，我从房交会带回来后，都看了。以前还认为那地方太偏了点，但看你们的刊物和报纸上都说那么好，说得好像也在理，我又觉得这个楼盘蛮不错了。”

赵聪灵忍不住笑了，闪烁其词地说：“我们当然要说我们的楼盘好，如果不说好反而说不好的话，我们的房子谁来买呢？”

表姨父马上用异样的眼神斜了赵聪灵一眼，赵聪灵顿时感受到这束目光刺得他有些发虚似的。表姨父一直没怎么说话，好像把买房的一档事都交由老婆去摆布了。赵聪灵一语既出，便让表姨妈也警惕起来。她吞下一口饭，用眼睛紧紧盯着赵聪灵问道：“你是说，你们写的都是假的？”

“假倒是没假，只是，只是不好的地方我们就掩盖了，没提了。”

“不好的地方，哪些不好的地方？”表姨妈紧紧追问道，扑闪的眼神透出意外的疑惑。

赵聪灵定了定神说：“一家人面前，我就只得讲真话讲实话了。比如阳光国际城周边只有茅草和民房，城市配套建设短时间搞不起来，今后你住进去，生活怎么方便？还有，我们的户型很差，暗厨、暗卫，许多套间还有一间黑房子，有大多数房子都是东西朝向，入户花园也见不到阳光……你住着会舒适吗？房子是用来居家的，首先要考虑生活方便和舒适。还有，买房必须选择性价比。”

“哦，这样啊！可你们说那里人文底蕴好，公司是全国品牌大企业，楼房是世界著名的设计大师的作品，建筑很有特色，是城市地标……”表姨妈看来对阳光国际城了解蛮多。

“那些，对于居家舒适来说毕竟是虚的呀。”赵聪灵说，“从河西大规划的城市发展来说，阳光国际城处在近郊地带，也具有升值前景，但那也要漫长的时间做代价。”

“小赵说得对，”一直不说话的表姨父开口了，“我们买房子不能舍实就虚，应当考虑生活便利和居家舒适。”

表姨妈故做轻松地打了几个哈哈，然后说：“感谢小赵的提醒！我本来还要你出面帮我在阳光国际城优先买个房，看来这房子不能选择了。”

“姨妈，在您面前我就自家人不说二家话了。”赵聪灵说，“但是如果您身边其他人要去买，您就不能说差，只能说好了。楼盘文化底蕴这些，大多都是人为附上去的东西。”

表姨妈赶紧表白道：“这个当然，这个当然。小赵，今后我看中了其他楼房，再请你做参谋啊。”

“行吧。”赵聪灵回答，“不过我选房也是要懂不懂的。”

总算把表姨妈搪塞过去了。回家的路上，赵聪灵突然生出了一份内疚，觉得自己对公司对项目不忠。

第三天休假，他约欣欣轮休，一起上南岳烧香拜佛。路上两个人在车上聊天，欣欣说：“你们真行啊，这么一个偏僻的地方，渐渐地被你们推广部忽悠得营销中心的人气一天比一天旺起来，不少来客还对阳光国际城情有独钟了。”

赵聪灵说：“我们推广部把人气给你们鼓弄起来了，能不能留住人就看你们营销中心有几板斧了。”

她回答：“放心吧，我们营销中心的人个个是穆桂英，都是有几手功夫的人！只是有些意向客户留也不是，不留也不是。”

“这话怎么讲？”

“比如有亲戚朋友也迫切地找我打听阳光国际城什么价格、什么时间开盘，都请我帮忙优先优惠到阳光国际城买房。我都不知道怎么答复他们，说好呢，对不起亲友；说不好呢，对不起公司。”

赵聪灵不假思索地说：“你的本职工作就是卖房子啊。”

“是卖房没错，可是我想卖得心安一点呀。哎，只怪这户型太差，性价比也不好。我推荐亲戚朋友去买吧，于心有愧；说房子的坏处，让他们别买吧，又是自己失了职责。我现在感觉怎么做都是不诚实！”

听着欣欣这一番表白，赵聪灵才感觉到这个带点狡黠的“辣妹子”，内心的确很纯洁本真。但眼下做房地产营销就让两个年轻人面临了两难选择：对消费者说实话就对不起公司，对得起公司了又对不起购房者。赵聪灵暗暗双手合十地在内心说：“智慧和万能的佛，你能告诉我们怎样履践忠诚吗？”

雾锁南岳衡山，云蒸霞蔚。抬眼望见圣帝殿所在的祝云峰在云天之外，赵聪灵牵着欣欣的手，慢慢爬向山顶……

周末,刘宾邀赵聪灵喝茶。两个大学同学久违相聚,现在又是同行业,各自在不同的公司做着相同的工作职位,便格外亲热。他们在茶座选一处靠窗的座位落座,刘宾就喊服务生点了一壶288元的极品铁观音。这个价格有点贵,但因为“8”是自己的幸运数字,所以豪不犹豫地点了。刘宾的神态、言语与招唤服务生的口气颇有一种老板气派,显示出他做东的样子。他在大学时本是一个阳光的人,眼下这种出手阔绰的牛气更流露出当今作为混迹房地产界一员的底气十足,但其中还保留着从前作为叛逆的文学青年的痕迹。赵聪灵禁不住想,自己在这个行业多滚打几年,是不是也会无形中变得如此气象呢?他又认为这等做作有一种矫情,或许本人感觉不到,但旁观者清。

边喝着茶,边漫天海地地聊。赵聪灵随口问:“老同学现在还爱文学么?”

刘宾爽朗一笑:“我现在是用文学热爱房地产了!你呢?现在看来是两手抓吧,看你在内刊写的广告文章还文采盎然的!”

赵聪灵哈哈一乐道:“我现在也是学你的,‘用文学热爱房地产了’!”

刘宾所在的房地产公司是一家本土企业,也有点名气,与政府机关关系很铁,相继开发的几处项目都地理位置好得让人眼红,因此都销得很火。眼下他们正在做一个旧城改造项目,拆迁时搞过一场风波,不过很快就过去了。现在,他们的工地两幢高楼建筑已搭起脚手架动工了,市场推广也运作起来。几天前,赵聪灵在《清江晚报》上看到了他们的入市广告,已开始前期登记 VIP 客户,项目卖点是“都市轴心,标志未来”“坐拥繁华,俯瞰会城”。

赵聪灵突然想打击一下刘宾与其项目的牛气,便说:“你们凭什么说项目是江边城市的轴心啊,还标志未来! 两栋 25 层的小楼,吹得那么神气!”

刘宾反唇相讥:“你们凭什么说独享江边文化,还是国际化居住方式的顶尖之作啊? 荒郊野地的,那里还有一些民宅和其他开发项目呢!”

“我们是言之有凿的:千年清江书院是江边市历史文化的发源地,我们书院还融进了清江书院的建筑特色;我们的领衔设计是……”

“得了得了,看来老同学的吹功也训练有素了啊,出口就一套一套的了。”刘宾耸动着眉眼说,“你们这些卖点还不照样‘吹牛皮不犯死罪’!”

赵聪灵突然觉得在老江湖面前话不投机,出语便被揭穿了老底。他一时不知说什么好,便哈哈笑起来。

刘宾也跟着笑,然后说:“我们做房地产推广,对项目卖点不说几句硬话狠话,不‘放几颗卫星上天’,能够吸引市场的注意吗? 能够打动消费者的心吗?! 不过老兄,你们的楼盘正在大放卫星,却不准我们替自己的项目说几句硬话、狠话,太霸道了吧……”

“谁不准你们放卫星了,你们的广告不同样妙笔生花,在报纸上大吹特吹么?”

“现在不是‘酒香不怕巷子深’的时代了,哪一个楼盘要想卖得好、卖个好价钱,都不吹不行哩!”刘宾感叹,“现在楼盘都卖得好:大户型说大户型的好,小户型说小户型的好;有假山的说山好,有人工湖的说水好;在市区的都坐拥繁华,在郊外的说田园风光;高层楼盘称电梯方便,多层建筑言爬楼梯可以锻炼身体;南北朝向的房子张扬通风透气好不当西晒,当晒的房子就称阳光正好给室内杀菌,又便利晾晒衣服;地偏就用车程来表示物理距离;低价房就称升值空间大,价位高就张扬楼盘品质好……房产策划营销,本来做的就是项目的优势卖点文章嘛!如果你说自己不好,就惨了。”

赵聪灵颔首认可,心头感慨刘宾在地产界滚打几年,早早就修炼了一套功夫,又觉得地产江湖的操盘理念与手段都很相通。他又寻思:这楼市推广事业,是不是都由一些文学爱好者们在鼓弄呢?片刻,他说:“你知道我是初入江湖,涉水不深,是想向你这个老同学多学点招数啊。”

“你别谦虚了,从目前阳光国际城的市场吹功与手段看来,你们是独领风骚的,你得多教点我才对。”

赵聪灵禁不住又笑起来。

刘宾接着说:“我们都得烧香祝愿房子大卖特卖,卖得火,老板给起奖金也就爽快大方点,我们就跟着过过好日子。”

一语,说得赵聪灵心思摇动,浮想联翩:“那是那是……”

刘宾又聊起了近年来许多炒房客发大财的逸事。现在,好像做任何投机生意都比不上炒房。赵聪灵知道炒房是一种转手倒卖,但究竟是怎么一种操作方式心里一派迷茫。他本想乘机向刘宾请教,又怕启口露了自己的短。刘宾一个劲地感叹现在房市正在持续升温,现在的开发商最难做到的事情就是:不想发财都难!刘宾又劝赵聪灵趁早买房,房价还会不断上涨,再往后拖,一个百余平方米的房子,随便就要多数万元。赵聪灵顿时也感觉到了买房的紧迫性,又惭愧手头羞涩,后悔毕业当时没有早早涉足房地产业……

赵聪灵接口问:“刘宾,你现在几套房子了?”

“两套房子,一部车子,一个老婆!混了这几年,就落了这点东西!”

“老同学这几年是发达起来了,是人生辉煌了!”赵聪灵赞叹,又惘然说,“我呢,现在房子、车子、老婆一样都没有。”

“你以前不是谈了个女友的么?”

“吹了。”赵聪灵忽然有几许窝囊。

“吹了？她会舍得下你这个有才气又帅气的哥哥吗?”刘宾故做惊诧。

“才气帅气顶屁用啊,比得上钱的魅力吗?”他发牢骚说。本想把前女友嫌他没房,嫁给了一个搞房地产销售经理的事说出来,但又咽了回去。他把背靠到座椅上,自嘲地笑。当初在大学,曾任学校文学社社长的赵聪灵有些不把他放在眼下,如今,他居然在自己面前以先入为主,以老大自居了。

刘宾端起茶壶给赵聪灵倒茶,才发现一壶茶水被他们俩喝干了。刘宾喊服务生续水。然后他劝解说:“老兄,别急！你现在不也是大彻大悟选择了房地产业么,好好干下去,今后房子车子会有的,老婆情人也都会有的!”

赵聪灵忽然来了兴致,坐起来冲刘宾问:“这么说,你老兄现在有老婆,还有情人了?”

“赚了钱,不搞个情人玩一玩,还叫男人吗?”刘宾脸露几分痞态和得意,分明是一种江湖男人的炫耀。

“行啊,刘宾！先下海几年,现在练出一身好水性了!”赵聪灵有几许妒意地恭维说。

“男人赚钱嘛,图个啥？享受嘛……像你赵大记者这样的正人君子,现在还捞得到几个啊!”刘宾耸了耸肩,摊了摊手,学着外国人的模样。

“你那小蜜,是不是现在把她叫过来,让哥们儿认识一下,羡慕羡慕啊!”赵聪灵突然提议说。

“这个,私密的享受……不合适吧?”刘宾的眼神不无警惕地看着赵聪灵,“你这家伙不会也起了邪心吧。”

“你这话就不够哥们儿了。你大我几个月,好歹她也是我的二嫂子吧。何况现在靓妹妹多如鲜花的……”

刘宾斜着身子头靠在窗边痞笑着,做沉思状,然后闪身起来说:“行,那就让哥们儿你认识一下吧。不过得向你说好,今天见了我太太,千万不可露半点信息!”赵聪灵很义气地答应了。于是,刘宾就拿起手机拨通了电话,换了一副黏如湿糯米粑的情态和口吻打起电话来……

赵聪灵边喝茶，一边偷听刘宾与小蜜呢喃细语。对方好像心有犹豫，不肯轻易答应过来，刘宾便开始软磨，解释现在没有别人，只是一个大学时候最好的哥们儿。刘宾不失时机地邀请对方过来吃午餐，对方终于答应了。刘宾爽然一释放下电话，显得很兴奋，显示出女孩对他言听计从。赵聪灵掩饰着内心的隐隐妒意，却压不住好奇心的蠢动，他故作轻松地问起这个小蜜的身世。刘宾坦言说女孩是做文员的，也知道他是个已婚男人，却甘愿当他的情人，答应与他保持三年关系再找对象结婚。

女孩如约而至了，大方中带着点羞怯，她不无防备地斜了赵聪灵一眼，打了一下招呼，就故做坦然地坐到了刘宾的身边。这是一个表相甜美的女孩，留一头齐肩的短发，活泼中杂着几许拘束。他们相见，如隔三秋一般有了许多细细密密的事情和情话要相互倾诉似的，黏在一起絮絮叨叨个没完没了，仿佛忘记了身边还有赵聪灵的存在。

男人呢，往往也有一种好奇探密的隐藏心态，但当秘密展现在面前，秘密不再成为秘密时，也便兴味索然，心情变得淡泊，觉得这事情不过如此，无关于己，只属于他人。在刘宾与情侣卿卿我我的映照之下，赵聪灵感觉到了无比的落寞。刘宾这家伙回家有老婆爱，在外有情侣慰藉，而自己呢，至今茕茕孑立……

赵聪灵莫名其妙地拿起手机给欣欣打了一个电话，柔声问她在干什么。欣欣接到他的电话似乎有些意外，然后回答正在家里帮妈妈搞卫生。赵聪灵问是不是出来聚一聚。未料欣欣在电话那头回答得很干脆：“我现在卫生都没搞完，才没有空闲来陪你无聊呢。”这语句和口气，让赵聪灵顿时好生没趣。刘宾明显地从他打的电话中得知赵聪灵在联络女友时，便抽身出来问他：“老弟也有女朋友了啊？还瞒着哥们儿！叫她过来一起吃饭啊，让我见识一下。”

刘宾的情妹眼神别样地看了赵聪灵一眼，并不说话，但她脸部的无声语言是，她并不希望和欢迎有第二个女孩出现在这样的场合。

赵聪灵连忙说：“她周末要在家里搞卫生，抽不开身。”

这时服务生手持记账单和笔来到他们面前问：“请问几位在这里用中餐吗？”

“吃中餐!”刘宾回答,随手要过了服务生手头的菜谱,扫一眼然后又递了回去,说,“这是套餐单,我们点几个小炒吧。”

“刘宾,你俩在这里吃饭吧,我就不陪你们了。”赵聪灵站起来说。他突然觉得自己是一个多余的人了。

刘宾随着站了起来:“赵兄,你这是怎么了?两年不见了,今天相聚,你怕老同学请不起一个快餐吗?”

“刘宾,你说哪儿的话了,我不是这个意思。”赵聪灵苦笑了一下,“刚才打电话,我女朋友约我去她家吃中餐。”

“这样啊……那我就不便留你了。”刘宾说。

女孩冲他微微笑了笑,并没有挽留他的意思,还好像是巴不得他早点离开。赵聪灵挥手同她告别。

刘宾攀着赵聪灵的肩膀送他到大门口,两人道别,相约下回找时间再聚。

赵聪灵坐在回家的公交车上独咀心思,他怅惘地想,欣欣你不是与蓉蓉争风吃醋抢我到手头的吗?怎么现在好像又不在乎我了呢?怎么今天就不约我去你家吃午餐呢?

2005年12月，董宏理招呼赵聪灵去公司大会议室开会，说阳光国际总公司的推广总监率员从北京飞到了江边市。

苏总是专程为将在月底举行的“为城市建功立业高峰论坛”筹备工作督阵来的。赵聪灵跟随董宏理的屁股走到了会议室，便看见有三位陌生人坐在圆桌边了，其中一位陌生青年女性其貌不扬，着装时尚，神气端得很足。董宏理介绍说：“这是总公司来的推广部苏总监，”又介绍，“这是我们项目公司推广部的赵经理。”赵聪灵连忙热情地喊：“苏总好！”

苏总斜他一眼，头都没点一下。

会议开始，刘总带领大家用掌声欢迎公司总部策划总监苏总大驾光临江边项目公司指导工作。

苏总环视了一下大家后说：“我今天是受亿董事长、陈总裁的委托来江边市的，主要是为月底举办的‘为城市建功立业高峰论坛’主题推广活动的筹备而来。现在全国楼市一派大好，江边阳光国际城应当加快进度，争取时机上市……”

赵聪灵觉得苏总的开场白,颇有钦差大臣的做派。他又惊觉苏总长着一口难看的黑牙,大概是小时候生病吃四环素类药过多引发的后遗症。

苏总强调说:“这一次高峰论坛,亿董事长特别重视!大家知道,亿董事长做人处世一贯很低调,他受圈内朋友之邀参加过许多类似的高峰论坛活动,但自己从来没有很张扬地搞过类似活动。这一次活动主要是为了推动江边国际新城项目的社会影响力,同时也是亿董事长对圈内朋友的一次答谢!因此,亿董事长很重视,也会亲自参加活动。中国许多房地产界的巨头、知名学者、国外专家,其中包括最受媒体关注、享有‘中国地产界快乐明星’美誉的方财源也会受邀到会,因此,这个活动很重要,务必高调、大气、精彩、成功举办!董事长也希望这一次活动在江边市推出一个巨浪,把就要上市的阳光国际城影响力推向高峰!”苏总的话干净利落,颇有女强人的风采。

她拿起了桌上摆放的一份资料扬了扬,又说:“为了办好这次活动,总公司已做好了这一次活动的全程策划,待会儿相关部门和同志都复印一份拿回去好好看一看。亿董事长要求江边项目公司集中智慧,全力把这次活动办精彩。我们初步把这一次活动的时间定在 11 月 25 日,现在还有 12 天的时间。有关活动的费用,总公司与项目公司对半分担。你们项目公司对活动的准备工作做得怎样了?”苏总把目光移向了刘总。刘总稍作迟疑,又把目光投向了董宏理。

董宏理毫无发言准备,稍做迟疑后发言:“推广部的工作在按部就班进行。因为我们一直在等着总公司下关于这一次的实施方案,所以针对性的工作还没有做具体安排。”

“你们还没有做任何准备工作?”苏总做惊诧状,拉下了脸问,“上次陈总裁考察项目,做了举办这项活动的传达吧?这个活动铁定是要举办!总公司把这次活动的全程策划做出来,也是对你工作的一个大分担。你们怎么就没有主动性呢?这事关江边项目的销售啊!”

会场一时无言,赵聪灵看到墙角的凤尾竹也纹丝不动。

苏总继续训话:“没有准备,那么现在就要赶紧行动,加大工作力度了。会后你们就把方案拿过去细看,按方案的具体要求,尽快列出一个待办工作明细表和完成时间表来，然后再一件一件加紧去做好。万一来不及的话，就只好稍稍把活动时间往后推迟几天。”

苏总随即把脸扭向了身边的刘总：“刘总，我的话说完了，看你还有什么指示要做的?”

赵聪灵感觉刘总对这个盛气凌人的“女钦差”耿耿于怀。但他说话的声音是柔和的：“我没什么说的了，营销部门的工作，主要是按苏总的要求把月底的高峰论坛准备工作做好，把这一系列活动办好，有关费用我全力支持。”

赵聪灵感觉刘总在庇护着推广部，只是眼前这个其貌不扬的女上司，来势不同一般，仿佛全场人都不在她的眼里。看来即便在市场化运作的企业，也是官大一级压死人哩。无形中，赵聪灵对眼前的“女钦差”有了几分反感。

董宏理按着苏总提供的高峰论坛活动方案，把待办工作列出了一个清单，然后进行了任务分工。按方案要求，董宏理亲自联系场地和洽谈江边市电视台的当红节目主持人。董宏理带着苏总去看了公司所在的芙蓉大酒店国际会议厅，苏总嫌场地不大。董宏理又只得屁颠屁颠地跑其他几家五星级酒店，好不容易在天华大酒店找到了一个能容纳上千人的大会议厅。苏总认可了。

连续几天跑各大酒店察看场地，董宏理累得直想找谁发泄一顿。落实了场地，接下来又要联系当红节目主持人了，他劳累顿消，精神又振奋起来。他的脑子打了几个圈圈认为江边十余个电视频道中，当红的主持人应当数省卫视台笑靥如花的娱乐节目女主持李湘春了。有这么一个机会亲眼去面谈平时只能在电视上看到的大美女名主持人，也是人生的一大眼福啊。

董宏理找到电视台广告部，几经周折才找到了李湘春的经纪人，他才感觉到见名主持并非易事。双方一交谈，董宏理有些瞠目结舌，李湘春的出场费最少要 15 万元。董宏理在心里说：如今都说当今房地产是暴利行业；当今这些名艺人露个脸就动辄十几万，才真正叫无本暴利呢！在董宏理的迟疑之中，李湘春的经纪人也掐着指头在算日子，一会儿他抬起头抱歉地笑了笑说:“不好意思,这天上午李湘春有节目要主持,不能前来主持你们的活动。”经纪人不以为然地说,好像还压根儿不把这15万元小费放在眼里似的。

董宏理在心里自嘲:我就是答应出这个数目,现在钱还送不出去了。

“你看这样行不,我给你推荐本台的另外一位主持人——很有人气的含哥。男的行不?”经纪人问。

“这,您留个电话,我再与公司领导商量一下吧。”董宏理说,心想这事务必征得苏总的同意。他与经纪人暂别后,立即跟苏总打了电话。苏总说:“最好联系一个美女主持,女的天生有娱乐优势。”董宏理想到了在江边市排名第二的美女主持,当数经济频道的肖愉。于是他找到了经济电视台广告部。通过广告部,他找到了肖愉的经纪人。肖愉的出场费也不低,是12万元,而且不还价。董宏理回去与刘总和苏总商量,他俩都显得有些无奈地同意了。

特邀主持人的合同签了下来。

经纪人要求先提供台词脚本,让肖愉先熟悉。董宏理从文案手头拿过稿子,觉得不满意。晚上,他亲自操笔进行修改。入冬的气温骤变,天色阴沉沉地刮起了冷冷的风,室内气温也降低了许多。董宏理在深夜思考着改稿,直觉寒意袭人,他这才想起冬衣都没有从家里带来,出租房里的空调又出了故障,尚顾不上去维修。不知不觉他开始咳嗽,本能地想上床入睡了,又念着主持人肖愉急着要看脚本,只得坚持把稿子改定。第二天他把脚本交给苏总审核,苏总做了一些小改动便认可了。董宏理亲自把稿子送给了经济电视台肖愉的经纪人。希望欣赏到美女的董宏理这才想起,自己一直与肖愉的经纪人谈事,肖愉至今没有露面。

董宏理有些不满地说:“肖愉怎么还没露面呀,我们有一些事情也得和她当面做沟通。”

经纪人告诉说:“肖愉因为工作忙,只能在你们活动开始的前一个晚上看是否能挤出时间来与你们见个面。她熟悉了脚本,活动开展的那天她就直接去场地了。”

董宏理心里明白,这是名人摆谱的做派。董宏理在操作其他项目时也请唱歌的明星搞过活动,也领教过歌星的大架子。俗话说“有钱能使鬼推磨”,这事情倒是能做到,但名人的架子还是买不下,花了钱你还得小心翼翼,生怕得罪了明星。这世道,明星的社会地位窜升得太高了点。他心有不平地想。

董宏理在下半夜突然发起高烧来,烧得头晕晕乎乎,全身酥酥软软。他想爬起来自己去医院,下床时居然摔到了地上。他爬起来摸到了床头的手机,想打120呼救护车,又感觉太小题大做会惊动四邻。于是他拨通了赵聪灵的手机。

赵聪灵一听,便急忙赶到了董宏理的住处,架着董宏理下楼梯,打车把他送到了市中心医院急诊室。董宏理高烧到41摄氏度,连夜打了三瓶吊针才退下高烧,赵聪灵也在医院陪他到天明。这回赵聪灵对董宏理的照顾,的确是发乎心底的一片感激回报之情。低烧未退的董宏理口头念着太多的事情,坚持要去上班。

赵聪灵阻止他说:“董总,你今天无论如何得在这里观察一天,后天活动就要举行了,您如果身体没有恢复还不能去,那就是大事了。”

刚刚退了高烧的董宏理,显得中气不足地说:“眼看活动在后天就要搞了,那么多分配下去的准备工作我不去最后落实,怎么行呢?”

赵聪灵说:“不是那个苏总在公司坐镇吗?她也是内行。我回去帮你向苏总说明一下你的病情,哪些事情你还放不下心的,现在嘱咐给我,我再回公司向苏总说明,请她把关。”

董宏理仍念着一大堆的事情,却又担心病情没有痊愈,影响后天参加论坛活动,便同意待在医院再多打一天的点滴,观察病情。他吩咐赵聪灵说:“会场布展明天清早就让装饰公司进场动工,否则来不及了。现在当务之急是会场包装方案设计图,你就请苏总在美编那里最后把一下关,再打出来交给广告公司。今天下午工地上有两块高3米、长10米的喷绘要安装,这事你去负责一下,照美编设计安装。嘱咐俱乐部罗经理,后天会议准备的礼品袋、矿泉水、嘉宾与记者的红包、放置桌上的纸笔等等都要清理准备好,还有……一时想不起那么多了,你去清理一下工作任务清单,不明白的地方再电话与我联络。”

赵聪灵昨夜也差不多一宿未睡,走出董宏理的房间时顿时觉得困乏,他呼吸着清晨凉凉的空气伸展了几下手脚,才觉得清爽了许多。到公司后他把事情都说了。平时与董总总是碰碰磕磕的刘总,也有些怜惜地道:"董宏理这阵子的确是辛苦了!"

苏总却沉着脸不悦地道:"这个董宏理,发烧也真不是时候!"

赵聪灵恼恼地看了这女人一眼,心里头骂:"你这个妖婆,一个人突然发病了,还能选择时候吗?"

赵聪灵按董宏理的吩咐,下午便到了工地,指挥装修公司的人安装工地营销中心入口两侧的巨幅广告喷绘。这两幅广告沿用的还是秋季房交会上布展的思路:广场入口两侧,用钢架柱子树起几位与阳光事业置业公司有过合作的国外建筑大师的喷绘头像,以此彰显阳光国际城的国际化形象,显示建筑承载着国际顶级建筑大师的思想灵魂与文化。

工程师傅在安装,赵聪灵认为没自己什么事了,就跑到售楼部去与置业顾问们聊天了。

一位开别克车的小伙子过来,直接找蓉蓉说事。赵聪灵从小伙子热辣辣的眼神中可以感觉出他对蓉蓉有一种特别的情意,蓉蓉仿佛也对他有些好感。闲聊中小伙子向大家表功说他已经给阳光国际城推荐了5名意向客户过来看沙盘了。罗经理则说:"你推荐5个人来算什么,另外有一位帅哥给蓉蓉推荐了10个客户了。"小伙子机灵地回答:"那我就再给蓉蓉推荐10个客户过来。"惹得大家开心地笑了。

赵聪灵看着营销中心不断有看房的"白马王子"对蓉蓉大献殷勤情有独钟,他为她高兴,但心里也有一丝丝醋意。

赵聪灵把工作完成后,又回到了市中心医院看望董宏理。此时打完点滴的董宏理已经完全退烧,但仍然浑身无劲。赵聪灵又打车护送他回到了住处休息。

次日,刚刚康复的董宏理又回到办公室上班,他把各项目工作都清理了一遍,又要赵聪灵陪同一起去工地看围墙喷绘广告安装的情况。赶到现场,董宏理突然向赵聪灵发起火来。原来是两块喷绘安装反了:两边人物的眼神,应当是朝向入口相对视的,而眼前安装好的画面,变成都朝一个方向看了。

“你这个猪脑子！我还交代了你把美编的设计图拿过来安装！到了现场如果搞不明白,你也可以打电话过来问问我啊！事到临头了还在添乱！这副呆脑壳还来做房地产策划营销!”董宏理冲赵聪灵火气很大地嚷道。

赵聪灵头次遇上董总发这么大的火,一时懵头了,手足无措,自愧难当。

“你知道吗？项目包装就是做面子工程！明天参会的嘉宾就会来参观项目,你还愣着?!不赶快打电话给广告公司的人,要他们再重新安装。”董宏理瞪眼,愠色不减地吩咐道。

赵聪灵连忙掏出手机打电话联系。不多久,广告公司的人赶来了,问明情况后,申明这不是他们的责任,重装必须再付工资。董宏理二话不说便同意了。

“等活动举办完后,公司再对你进行处理。”董宏理余怒不消地对赵聪灵说,好像全然没有记住病中赵聪灵对他一个通宵的照顾。

有国际上知名的建筑大师、国内知名地产经济研究学者和极具影响力的房地产巨头等一批地产界的重磅人物汇聚江边市，这本来就是媒体的一大盛宴。何况，阳光国际城项目公司还有对记者们的鼓励政策。因此高峰论坛活动开展的前一天，亿董事长等几位先到江边市的知名人物一到，先得信息的几大媒体记者就急不可待地寻上门来，对他们先行采访报道。董宏理针对此次活动的新闻互动嘱咐赵聪灵说："亿董事长把方财源等一批地产界的风云人物请到江边莅临此次活动，体现的是阳光事业置业集团的大面子大来头，也反映论坛的高档次。专访大稿的切入点很重要，得做好对记者的引导，事先拟好采访提纲，发稿前一定要慎重把好关。"

大活动在即，公司上下都忙到很晚才下班，晚餐也是由公司统一安排。餐桌上董宏理问起赵聪灵安排记者、事先采访亿董事长一行的情况。赵聪灵的回答让董宏理满意地点了头。然后，董宏理又自得地说："千亩大盘出手炒作就是要做有震撼力的事情，这也是阳光事业置业集团的底气！高峰论坛成功举办后，相信我们这个千亩品牌无与伦比的霸气就会更加凸显出来，阳光国际城的市场影响力就会更加势不可挡，以后营销就能够顺水行舟了。”

听了董宏理的话语，赵聪灵的内心也升腾起了一股自豪与期待。

活动定在下午两点开幕。当天上午，几家报纸就把前期报道刊登了出来。从营销中心接到的许多关于此次活动举办的询问电话来看，说明前期造势已引起了社会关注。当然，随着活动在社会上所受到的关注，有关昨天到达的一批嘉宾的花边新闻也在公司上下传得沸沸扬扬。包括亿董事长在内的几位地产大鳄，都不约而同地带来了绝色女秘书。女秘书们一个个气质高雅争奇斗艳，仿佛都在替自己的主人比气势争面子似的。赵聪灵对亿董事长的女秘书尤其多瞄了几眼，认为她是美女中的极品。她身材高挑，肌肤白细，明眸皓齿，婷婷玉立，走路好像踩着韵律，说话时更有一种清音润耳的魅力。看着她的风采，赵聪灵的目光难舍难分。女秘书们构成一道特别风景，引动得公司上下一片赞叹声。男士们吞着口水私下里谈论着仙女下凡一般降临江边的惊世美女们，艳羡老板们过的真是皇帝般的生活。女秘书们的这一道秀色美景，也让赵聪灵因昨天做错事被董总臭骂的不快烟消云散了。

中午，推广部几个人一起吃饭的时候，大家又色眯眯地谈起女秘书们的光彩照人来。有人还透露说，昨晚，老板们就是与各自的女秘书开的同一个豪华套间呢。在场的董宏理适时阻止说：“说得那么活灵活现，你昨晚去偷看了?”惹得大家哈哈大笑。然后，董宏理缓和语气又道：“大家就羡慕到这里，下午就是论坛活动了，都得把心思全转到活动上来，各自做好手头工作，谁出漏洞，严厉处罚谁!”

按阳光国际项目公司与《江边日报》《江边晚报》《清江晨报》和江边电视台新闻频道签下的广告合作协议，四家新闻单位联合冠名主办，江边国际新城项目公司承办，相关信息已在24日通过新闻的形式在媒体和公司网站上发布出来。刘总和苏总等一起讨论嘉宾的宴请时，主张只请主要媒体记者。董宏理则提出江边所有媒体记者都来者不拒，既然是大活动就轰轰烈烈一回，借机把媒体关系都利用起来，让新闻把阳光国际城的

知名度推向千家万户。讨论最终采纳了董宏理的建议，单向记者准备的200元小红包就准备了60个。

25日一大早，董宏理和赵聪灵等公司工作人员就赶到了会议场地做准备工作。下午2点30分活动开始，应邀嘉宾都签到并拿取了红包礼品，听众也潮水一般涌来把座位挤得爆满，又把座位周边的甬道也挤得水泄不通。主席台装潢得红光耀眼，会场的墙面、柱子都包装成了广告墙，一派房地产界盛会的氛围盎然呈现。

主持人肖愉光艳照人气质动人地款款步上主席台的讲台。大牌明星闪亮出场，全场立马被镇得鸦雀无声。这番情形，有些像名主持肖愉是突然从电视屏幕上走到大家面前似的，让人顿时讶然屏住了呼吸，回不过神来。

“各位领导、嘉宾，女士们、先生们：

“按活动策划，我应该是在礼花‘砰’的而起的时候才走向主持台的，但是我等不及了！今天一个如此有意义的地产界高峰论坛在江边市举行，来了那么多行业领军人物，我有一份迫切的心情想品享到下面的盛宴，于是我提前走上台来了。首先，我谨代表《江边日报》《江边晚报》《清江晨报》和江边电视台都市频道，热烈欢迎大家的到来！”

董宏理听到主持人肖愉自行发挥的开场白，从一个惯于夸张的主持人口中说出来，倒也得体，显示出作为一个名主持人的大气风采。

各位嘉宾由礼仪小姐引导走上主席台就座。几位步上主席台的地产大亨，一个个笑容和蔼，派头十足。

肖愉扫了一眼手头的脚本，开始激情放言：“时代的发展催动了中国城市化进程的脚步，房地产业正得东风！我们，作为这个历史时代的见证者，作为城市化中国的积极参与者，有幸成为一个城市历史改进与城市未来化的传承者。曾几何时，因为浮躁的心态，我们忘记与丢失了太多的传统；因为利益的驱动，城市建设留下了太多粗制滥造品；因为意识的狭隘，破坏了太多生态与自然环境；因为视野局限和模仿，城市有了太多的单调面孔与似曾相识的名称……昨天，我们留下了许多的遗憾，所以我们今天才有了反思和新向往。今天我们相聚江边品谈城市，共话未来。今天来参加我们论坛的嘉宾有中国城市研究所知名学者、来自日韩的建筑设计专家、国内顶级开发企业的董事长与总裁,让我们再次用热烈的掌声欢迎各位尊贵朋友的到来!"

董宏理听着这些由自己精心修改出来的说词,经专业主持人说出来,觉得蛮中听的。想想自己付出高烧的代价,也有所值了。

接下来是《江边日报》总编代表主办方致欢迎辞。

然后是江边市陈副市长为本次论坛致辞。

"感谢陈市长热情洋溢的讲话!"肖愉说,"现在我宣布:'2005年江边·为城市建功立业高峰论坛'正式开始。论坛第一轮:每位嘉宾发言前,先请大家看一个VCR短片。"

首先走到演讲台的是来自海滨城市的一位地产女杰夏天。投影呈现出一个大盘的三维立体效果图,展示的是蓝江湾项目恢弘的超级大盘的形象,建筑特色、优越的内外环境以及齐备的配套设施等均被展示得美如天上宫殿。短片还着重介绍了项目的公益性开发:拥有近两公里临江风景,规划时把之作为一种江、堤、林、建筑城市天际线统一规划考虑,创造性地打造出绝美的骑江休闲林道。红线以外的土地,比如桥底公园,江对岸,也一并种树植草,绿化,美化,亮化,使之成为了一道亮丽的滨江城市风景线。片尾强调说:"开发商虽然为此多投入了几千万,但是城市不仅多了一片崭新的城区,现在每个从这里经过的人,都无不被这一道亮丽的风景线感动。可以说,蓝江湾成为提升人们认识一方新城区、作为新副中心价值的一个重要依据。"

首个短片放映完,称得上是精心制作,有备而来,精彩开篇。开发企业的造城运动与卓尔不凡的公益形象得到彰显,使全场形成了一层对"负责任开发商"的敬佩气氛。这个开篇的形象宣传片,让赵聪灵暗自感叹时下大盘都精于文化作秀,即便在异地城市参与公众活动,也不忘大做自我推广,而且其"吹"的水平看来远不逊色于阳光国际城。

蓝河湾项目的女当家夏天开始发表演说:"以住宅为主的中国房地产业正进入一个高潮期。就以广州为例,按照目前广州每年的房地产开发量,十年时间,就能把广州20世纪80年代所具有的城市规模建设出来,若干年后，广州的发展商将给城市另外一个面貌。虽然我还不太清楚江边市每年房地产新开发的总量，但是我敢大胆设想，如果江边市有十分之一的发展商以‘为城市建功立业’的标准和责任感开发项目，那么作为中部重镇的江边市，将是中国最美的城市之一！我们今天论坛的意义，也许就在此。”

主持人：“哈哈，夏总很会做自己的宣传，开篇即商人的本性就表现出来哩！不过无所谓，一个好商品广告也是对社会的贡献。下面有请颜教授给我们今天的盛宴上一道高纯度的学术佳肴。”

颜彦教授接过了无线话筒开始演说：“近年来我们重点强调以人居环境为中心的推进工程已经得到开发商的肯定，试点项目已经达到20多家，居住改变中国，同步跨入‘环境时代’的中国，全国上下掀起了新一轮人居环境建设的高潮。不少开发商在进行项目开发的同时，开始对人居环境的建设进行大思考。比如，今天到会的各位地产巨头的开发理念，就十分注重为城市创造价值，为城市建功立业！有这样一批负责任的开发商，这是中国房地产业的希望！21世纪的中国，将是一个与国际接轨的年代，重塑城市开发形象迫在眉睫。人居环境不单是做硬件的问题，希望城市发展跟上规划的步伐。全国城市人居环境独缺为城市增光彩，这是特别重要的一环。”

……

第一轮最后是安排活动东家、阳光事业置业集团的亿董事长出场。大屏幕播放关于阳光事业置业集团的图文介绍。赵聪灵考虑到以后写文章的需要，及时打开录音笔，把宣传片的说词录了下来：“阳光事业置业集团有限责任公司是当代中国大型连锁品牌房地产企业集团之一，创建于20世纪90年代初。至今有15年的历史，相继在北京、上海、重庆、乌鲁木齐、长沙、武汉、广州、南宁、江门、桂林、烟台、成都12座大城市，成功开发了15个项目；总开发面积逾1200万平方米，年开发量120万平方米左右。阳光事业置业集团的市场定位是：为新兴白领公寓和新兴中产阶级打造享乐型住宅。我们的产品支持一种更简约、更自由、更时尚的生活方式。我们形成了自己成熟、为市场所接受的与众不同的产品风格。我们致力于让目标客户群住上世界上性价比最好的房子。我们的使命是:为中国城市创造价值,为市民创造全新的生活空间。我们企业管理的法则是:'简单''透明''以人为本''强调团队精神'。我们的价值观有多高,我们的产品价值就有多大,在未来的道路上就能走多远。阳光事业置业品牌分别获'中国十大最具价值房地产公司品牌'、'中国品牌楼盘'等诸多盛誉。我们的设计团队来自英国、法国、澳大利亚、意大利、德国、日本、丹麦等国际一流建筑设计事务所,他们是我们的长期合作伙伴,'与世界大师对话'已贯穿到我们的每一个项目。国际化的设计团队带来了先进的设计理念与时尚的设计风格,使阳光事业置业集团的每个项目都极具个性风采与时代气息,都能引导着中国当代建筑的潮流与未来取向。"

这是一个播放时间最长的短片,体现出东家作为一个著名先锋地产品牌的大气、骄矜与锐气。今天这场合,各大嘉宾都带来了宣传片进行播放,有些打擂台比武的味道。赵聪灵为此不无自豪地认为:自己公司的形象片,不失为首轮比试的压轴篇。

亿董事长形态魁梧,今天又是以东家身份出场,声音显得格外洪亮:"我认为,城市开发商到一个城市,首先要尊重地域,要解读地域,要对历史、文化、地域特征,包括目标客户群的需求,有蛮好的尊重和解读,这样才能打造出具有城市新特征、受市民向往的作品,实现为城市建功立业。阳光事业置业集团站在时代的高度去思考城市,站在未来的高度去思考建筑为己任,在所到城市铸造了一个又一个的城市地标与城市象征。

"如何为目标客户群创造最大的价值呢?阳光事业集团聚焦城市的新兴白领阶层,聚焦中心城市的新兴城市地带;我们以都市大盘的开发模式,创造年轻人的城市梦想,给目标客户群创造与众不同的面向未来的生活方式。"

开始,赵聪灵还时不时瞅几眼坐在前排的几位女秘书,待嘉宾们出口不凡的发言讲下来,他的心思便完全转入了有关"为城市建功立业"的宏伟思想的探讨之中,听得屏声静气。论坛上这些房地产界的风云人物,仿佛他们在做项目时考虑的只是怎样为城市建功立业,而不考虑怎样大收渔利。眼前的场面,让赵聪灵对这些平时颇受社会诟病的房地产商们,颇有刮目相看之感。

主持人肖愉调侃总结语:“听了诸位嘉宾首轮演说,我才发现社会俗见把企业与企业家界定为唯利是图!这是一种大误解、一种偏见,像今天莅会的开发商们,都很有社会责任感和城市的历史使命感!大家都带着一种崇高的使命感做项目开发,更多地考虑怎么为城市建功立业,做的是高尚的事业,值得社会尊敬。”

主持人宣布论坛进入第二轮:嘉宾自由发言,对“为城市建功立业”的理解各抒己见。

肖愉笑吟吟地首先走向享有“房地产界快乐明星”之称的方财源董事长面前:“方董你是地产界明星,开场重拳出击吧。”

全场掌声热烈响起。方财源满面春风地冲观众招手示意,开始发言:“我认为‘为城市建功立业’包含两个涵义,一是保护好城市的价值,二是为城市发展创造价值。这两方面都是开发商应尽的责任。怎样才能做到尽责呢?我们在做项目之前就得去解读一座城市的历史、地理、人文的东西,同时又得有前瞻的现代眼光、开拓的世界城市建设和建筑的视野,这样才能让自己做出来的作品有承前启后的定力,堪称这新城市发展的坐标建筑。”

主持人笑吟吟地接口道:“方董说得很精彩!不过我听说方董有一个软肋,那就是怕谈房价,因为方董的房价高得让老百姓不敢仰望!”

一语调侃,引得全场一阵哄笑。会场越来越进入一种市场最火暴行业高层论坛的氛围，嘉宾一个个满面春风，口才像被激活的江水变得滔滔不绝。来自北京的地产界大鳄谢董事长接过方财源手头的话筒开始演说。他极力主张城市建设要古为今用、洋为中用，不要盲目仿古，也不要“东施效颦”搞所谓的欧陆风情、欧陆经典等；政府与开发商都应当充分利用好历史文化与独特的地理资源，把过去记忆与现在建设结合起来，借鉴世界其他城市建设的成败经验，去创造新的城市。

赵聪灵听得热血涌头，感觉会场笼罩着一种神圣与荣光，有些像在教堂聆听牧师布道似的。他偷偷扫视了会场黑压压的听众，大家也都以一副肃然起敬的神情听演讲，似乎都被这一场有关为城市创造价值的思想巨浪熏得忘了神。在这种氛围的感染下，让人觉得社会上那些针对开发商的种种诟病是天大的不公平。这些地产巨头不是赚钱的机器，他们有思想，有境界，有责任心，立志于用开发建设改变城市面貌，提高人们的生活质量。他们是值得敬佩的企业家。

话筒传到了亿董事长的手头：“感谢伟大的时代为我们开发商提供了一个这样的发展舞台，这个时代给了发展商一个很难得的机会。我们阳光事业置业集团都是采取洋为中用的观点，设计师必须以中国的材料为我们的房产做设计。中国的城市经过了几百年、几千年才形成的格局，在我们这一代人手里要在几十年内改变成一个新的城市，想到这一点，我们就当有使命感，应站在一个城市发展的高度，站在一个历史的高度，超越单纯的商业层面去尽一个发展商应尽的义务。

“所有房地产开发商要把社会责任和商业效益结合起来。中国城市的资源配置越来越面临压力，单讲付出或索取都是不现实的，人居环境是非常完善完整的概念。我们不可能盖出明天的房子，但可以用明天的标准，站在今天的角度盖好今天的房子。只要创造时代精品，就是未来城市的记忆。”

赵聪灵一字不漏地把亿董事长高屋建瓴的讲话记录了下来，目的是做以后企业形象宣传与项目推广的引用素材。

听着亿董事长的口若悬河，赵聪灵突然意识到这些地产界的大老板们一个个都很有领袖气质，口才出众，精于自我表扬，是不是只有这样的人物才能瓜分中国楼市的天下呢?

韩国教授李明华通过翻译发表演说:“20世纪,全世界知名的设计师致力于建筑的革命,相继在纽约、威尼斯、韩国以至欧洲,都留下了好的建筑遗产,但20世纪的中国城市没有留下好的遗产。城市开发有两个方式,原有城市内部开发,城市以外的开发(即到近郊开发),创造一个新都会中心的概念。

“建筑内容是不断在变化的。一个大型的项目的使用周期有100年甚至几百年,在这一使用期,需求在不断变化。做出的项目因为要推向市场,满足目前或近期的需求,在当时可能很出色,但我们计划时就还要考虑它能否保证永远是个好的项目,因为一些建筑可能会永远耸立在那里。所以我们要做适合于历史、现在与将来以及周边环境的永恒生态建筑,应多考虑产品的未来。21世纪城市的成功可能在中国、在东方。”

肖愉适时调剂氛围说:“我们的地产大鳄们都是大观点、高境界、大思维,国际友人也对中国城市寄予厚望,看来我们的城市一定会前程似锦!”李明华教授听了翻译的一番叽里咕噜,开心地笑了,于是带动了全场一阵哄笑。

上海地产巨头张民生开始发表演讲,主要从城市规划、怎样做到传承城市的历史文脉方面阐述他对“为城市创造价值”的理解与主张,同样像个学者,同样赢得了全场热烈的掌声。

然后是国内建筑界知名的颜彦教授登场:“刚才大家从人文角度讲了许多为城市建功立业的精彩观点,我的发言想触到发展商建设新城市的另一个重要方面——建设生态城市。现代城市因工业与生活垃圾的污染,建筑空间对居民视线的破坏,使得城市离宜居越来越远,离自然生态家园越来越远。因此我们的开发商还得有未来眼光、更高的境界——建设生态家园,着眼为城市建功立业,建造资源节约型、环境友好型绿色住宅。它带来的应该是一种非常合理的,能够让人与自然蛮好地结合起来的,流畅的、绿色的生活方式,这是中国城市发展未来的希望所在。

“我们国内绿色建筑的现状,目前才开始提倡,才起步,很多的理念、方法和原则还没有建立起来,还存在很多浮夸风。往往很多开发商会以

‘绿色建筑’的名义来装扮自己，挂羊头卖狗肉。尽管现在各种混乱现象都有，但它总归是起步了，人们已开始从社会、经济、建筑、技术等角度探索绿色建筑是如何发展的。我们在绿色建筑领域，并不缺乏各种各样的技术，但是我们缺乏这样的整合。

“现在很多开发商会认为，做绿色建筑投资大成本高，房价处于低迷状态，做起来不划算，因此认为绿色建筑跟自己没有关系。这是一种普遍的误解，实际上绿色建筑不是增加成本的问题，而是一种整合的问题。它是一种理念，只要把这种理念、原则理解了，我们就会用各种方法去整合它，使它符合绿色建筑的原则，就能够达到理想的效果。”

颜教授最后说：“绿色建筑是世界城市发展的方向和必然趋势，它是一种主流意识，应当成为此次峰会所倡导的重要内容，也将给中国城市的发展留下一个碑记！”

颜教授发表的新锐观点赢得了会场的喝彩与经久不息的掌声。

主持人说道：“颜教授为我们有历史责任感的开发商提出了为城市建功立业的新要求、新方向，理论家总是有前瞻的思想，成为城市发展的指路明灯哩！”

赵聪灵觉得美女主持人适时的气氛调节恰到好处，有声有色；论坛的各家之言对“为城市建功立业”的解读既观点新鲜，又富有深度与境界，更把他听得如痴如醉，使头脑接受了一场前所未有的地产知识洗礼。他暗自感叹：“企业家务必有超越常人的远见卓识，才有望把事业做得更大。”

主持人继续说道：“中国城市化进程，一面是中国城市建设热火朝天的‘青春期’的到来，一面是低水平重复建设和大量复制使不断膨胀的城市充满浮华内伤。这确乎是一个让人抓狂的命题。正是这样一个‘伟大实验’和‘痛苦感觉’的双重作用，使政府、开发商、城市建设者套牢心态日益彰显，瓶颈正在形成，道德良心与责任受到拷问。开发商立志于‘为城市建功立业’的深层思想和使命感，正在带领着城市走向新生，走出这一个瓶颈。

“下面，活动进入《江边宣言》的签发。这个宣言在深刻剖析了地产界的现状之后，向地产界同仁发出触及灵魂的拷问。城市建设中，开发商的责任是什么？城市建设者的良心在哪里？如何为城市建功立业？怎样为城市建功立业？在城市急速膨胀并丧失个性之时，在城市运营商迷惘之际，《江边宣言》为城市建设者们敲响警钟，也将引发社会的强烈共鸣。”

末了，主持人响亮地宣布：“下面有请江边市陈副市长宣读《江边宣言》。”

陈副市长把宣言宣读完毕，带头在宣言的题板上签了字，紧接着坐在主席台上的几位嘉宾陆续提笔签字，论坛主体活动宣告结束。

后续活动，主会场由颜彦教授做《城市绿色生态住宅》主题演讲、韩国教授李明华做《对江边城市建设的几点意见》专题演讲。分会场举行参会的地产界巨头与记者的见面会。会场拥挤的听众也便分散了。

赵聪灵这边听听，又跑到那边听听，很有顾此失彼的遗憾。

整个活动谢幕时，已经是华灯初上。公司高层都被安排了陪嘉宾共进晚餐的任务。董宏理把此次高峰论坛《江边宣言》的光盘交给了赵聪灵，嘱咐在下期的内刊《阳光国际城》上作为开篇文章全文刊发，之后便匆匆离开了。因为应邀嘉宾与女秘书们第二天参观阳光国际城的项目工地后，要去张家界旅行一趟，董宏理餐后又得去安排专车的事情。

赵聪灵参加完这出活动，心头无端地感觉房地产神圣起来。作为写作人，他尤其认同《江边宣言》起草得大气，具思想深度与时代导向性，无愧于这一个地产界盛会的点睛之作。回到办公桌，赵聪灵打开电脑插入光盘，意犹未尽地把这一篇宣言反复读了三遍，更加感觉这份宣言对中国房地产分析透彻、见解鲜明、主张前瞻，符合科学发展观，情感流露富有较强的煽动力，堪称一篇精彩的演讲稿子。宣言是阳光事业置业集团总部起草的，他心里暗暗佩服：名牌大企业还真是藏龙卧虎啊。

受一种情绪的驱使，赵聪灵一气呵成写了一篇《地产品牌的新境界：为城市建功立业》的数千字软文，与《江边晚报》的记者联合署名，在晚报上发了一个整版。刘总和董宏理读了该文章之后，特别欢喜，连称稿子写得好。

从“为城市建功立业高峰论坛”举行的当天起，全国几大知名房地产门户网站做了现场直播，当晚，江边几家电视频道、广播电台也做了新闻播报。从第二天起，江边市几乎所有的报纸，都对此活动做了大篇幅报道，有些报纸还连续三天刊发了部分与会风云人物的专访稿。媒体普遍赞扬此次论坛不仅是地产大鳄们的一次唱和，将对江边市房地产的发展起到革命性意义，还对中国房地产开发与城市建设进行了一次“触及灵魂”的反思。江边地产同行业评价：阳光国际的“做秀”真的是舍得花代价，大气得让人不敢去攀比！俨然，论坛活动被炒作成了江边楼市乃至全国房地产界的一件大事。做记者出道的赵聪灵心头也明白：此次活动的炒作是空前的，几近白热化的程度。

不过，也有媒体写出了此次房地产高峰论坛“避谈房价”的另类报道与评论。

一时间，有关“为城市建功立业高峰论坛”的报道铺天盖地，江边市民在街头巷尾谈论的也是阳光国际城这一处国际化大楼盘，几乎让江边市成为“洛阳纸贵”。

事后，亿董事长盛赞了江边项目公司对此次活动组织到位，办得很成功。为此，刘总和董宏理等高层也很兴奋。董宏理扭扭脑壳在刘总面前称：“我们项目的几千套房子不愁出手了！”

活动当天，董宏理与江边市的二号美女主持人共进晚餐。透过近距离观察，董宏理觉得肖愉除了那一口漂亮的玉牙齐刷刷白亮亮、别具靓色外，整个五官组合也并非美得那么叫人着迷；而且他细看了她如雪的面部肌肤，那都是脂粉包装出来的。不过，肖愉的确有超凡脱俗的气质，这种气质何来，叫人一时难以述说。他想这得归功于文化的陶冶吧，文化能够改变人，也能够改变物。由此他更信奉了一个观点：钢筋混凝土的建筑，只有赋予其丰富的文化内涵，才有精神灵魂与品位气质，才有更多吸引人的魅力。

活动后兑现给记者们的小费，统计各大媒体的报道，竟然达到两万余元。刘总对这一笔开销,又有些舍不得了。董宏理似笑非笑地劝说刘总:“等开盘后我们进账了,这笔钱您就会觉得只是九牛一毛,相当于两元钱了。而且,这两万元,最少给公司赢回了20倍的广告费!”于是刘总又不作声了。

这笔“小费”,通过赵聪灵的手转交到各路记者们的手头,他感觉做了一份不小的顺水人情。从前的同行朋友们,收到这一份不菲的额外收入,都感激不尽地对他道谢。

刘总便不再说什么了。关于《地产品牌的新境界:为城市建功立业》一稿,董宏理给赵聪灵计算了一笔小费,但赵聪灵坚决不要,把钱全都让给了联合署名的那位记者。董宏理用欣赏的眼光看着他,由衷表扬了一声“小赵不错”。

董宏理没有给推广部的人分配新的工作任务,有意让大家在活动后放松一下。这一天,他把赵聪灵喊到了自己的办公室。

“小赵,工地包装的事,你怎么犯这样低级的错误呢?”董宏理放平了语气问。

“对不起,董总。这事我以前没有做过。”赵聪灵说。

“你以前到底有没有做过营销经理?”董宏理的眼睛咄咄逼人地看着赵聪灵。

“这个,做过啊。我简历上不是写了么。”赵聪灵心虚地答,眼睛不敢看董宏理。

“算了吧,小赵。我早就看出来了,你毕业后一直做的是记者,没有真正操过盘。项目运作起步时,亿董事长来江边市的那次,你就紧张得不行。”董宏理耷下眼皮,突然说。

赵聪灵顿时一惊,有些慌神了。他偷觑了一眼董宏理,脸涨得绯红。

“不过呢,你没操过盘不要紧,事情照我的思路做呀!你前一段时间不是跟着做得挺好吗?”董宏理说,“当初我用的就是你的一支笔,我们优势互补。平心说,你初涉房地产发挥得还是蛮不错的。”

赵聪灵不好意思地搔了搔头皮,负荆请罪地说:“董总,随你怎么处分吧。”他想反正事情已经露底了,就不如再来个“跛子拜年就地一跪”。董宏理笑笑说："这一次活动呢，你还是有功的。我已经跟刘总说通了，以功抵过，处分就免了。"

赵聪灵感动得不知说什么好，他抬眼望着董宏理，动情地说："董总，感谢你！感谢你一直以来对我的帮助和关照。真的！"

"感谢什么呀，我把你当兄弟。"董宏理拨弄了一下桌上的不倒翁，不倒翁摇摇晃晃地，便把气氛搅得轻松起来，"来，我们谈谈文学。"

赵聪灵歉意一笑，心神随之舒坦开来。他充满感激地认为自己转行房地产业能遇上董宏理总监，算是得到了祖上的灵佑。

董宏理顺手拿起桌上最新一期《阳光国际城》内刊，翻开扉页便念起来：

阳光照在岸的土地上
有一处楼盘在茁壮成长
像一片茂盛的庄稼
风光点亮了市民惊艳的目光
这一簇庄稼长势喜人
成为河西新城的新坐标
她渐成的品质
注定超过人们期待的高度
……

念完后，董宏理郑重其事地说："小赵，你的现代诗写得很棒啊！这诗既在做楼盘宣传，又不是做楼盘宣传，会让那些白领青年爱不释手。这期刊物还有你写的那篇散文《清江流韵》也是一篇蛮好的美文，成功把地理、历史、民俗与抒情融合了起来，读起来让人回味无穷！"

赵聪灵听得感激，他未料及董总会对他写的稿子读得那么细，品评那么专业："董总，你才是行家啊！我的小东西还得您指点！"

"小赵你莫谦虚！你的文学功底在我之上。"董宏理说，"你知道吗？从前我也是一个文学青年，写诗、写散文也写小说，还在我们地市报和市文联主办的刊物上发过一些小稿子。”

“哦,那董总现在还在写吗?”

“好久不写了,后来我向商业投怀送抱了。”董宏理说,“这不,我那些小文学功力现在都使出来做房地产文化了。”

赵聪灵恭维说:“董总其实很有文学才思,如果坚持下来的话,现在一定是一个很有知名度的作家了。”

“咳,在这时代知名作家又怎样呢?还不如我们现在做文化地产,给城市创作出一些经典作品来。”董宏理说,“小赵,在这个时代,文化面临着如何商业化的问题,才能有实惠!文学嘛,修炼个半桶水,能够给商业抹抹姿就够了……”

“董总说的是!当作家就得面临清贫,有清贫乐的精神。”赵聪灵很诚服地点头,心头便想起自己沿袭大学时代的文学情结,多年来一直保持的一点散文写作爱好,平时辛苦写的作品难得发表,发表出来也就是几十百把元的稿费,便生出一份自怜的心酸。

董宏理说:“不过呢,我认为现代商业得有文化底蕴的涵养!有高文化层次的人经商办实体,比一般商人的商业思维更活泛,比纯粹的商人要做得更有风采。我认为一个文学青年如果真正愿意转换角色,做什么都行。所以,我对曾经青灯黄卷做了几年文学青年并不后悔,并不觉得那是浪费了青春年华。现在提文化就是生产,文学呢也算是能派上用途了。小赵,这也是你面临的课题。”

赵聪灵一听士气又振奋了起来,觉得文学青年的一片苦心也算没有白费。眼前的董总这个“文学中年”对文化地产游刃有余,对人生很有洞见。又想起这一次高峰论坛的大地产老板,发言时一个个都满腹经纶的,显得都很有文化底蕴,是不是曾经也是文学青年呢?又笑笑问:“董总,亿董事长讲话也很有文气、有思想,他是不是也曾是文学青年呢?”

“对!亿董事长也曾经喜欢文学!现在仍保持浓厚的读书习惯!你可别轻看了亿董事长!亿董事长是一个读了很多书的人,而且他对佛学很有研究;他现在学佛经,已经到了研究《金刚经》的高度了。”

“哦,那可不简单!”赵聪灵说,“不过亿董事长现在生意这么忙,怎么还有心读佛经呢?”其实,他的内心联想到了亿董事长此程还带着女秘书。

“佛理禅经其实不是超脱俗世的学问,佛理是很入世俗的,对生意人很有启发。你没看到书摊上那些《参禅悟商道》之类的书,不都卖得很火么?”董宏理说,“看来小赵,你还得扩充自己的知识面才行。现在老板都玩够了,开始爱读书了,迷上‘文化’这个词了。”

赵聪灵颔首认同,随口又问:“董总平时喜欢看哪类书呢?”

“我啊,半路出家的人,现在还在补充专业知识转换角色,读读建筑学,读读策划学。”董宏理回答,“偶尔也读文化类的书。”

“哦……那是董总在更上一层楼了。在我眼里,董总是超级的操盘高手。”

董宏理把停摆的不倒翁拨弄了一下,说:“小赵啊,我们优势互补,好好跟我把这个楼盘做精彩。全程跟了一个大盘,操盘的能力你也就会熟练起来。”赵聪灵诚恳地说:“这得靠董总多加栽培。”两人的一番私下交谈,交情又深了一步。

“小赵,下班后我们还到南门口街吃口味虾去!”董宏理晃了晃头提议。

“好啊,我请客!”

“不,我说在先,是我请客!”

“为城市建功立业高峰论坛”举办后，让阳光国际城营销中心来访人数再次猛增。周六那天，访客达到一个新的高峰，300余平方米的营销中心变得人潮涌动，熙熙攘攘，置业顾问们应接不暇，忙得焦头烂额。高人气再加上建筑工地的繁忙景象，的确引人联想这一处新城未来的繁荣。

这天，一位少妇在蓉蓉的接待下咨询了许多问题，填了阳光俱乐部会员登记表后喜笑颜开地站起身来，突然发现了四岁的女儿不在身边了，急忙喊着女儿的名字开始寻找。少妇在室内找了一圈不见人影，脸色难看起来。在场工作人员都悬起了心，几位女销售员更是慌神了。

这时候，另一对正在做咨询的年轻夫妇也惊慌地发现自己的孩子不见了，脸色陡变地大声唤着孩子的名字开始急忙寻找。现场顿时出现了几丝紧张气氛和骚乱。营销中心的罗经理一边安抚两个不见了孩子的父母，一边立刻安排保安和置业顾问一起到室外寻找失踪的两个小孩。

终于，他们在会所后面的正在修建的羽毛球馆工地找到了两个小孩子。他俩正聚在沙堆里一起玩沙子。

一场虚惊过去。此后，营销中心内便增加了一些“请看管好自己的小孩子”“请保管好随身所带物品”等温馨提示语。为了减少烦琐，来访客人加入阳光俱乐部会员，只需登记简单的通讯与身份证信息，而不再填写冗长的表格。

赵聪灵陪董宏理去打了一场高尔夫球放松。这几天，亲戚朋友通过电话或直接找他的不断增多起来，都想通过他这层硬关系优先购买到阳光国际城的房子。为此，赵聪灵颇感觉自己像一个人物了，但又苦于难以招架。他只好把手头的客户一一推荐给欣欣，认为也是对欣欣客户资源的一种帮助吧。谁知欣欣并不以为然，她一撅嘴巴反而冲他说：“迫切想买阳光国际城房子的客户，我手头起码积累了400多人，而且每天都在增加，我都应付不过来了，让人很烦心。你介绍给我客户以为是帮我呀，反而是给我添负担！”

赵聪灵被噎得不知如何反击，但心头很高兴，阳光国际城的品牌效应，现已超乎预期地显露出强势来了。

新的一周开始。推广部、俱乐部、销售部的联席会议上，赵聪灵汇报备战阳光国际城开盘活动的内刊、文案、平面设计等的准备情况。俱乐部张经理反映，现在联盟商家已发展到85家，还有不少商家主动找上门请求做联盟商；俱乐部会员已骤增到近8000人的超人气。销售中心罗经理汇报，关于开盘活动营销中心的分工协作都安排妥当。只是现在营销中心的人气热闹起来了，许多来客是返程客户，急于打听具体的房价和开盘的时间，明显表现出按捺不住的强烈购房愿望。置业顾问每天都说得口干舌燥，有些不爱搭理人。但这招来了许多来客的不满，说阳光国际城名气大，销楼员架子也大了。

公司会议室里，人人脸上都挂着一副开心的笑容，会场氛围洋溢着丰收在望的喜气。

董宏理扭扭脑壳说：“现在项目的品牌美誉度已显著建立起来，入市前期来势喜人，这是大家努力的结果。但是我们现在还谈不上胜利，胜利还在下一个关键环节——开盘！只有开盘大获成功了，我们才能宣告初战告捷！我们下一步的工作，就是群策群力筹备2006年元旦节开盘

活动。”

阳光国际城到底怎么定价呢？前期意向客户都在争相打听，这也是赵聪灵的悬念，他想从董宏理那里打探到一点内幕消息。会后，他把这个问题向董宏理提了出来。

“怎么定价？马上就要开盘了，这正是我们要着手解决的一个核心问题。你也将是决策人之一。”董宏理说。

我也将是决策人之一吗？赵聪灵忽然有受宠若惊的感觉，期待着哪天与公司高管坐在一起，侃侃而谈楼盘入市的价格大事。未料及董宏理要求他当领队，利用一周的时间搞一次江边市主城区河东、新城区河西楼盘的房价摸底调查，并写出调查报告供阳光国际城开盘定价参考。赵聪灵被董宏理戏谑了一把，苦笑摇头，当然他也知道自己在公司的斤两。

赵聪灵走进董宏理的办公室，用开玩笑的口吻说：“我们何必还去踩盘呢，楼盘定价不是有一种‘成本定价法’么？我们计算一下地价、各种税费、建安成本费、广告费、开发运作费，再加合理利润，我们定出来的价格会更科学合理啊。而且我们项目当时买的地价便宜，我们的房子还有低成本价格优势。”

董宏理不满地恼他一眼，说：“你这是屁话，书生意气！哪个楼盘都会随行入市，商家的道德就是赚钱，而且，能把房子卖到个什么价钱，也是营销水平的最终反映。能把黄铜卖金价，而且卖得好，就是营销的本事。我们做推广文章时要大言‘为城市建功立业，为业主创造价值’，但归根结底还得考虑为公司创造价值。我们费尽心机、花大力气打造项目的品牌效应，不就是为了卖得痛快，卖到一个好价钱么？”

听着董总的高论，赵聪灵想起大学所学的营销理论，心里嘀咕：怎么“学以致用”的时候，就格格不入了呢？难道营销水平高低就是巧取豪夺消费者？难道打造出品牌效应，就是为了渔获暴利？商业诚信呢？不知为何，赵聪灵的内心，对购房者总有一份抹不去的同情心。他想起社会上许多人想买到价廉物美的商品房的普遍心态，心头不无嘲笑地说：中国商品房楼市能有价廉物美的时候出现吗？天天看涨的房价与工薪阶层的买房艰难，好像距离越拉越远。赵聪灵为自己是房地产从业者而陡然生出几许内心的愧疚不安。然而面对董总“书生意气”的批评，再念及自己的高薪，他又无语言说。

踩盘，几乎是每一个新盘运作过程中必须要做的功课。只有摸清一座城市楼市的基本概况，才能找准自己的坐标。阳光国际城项目在这一个多月来，已经“接待”了无数佯装顾客的踩盘人，他们主要是探底开盘价及促销手段，无奈都无功而返。这回，赵聪灵也组织了一个5人团的踩盘小组分头行动。他们都扮演成顾客走访每一个楼盘的售楼部，把该盘的开盘价、现价、让利点扣与楼层加价等搞清楚，以便给公司的开盘定价提供市场行情依据。赵聪灵第一次做这种“商业间谍”式的工作，觉得很刺激。不过，他走访的不少楼盘的销售经理把他当“赵记者”认了出来，于是他便干脆以采访的身份摸底。

走访中，他也切身感受到，时下楼盘品质与包装都在不断提升。比如城东有一个叫芙蓉美苑的占地500亩的大盘，规划有山有水有园林，还有体育运动场所等附属设施，推广文章也做得精彩，向市场大事宣扬买他们的房子，可以独享一方生态生活的悠游自在。又如河西靠近区政府有几处建筑面积在20万平方米到40万平方米之间的中等规模楼盘，楼宇的建筑风格、户型设计及小区内园林规划也都不错，却因人们受“宁要河东一张床，不要河西一间房”的观念影响，或许也因为推广力度远远不够，虽然价位很实惠，来访客户却很少，销售状况不佳。赵聪灵也看到了独占天时地利的楼盘大收渔利，比如位处市中心山水公园旁边的两个项目，本身卖点不显著却价格最高，均价高达7000元/米^2，他们推广靠的就是紧邻公园的周边生活环境与其他市政配套做卖点，活脱脱地把公园等公共设施给“卖”掉了。公共资源也变成了开发商的无本财源。另外就是，现在楼市的包装水平也都在普遍提升，似乎都跳离了功能卖点的层面，懂得了打文化卖点的牌子。只是，他们炒作文化地产的水平大多还是远远落在阳光国际城之后，比如河西有十几个楼盘，有的更靠近清江书院，但他们的借势包装逊色得多；清江书院代表的深厚传统地域文化卖点，却被阳光国际城风光揽尽。

五天时间，他们5人组马不停蹄几乎把江边的在售楼盘的盲价做了一个地毯式的调查，得出的基本数据是：河东住宅均价约4500元/米^2，河西住宅均价约3400元/米^2；楼层加价一般在20—50元/米^2；河东楼盘的让利点扣现款1%、按揭一般没有让利，河西楼盘让利现款一般2%、按揭1%。市场在售楼盘的年涨幅平均在20%左右，部分楼盘年底涨势更明显。

赵聪灵还特别从网上搜集了2006年全国几大一线城市的楼价动态情报。北京、上海、深圳等一线城市的房市普遍供销两旺，一些卖点显著的好盘，还出现了连夜排长队抢购的局面；有些楼盘也出现了房价一周一涨的态势。全国各地都出现了开发商捂盘惜售，减少房源放量搞囤积居奇等待卖高价。对此，市民和网民抗议呼声强烈。一些地方政府开始出台重拳打击捂盘行为的政策。江边市政府也顺应社会呼声查处了两处捂盘行为。其处罚的方式也有些怪：罚款5万元，责令停止销售三个月。为此，网上舆论一片嘲笑声：罚款5万元像父母拿根稻草打顽皮孩子的屁股，停盘三个月更是在变相支持开发商捂盘。

对于房价的持续飙升，许多网民称按收入与房价比来折算，中国的房价实际上已超过了美国房价。有人又称一对年轻人买一个100余平方米的结婚房得花掉双方本人、父母、爷爷三代人的积蓄。关于房价高的原因，业内权威人士和专家学者们的分析各持观点，有的说是地价太高，有的说是供需关系造成，有的说是炒房者太多炒起来的，有的称开发企业税费和灰色开支太重使然，有的指责开发商唯利是图牟取暴利推高了房价等等莫衷一是。相比于全国房市尤其是一线城市房市的风起云涌，作为中部省会的江边市的楼市仍是价格的洼地，显得平稳。但是，从市房产局信息中心公布的租售比数据1:280，房价水平亦接近了国际警戒线。

市场，对房价绷起一根紧张的神经。阳光国际城大批前期客户，通过电话或来现场打探项目开盘定价也一天比一天频繁。这房价这楼市究竟会何去何从呢？赵聪灵真的有些捉摸不定。他把写好的综合报告提交给董宏理。董宏理看了之后很满意地点头称赞赵聪灵花费了心思，调查报告做得很到位。

赵聪灵向董宏理打探房价何时能制定出来。董宏理说："开盘定价是一个十分重要的问题，项目公司高层根据你提供的调查报告讨论出一个初步意见，已提交总公司了，总公司的决定还没有下达。”

前期推广，因心思百结而显得有些漫长，现在开盘时间一天天临近，让人揪心的同时，又感觉憋了好长时间的一口气终于可以舒出来了。推广部的工作按部就班，一桩一桩地逐步落实完成。万事俱备，只欠东风。赵聪灵感觉操盘有些像苦心导演的一部电影或电视剧，而开盘就相当于首映，能不能一炮走红？票房会怎样呢？千亩大盘会以怎样的姿态露面于市场？虽然现在楼盘营销的来势很好，他也有一份对董总操盘能力的充分信任。几个月来费尽心思的前期推广，一波一波的炒作似乎已经把项目推到了万人瞩目的位置，现在一举成功按理也是顺理成章的事情。但是，他分明感觉每个人的内心都有一份排解不了的忐忑心理，都在等待着大幕将启的局面。

转入房地产业做的首个项目面临首次开盘，赵聪灵觉得自己既是演员，又是看客。

总公司核定的房价终于下达了：稍低于河东楼市均价开盘，即阳光国际城均价定在4350元/米^2，楼层差价定为30元/米^2。理由是：江边乃至全国楼市正处在积极上升期，阳光国际城的品牌效应也显示出来，售价不能低；鉴于地理位置偏，价格也不宜太高；再就是目前项目前期意向客户积累比较丰富，有效客户率也有相当大的比例，第一组团首批房源推出200套，估计还会供不应求。董宏理解析定价时说：“楼盘定价是一个很现实的事情。前期积累的人气足、意向客户多，定价就当然高一点，打品牌卖点；如果人气不旺、意向客户少，就定价低一点，打价格优势牌。

原来公司要花那么大的力气，使劲积累前期意向客户，意在于此！换句话讲，这个高房价，在一定程度上也是前期意向购房者们的热烈追捧助推起来的！是购房者的热情，自己让自己做了冤大头！赵聪灵又有恍然大悟之慨。他认为公司唯利是图得有些心狠。市场经济的矛盾运动，血淋淋的事实就摆在眼前：斗升市民眼巴巴张望房价下跌，而开发商们呢，则在用尽苦心争取房子卖高价！

这一天，刚好有一位在上海发展的大学同学来到江边市出差，联系了他。晚上，赵聪灵礼节性地接待他，两人在餐桌上免不了谈到房市现状。同学问及江边市的房价，大为惊叹，说这价格差不多是上海房价的一半。同学当即表示要赵聪灵帮他在阳光国际城买一个房作为投资，他认为品牌大盘升值空间更大。赵聪灵露出几许为难表情，说了首批房源还未开盘，现在就有些争不过来的大局情况。同学听后，即转了口道，他只是一时兴起随便说说，其实他在江边买房是有些不现实的。上海房价再贵，他也只能考虑在上海买，因为自己在那里工作，也打算在那里生活下去。

在上海工作的同学离去后，赵聪灵忽然对阳光国际城的开盘定价能够接受了。不过横向比较江边市的均价，他又禁不住悄悄替阳光国际城的房子算起成本价来。

江边阳光国际城因为地价便宜，其建安成本顶多不出 1800 元/米^2，再加上配套费、税费及运营开销，估计利润至少也在 60% 以上。赵聪灵咂咂舌惊叹低地价、高房价带来的巨大利润空间，也理解了如今全国各地地产商为何那么不顾一切地忙于囤地。再算一算这处千亩大盘 100 万平方米建筑面积的项目，如果顺利开发成功，将是多么巨大的一笔暴利收益啊。难怪中国富翁排行榜的前几位，都由地产大亨们占据着。如果不是行业内幕人士，赵聪灵是怎么也不敢想象的。他相信了网上说的中国房地产普遍存在高利润，不是空穴来风。阳光国际城的成本价如果也发布到网上去的话，一定会吓懵网民，在社会上产生新一轮舆论冲击波吧。当然这是邪念，赵聪灵很快打住了这个邪念。

4350 元/米^2 均价，在江边市的河西地段是最高的，这毫无疑问也会增加一线销售的挑战性。营销中心的罗经理和置业顾问们得知定价后，也都感觉意外，称价格太高。罗经理表情严肃地称定价太高，除了担心给销售带来困难外，似乎也有着对顾客们的同情。然而，董宏理不以为然地说："不管是高还是低，总公司决定的事情，我们就得无条件地执行。"

为了吊住意向客户的胃口，开盘价格方案是对外保密的。开盘在即，上门或者通过电话咨询阳光国际城开盘定价的意向客户们越来越多，很能反映房价已成为购房者们的心头之痛！公司统一口径的回答是：具体房价，还要在开盘当天等总公司的通知！不过，阳光国际城作为一个大品牌项目,价格不会高不会低,会有一个适中的合理定价。”这个说词,也是给意向客户们的一个心理暗示。问了好像等于没问,首批登记客户一个个对阳光国际城流露出既眷恋,又忧心忡忡的表情。

董宏理对营销中心下达的头等大事是:继续加紧首批求购客户的动员和登记;务必在4天后把这项摸底工作汇总,上报。

房价始终不肯公开,把很大一部分客户都吊得心痒难耐,热切想买到阳光国际城的房子又担心房价会高得离谱,还担心摇不到号。即便如此,开盘前登记决定在开盘当天买房的客户竟达到了1500余名。也就是说,开盘将是1500余名客户抢购200套房子。这是一件大快人心的事情!全公司上上下下一派胜券在握的样子。怎么办?只能是采取摇号抽签的方式决定幸运客户了。这种开盘方式,正好又吻合了董宏理最初期待的设想。具有戏剧性的是,阳光国际城首批房求购者太多,须抽签决定幸运者的消息传出后,要求参加抽签的人在登记截止的翌日又纷至沓来,公司不得不再网开一面,因此报名抽签的人数猛增近50余人。

开盘,对于一个新盘上市有着至关重要的作用。“好的开端是成功的一半”,这一句俗语对楼盘入市似乎更有着不同寻常的意义,如果你项目开盘就能一炮打响,则意味着该盘的后续销售底气十足,反之则预示来势不妙。因此,开盘最要紧的是千万不能冷场。为了预设开盘的抢购局面,董宏理又号召公司员工在开盘当日把家人和身边的亲友尽量说动到现场去助人气。同时,他要求置业顾问通知手头首批不购房的意向客户,邀请他们也来现场看热闹。公司又在开盘前三天同时在江边市各大报纸、电视上连续三天发布了阳光国际城即将开盘的硬广。

怕开盘人气不足,又怕开盘可能人多杂乱。为防止意外事件发生,公司又申请了派出所派公安人员到现场维持秩序。通过这些预案,赵聪灵暗叹精于“出奇制胜”的董宏理,做大事原来如此心思缜密。他表面波澜不惊,其实内心悬起的一颗心也没有放下来。

万事俱备,只欠东风,阳光国际城的开盘,成为公司与意向客户的共同悬念。公司上下既处在胜券在握的情绪之中,又隐约浮出一份不可排解的担心。董宏理反复对下属们强调开盘的至关重要性,叮嘱务必要将各种准备工作清理好、做到位,严格步查。赵聪灵因为是第一次面对这样的大场合,言行举止不免表现得心惶惶的,有时连回答董宏理的问话,都紧张得有些发慌。

董宏理把他的异常反应看在眼里,便换了一种轻松的状态满面春风地对赵聪灵说:"小赵,你莫要'皇上不急太监急'啊。阳光国际城开盘是基本上胜券在握的!只要明天的活动按计划顺利进行,我们就可以对江边楼市产生冲击波,再次创造轰动效应。"

赵聪灵愧然一笑,忧惧顿时消减了许多,他内心佩服董宏理能够把这么一个千亩大盘镇定自若地玩于股掌,真有将军风采。接下来,他又禁不住回想起一路来董总一系列特立独行的营销理念与行事方法,行之有效,为何与自己在《营销学》上所学的理论大相径庭呢?给他触动很深的还有:阳光国际城项目经他们几个月来虚虚实实的一番鼓捣,竟然就被推广成了闪耀省城的地产大品牌。书本上说产品品牌的树立,需要货真价实的技术,需要人文的漫长积累,而房地产项目品牌的塑造,怎么就可以急火加工炮制出来呢?阳光国际城成为明星楼盘,像是攒着一股劲吹出来的一个彩绘气球一般,迎风招展了。

2006年元旦的早晨，晨雾很重，寒气袭人。赵聪灵在天麻麻亮就起了床来到了项目部营销中心。会所前面的广场笼罩在雾气中，几步之外看不见人影，却听见人语声声。从声音可以听出公司的其他工作人员有在忙碌的了。但人语声中也有陌生人的口音，赵聪灵有些奇怪，便寻声走过去，见到了一对老年夫妻，一对中年人，几个年轻人。他问道："你们都是来买房的吧？"

"是啊。"中年人应道。人影似在眼前，声音听起来又显得悠远。

赵聪灵不解地问："我们今天搞的是抽签方式，不是按先来后到。活动要到8点半才开始，这么冷的天你们干吗来得那么早啊？"

"哎，想起买房子，就睡不着了，干脆就早点来吧。"老奶奶回答，又说他们是为在国外留学即将回国的儿子备房的，希望儿子回国后能住进这个国际化生活社区。

赵聪灵顿时有一股暖流流遍全身。他心里清楚，这些清晨睡不着赶过来的人，是多么渴望买到阳光国际城的房子啊。又听见有人发问："你们今天的抽签不会做手脚,搞暗箱操作吧?”赵聪灵认真地回答:“不会的,我们是当场摇号。你们都看得见的。你们放心吧,我们绝对公正做事。”

“咳,花钱买你们的房子还得摇号了,这是江边市从来没有过的事情啊。”有人说。

“哈哈,这是江边首个千亩大品牌啊。与别的楼盘不一样!”赵聪灵感觉心里直乐,又为这些急切买房的人而感动。

公司几个同事正在会所的入口处用指示墩和警戒线圈定临时性的活动台空间,赵聪灵走过去帮忙。公司人员陆续到来,各负其责做着准备工作,有的在广场两侧插彩旗,有的在广场的入口架充气式红色拱门,有的在会场阶檐下挂横幅,有的在装扩音器等等,雾中一派忙碌。参加抽签的客户也越来越多,广场上显得人流密集了,前奏音乐事先放响了,浓雾也稀薄了些许却久久不肯散去。晨雾,好像也在替他们酝酿着一出大排场开盘活动的序曲氛围。大约 8 点钟,艳亮的阳光划空而来,雾幕全面消退。戏幕拉开,阳光国际城广场上一番喜庆热闹的景象,便呈现在河西这一片清冷的土地上,倒也渲染出新年到来的一派欣欣向荣的热闹景象。

广场上已是人头攒动,前面的河西大道两侧停放的小车已延伸了数里。广场周边气球、彩旗伴随着音乐声飘飘扬扬。这一番盛大场景,让人想象未来河西新城区也会有一派繁华盛景。赵聪灵初初统计来人不下 3000 人,这之中有一半是持签牌的意向客户,有的是陪同人员,也有好大一部分是同行前来探营观看的。

预防意外事故的五六名公安人员也早早来到了现场。开盘活动就像举办一场颇有规模的社会活动一般,显得热闹空前又煞有介事。

8 点 28 分阳光国际城开盘活动正式启动,礼花齐放。刘总与受邀前来的市建设局、房产局局长分别发表致辞,之后摇号抽签开始。摇号主席台设在会所前的阶檐上,工作人员把纸盒里的一大堆纸片倒进辘轱形的摇号箱内;专人摇滚号筒,又有专人伸手从筒内一次性取出三个号,再交给活动主持人宣布中签序号。第一位中签的是一个年轻女孩,她高举着手头的牌号,像小兔子一般欢跳着跑到主席台对号,然后又蹦跳着跑到设在一边的工作台登记。然后，大家又用羡慕的眼光看着女孩进入会所选房号，交押金，签简易购房合同。

第二位中签的是一位中年男士，第三位中签者是一位少妇，他们脸上洋溢出的那一份欢喜与幸运，好像中了大彩一般，或者说能够称心如意地买到阳光国际城的房子，实在是太荣幸太有面子了。

随着抽签的不断进行，不断有幸运者从人堆里神彩飞扬地跑出来，跑到主席台对号。围观的人们一层一层地包围，一层人比一层人足尖踮得高脖子伸得长，他们露出对中签者的无比羡慕，更显示出了一份希望自己中标的渴盼。很快抽出了前50名中签客户。抽签暂停。董宏理走上主席台亮着嗓子说："下50名中签者，房价上涨30元/米^2。"引得当场一片轻微的嘘声。摇号继续，中签者虽然要多付出一点代价，但中签者一样不减欢喜劲头。中途，负责摇装签圆箱的人几次抽号都不摇动，便引发了全场的一片抗议声："摇号抽签，你怎么不摇啊？得摇号啊！"于是工作人员赶紧摇滚签筒，再让抽签人取签。很快又有50名中签者尘埃落定，中签者快乐绽放，未中签的围观者神情开始显得焦急不安。抽签再次暂停。董宏理再次走上主席台宣布："下面100名中号者，房价再上涨50元/米^2。""又涨价了！又涨价了！"等待的人们，焦急的脸上又多了一层激动与不满的情绪。场面安静中又有些骚动，集体情绪仿佛一着火就会燃起来似的。不过随后，许多人不安的脸色又呈现出对"幸运中号"的信心消减的情绪。抽签继续，中签者依然是一番庆幸的表情去领号，没中号的则怅然若失。这一番局面不无惊心动魄的味道，人们都忘却了冬天的寒风，情绪都陷在场面的火热之中。

赵聪灵在一边观场面，负责开盘活动的拍照。从活动开场到中途，他从不同的角度用不同的镜头进行拍摄之后，便走到了人群的后面观察一些事情。他听到不少人因为中不到签开始发牢骚。

"奇了，有钱中不到签还买不到阳光国际城的房子了！"

"阳光国际城这样搞法，以为江边市买不到房子了？"

"这荒草丛中的房子，怎么还会那么俏呢？"

"咳，看来还是品牌楼盘'牛'哩！"

“这房价当天就涨了两次，下一批房肯定还会涨……”

然而牢骚归牢骚，守望的人仍舍不得离开现场。每次宣布签号，他们一个个都踮起足跟竖着耳朵听，时而看一看手头的牌号，希望主持人喊出自己手头的签号。赵聪灵在后台转了一圈之后又回到现场看抽签的场面。忽然一个号子喊出，他看到了清早相遇的那位老太太喜笑颜开挥动着手中的号卡从人堆里挤了出来，一颠一颠地跑向主席台。

呵，她终于中号了，赵聪灵心里替老两口高兴着。

接下来赵聪灵发现那位对蓉蓉特别有情意的小伙子也中标了，他瞄了一眼蓉蓉，发现她也替小伙子欢喜着。

活动持续到下午 1 点多，200 套房的抽签全部尘埃落定。中签人忙于在会所选房号缴定金签合约，未中签的人不无失意地哄散离去。赵聪灵站立一边看着这一群欢乐一群愁的场面，感慨万千。冷不防一对中年夫妇走到了他面前，苦着脸悻悻地诉说他们今天不走运，没有抽到签，又问今后还有没有机会买到阳光国际城的房，第二批房是不是还要抽签。赵聪灵凝神片刻，记起了他俩是清晨相遇的那对夫妇，他为他们错失机会而遗憾。赵聪灵给他们打气回答说：“感谢你们对阳光国际城的支持！第二批房会采取什么样的销售方式，现在公司还没研究。相信你们会有机会买到阳光国际城的房子的。你们可以继续与以前联系的置业顾问保持联络。”

这对夫妇拖着失落的身影离去。赵聪灵还站在原地思绪翻腾，他想阳光国际城今天的开盘场景预示着推广工作的初战告捷，的确有如导演一出戏，精彩、刺激，首映结局也圆满，皆大欢喜。

董宏理一脸灿烂地喊赵聪灵去吃午饭。赵聪灵这才感觉肚子已在打咕噜了。他又想起了一直在忙碌的欣欣是不是吃饭了。他走到会所的大门口一看，部分置业顾问们还在边为中签客户忙碌着签单，欣欣已抽空在一边吃盒饭了。

董宏理带着推广部的几个人，来到了南郊公园附近的一家餐馆点了十余个菜。大家喜气洋洋情绪亢奋，谈论今天开盘的火暴场面，称是阳光国际城真正意义上的荣誉开盘，让江边楼市大开了眼界！随后再异口同声赞叹董总会做房地产营销，是一个真正能把千亩大盘玩于股掌的人才。

董宏理就扭扭脑壳谦虚地说："这是大家的功劳，是公司上上下下一起努力的结果！"然后又调侃道，"房地产策划营销是聪明人的乐园。开盘首战告捷，说明我们都是聪明人！西方讲'一流人才在营销'，我得说中国'一流人才在房地产业'！"平时总是显得淡定从容的董宏理，此时话语里也无不流露出兴奋与自豪。

大家继续快乐地谈论今天的开盘场面。菜，陆续端上来了。

"来，兄弟们！"董宏理端起了啤酒杯站起来，大家纷纷举杯站了起来。

"阳光国际城的开盘辉煌，跟推广部付出的智慧与劳动是分不开的！说明我们这个推广团队是个优秀的团队、能干大事的团队！让我们为项目的红火新年干杯！祝大家新年万事顺利！"董宏理洋洋自得地说。

大家举着啤酒杯"咣当"碰到一起，然后一饮而尽。

大家一起边喝啤酒边聊天，还情不自禁地争相说各自在开盘现场看到的故事或细节，都大称开盘场面痛快！赵聪灵感觉啤酒在体内四处流窜，全身的细胞都在激情跳跃。这种感觉是前所未有的。赵聪灵沉不住气地问："董总，我们今天当场涨了两次价，一些客户很不满，是不是会把以后的客户吓跑了？"

董宏理放下筷子，偏着脑壳看赵聪灵，说："这你又不懂了。房地产买涨不买跌，巧妙涨价是门促销学问，暗示出楼盘有强劲的升值潜力。今天你不是看到了，当场两次涨价后他们不照样迫切希望中签，中了签的还不照样欢欢喜喜地去交定金？"

大家听后都做恍然醒悟状。

董宏理又传授道道说："做大盘呀，关键在于做出强势品牌效应来，给市场强烈的信心支持！品牌有了，争取开盘旗开得胜，就容易形成抢购跟风局面，出现营销'多米诺效应'。我们楼盘有了这个开局，估计后面就不愁卖了。"赵聪灵和同事们又心领神会地连连点头，露出对董总的无比敬仰。别看董宏理平时有些嬉皮士作派，但对操盘的每一个关节点都思考得很深入，一切都在他的掌控中，有时又神秘得让人猜测不透。

当然,赵聪灵也暗叹:首笔巨额的收入也像沙斗流沙一样流进了阳光事业置业集团的账户。

阳光国际城特立独行的开盘方式和火暴景象,再次成为媒体很好的报料。于是,阳光国际城的声名又在江边媒体大大风光了一把。趁着火热的舆论局势,董宏理又以开盘的超常人气抢购的现场照片做卖点,在四家合作媒体发布了大篇幅硬广,强化阳光国际城在市场上的不凡表现。首个千亩大盘的王者风范尽显。董宏理骄傲地对赵聪灵说:“我们现在可以用‘同行仰视’这个词了。”

赵聪灵谨慎地说:“我们会不会吓退人,让人不敢来阳光国际城买房了?”

“不!市场消费心理就是这样:越抢购不到的东西,就越希望得到!”董宏理肯定地说。

不出董宏理的预料,开盘后前来考察阳光国际城的顾客接踵而至,营销中心再度涌起人气高潮。不过,经置业顾问的追踪了解,也有一批没有摇到号的前期客户流失了,转向别的楼盘购了房。

赵聪灵是第一次参与楼盘的营销运作,而且是一个超大盘!一路以来的煞费苦心到开盘的告捷,让他体会到了做房地产营销推广的过程和成就感,觉得当今房地产业真是一个很适合男人做的事业,很过瘾。

21

阳光国际城开盘首批房源脱销，第二批房源还待时日，营销工作也便出现了一个相对的松闲期。因为“为城市建功立业高峰论坛”的影响和阳光国际城项目的畅销，赵聪灵对建筑与城市形态美学之类的话题产生了兴趣，平时便寻找相关读物阅读，也喜欢带着一些学到的理念，观览身边正在因疯狂的开发而变得日新月异的城市。他总感觉处在快速成长青春期的城市，在不断地改变从前的灰头土脸，变得多彩多姿，却又呈现一种无序的杂乱与其他城市千篇一律的雷同。有时他因办事走进一些外表光鲜时尚的新写字楼，发现楼内的脏乱、楼道的阴森与外表形成强烈反差，不免让人惊讶。这些，与开发商们打广告各自标榜的“为城市建功立业”及诸多新潮理念相去甚远。这一天赵聪灵从书摊上买了一本杂志，杂志载有一篇关于中国城市评价的文章。他读到了这样一段文字：“一个人如果正在发育，她的变化是令人炫目的：几年未见，她的身体成熟而优美起来，曲线尽露，充满诱人的气息；她争强好胜，永不疲倦地吸取着知识，借鉴着他人的经验，积累着优点、涵养、才能与魅力；她前程远大，未来充

满无数可能性，当然也包括歧途。只要她努力，各种荣誉便纷至沓来；她可能急功近利，丧失掉原来具有的纯真与部分天赋，但与她的丧失相比，她带给人更多的是惊喜与惊艳，因为她如此年轻而富有活力，既创造，又破坏，肆无忌惮地挥霍着自己的青春期。”读着这段文字，赵聪灵有些不能自已，感慨作者对所描绘的城市比喻精到，淋漓尽致。

碰到这些很能引发感想的东西，赵聪灵仍是习惯于拿到董宏理面前去请教和探讨。董宏理看完这段文字后，禁不住感叹道：“小赵啊，看来你的确还是一个纯男，未脱离理想主义色彩！你得记住：理想与现实总是存在着鲜明差距的！”

一语点评，让赵聪灵有些羞愧，他不自在地搔起头来。

接下来，董宏理又对他说：“告诉你一个好消息吧，公司计划从后天起，分两批去温泉度假村度假。”

“真的？”赵聪灵的情绪马上回升，也感觉一度以来的紧张忙碌，的确让人想有一次纾解的机会。

“当然真的，预计分两批去，你跟我第一批去吧。”

“当然，我得跟董总第一批去！”

这次活动让公司员工都欢呼雀跃。这是项目开盘一炮打响后公司对广大员工的犒劳，公司决定趁元旦假期过后，分两批去城外三十公里的温泉山庄做一次休闲度假。

刘总授意此次活动由董宏理负责组织。董宏理问刘总活动费用怎么控制合适，平时一提到钱开口便是“以节俭为原则”的刘总，竟然大度地对董宏理说：“你看着办吧！”弄得董宏理以为自己听错了，又恭敬地请示了一次。刘总又回答说：“这事，你就看着办吧！”

山庄的两部专车接董宏理等第一批前来休闲的20多人抵近山庄，赵聪灵与董总同在一辆车上。车子驶出郊外进入盘山公路，便可见白色水雾在清冷的冬日天空中飘袅，那便是天然温泉飘起的水汽。随车的山庄女服务员介绍说温泉山庄快要到了；温泉山庄就处在眼前这一片苍翠的小山包之间。服务员又介绍这里有大大小小天然温泉100来处，温泉富含矿物质，能通经活络、养护肌肤，可以治疗各种风湿病和皮肤病变。一路上满目的蓝天白云、碧山绿水,真有一种很爽的感觉。大家都开开心心的,向窗外投去兴奋的目光。突然有人感慨:“人哪,在埋头苦干之后,走进大自然的怀抱,才真感觉到一度以来的确很累了!董总,你今后得多带兄弟姐妹们出来走一走啊。”

董宏理爽快地回答:“当然!一有机会我就会给大家争取。赚钱就是为了享受生活嘛,享受了消费的快乐,体会了消费的幸福感,才会更有激情去再创造!这两天,大家就尽管吃好,玩好!”

“哇,让我们来这么美丽的地方来玩啊,公司怎么这么大方?”顽皮的欣欣故意夸张说。

“不过,玩好了之后,你们又得加紧工作了!”董宏理一转弯又道。

“哇,董总带我们来享受,原来也是变相给我们催鞭子呀!”欣欣又嘻嘻哈哈地说。

车内哄堂大笑。这番闲逸活跃的气氛,就像部队打完一场大战去享受胜利后的休憩。女服务员突然说:“我们非常高兴你们做房地产的过来休闲。”有人问为什么。她却回答说不为什么,就是喜欢,你们做房地产的好像特别阔绰,花钱大方,显品位,有风采。她的话又引得大家一场开心的谈笑。

两辆小巴车从从容容地奔跑在野外,然后在一片依清流而建的别墅前停下。董宏理走到服务台办理了统一登记手续,第一批来人便纷纷被服务员带进预定好的客房。赵聪灵与另两个同事住在一间三人房,推窗便可见一条河床上满是乱石的小溪流,不大的流水一路飘散着热气。河对岸是一码头,有妇女在洗涮,河岸边是一片居民区加一条商业街。这里原本是一个偏僻的山区,因为温泉而有了休闲山庄;又因为休闲山庄,这里成了一个繁荣的小市镇。

服务员给每人送过来了一张盖有红印的贵宾消费卡,上面列有露天温泉、大型室内温泉、宾馆居室内盆浴、排球场、保龄球馆、乒乓球馆、室内沙浮球馆、健身房、茶座、卡拉 OK 厅等等十多个项目一条龙消费。欣欣也是第一批来的。赵聪灵安顿好住处后,便约了欣欣出来,然后一起去了董宏理的房间,邀他一起外出活动。

赵聪灵忽然念起，蓉蓉没有陪同董宏理在自己坐的那台车上，便问蓉蓉来了没有。欣欣也斜了他一眼，恼恨地说："你这家伙贼心不死，心里还在念着她。"赵聪灵赶紧辩解说："你胡思乱想什么啊！我是担心我们现在去董总的房间，她会不会在陪董总，到时我们会好尴尬的。"这一说，欣欣的表情又平和了。

到了贵宾楼的楼下，欣欣突然停下了脚步，说："那就你先上去看一下吧，我就在楼下等了。"

赵聪灵稍作沉思，便拉了欣欣一把说："我们上去吧，她在也无所谓，那是他们的事情。"

看着赵聪灵神态坦然，欣欣便也坦然地跟着他上楼了。敲开董总的房门，还好，房里只有董宏理一个人。

"小赵，多幸福啊！来公司时茕然一身，这回出游可是成双成对了。"董宏理对他俩调侃说，"你是爱情事业双丰收啊。"

"我们是托了董总的福啊。"赵聪灵说。欣欣也流露出一副感恩的表情。

"董总，怎么没有带太太来江边呢？"欣欣问道。

"呵，我太太是公务员，带不动啊。我们各驻一方，是名义上的夫妻。我现在是全心全力为公司做奉献，我才羡慕你们能天天那么甜蜜呢。"董宏理回答。

一语触动赵聪灵的内心：如此的话，董总与蓉蓉是不是真有……不过，他又念起蓉蓉现在是有男朋友的人了，便也释然。他提议一起外出走走，先观览一下周边环境，然后再回山庄做休闲活动。董宏理爽快地答应着，带上门和赵聪灵与欣欣一起走了出来。

他们先围着公园似的山庄逛了一圈，然后走进了住处附近的沙浮球馆玩了一把沙浮球，过了一把瘾后便转移到旁边的乒乓球室，三人轮战打起了乒乓球，打得兴致十足。不久便响起了午餐的铃声，他们就拿起脱下来的衣服走向餐厅去。阳光国际城公司在餐厅预定了三个席位，每个桌上都摆着高档的五粮液、进口红酒，还有啤酒饮料应有尽有。人员渐次到齐，菜也摆上桌子了。酒菜的丰盛与高档次引得员工们啧啧称好，也引来旁座艳羡的目光。赵聪灵听到旁桌有人嘀咕道："只有这些搞房地产的家伙，花起钱来才这么豪爽！娘的，掏空了买房人的腰包，就来放肆挥霍享乐……"

"董总，我们这样消费是不是有些奢侈？"下筷前，有人故意说。

"我们只要齐心协力把项目做好了，这点小花费算什么？"董宏理不以为然地说，"如果这一点花费都算奢侈了，我们还叫搞房地产的吗?！兄弟们，只要你们工作倍加努力，项目今后有好的赢利，今后由我去说动刘总，让大家吃鲍鱼大餐去！"

大家一片欢呼。人事部经理清点人员后，便大声宣布开餐。大家举杯站起来。董宏理首先代表公司慰问大家一度以来辛苦了，祝新年项目辉煌，大家再接再厉随公司共同致富！他最后说："好好享受这两天两夜吧，吃好，玩好，把耗费的精力都补回来！"

阳光国际城项目公司午餐的奢华张扬，引得餐厅许多其他顾客投来嫉羡的目光。赵聪灵发觉这种目光，居然无端地在心里很受用。

吃饭时，赵聪灵不经意间发现，旁边桌上蓉蓉的身边多了一个公司外的男生。赵聪灵一眼就认出他是那位在阳光国际城购房、一直努力追蓉蓉的帅哥。蓉蓉终于情有归宿了，他内心不禁有些许安慰，又不无丝丝醋意。事后打探得知，董宏理成人之好，特意关照蓉蓉把男朋友带过来度假。赵聪灵心里突然替蓉蓉感到高兴，又自责小人之心度君子之腹，自己真是错怪董总了！董总原本与蓉蓉只是同事情或者说朋友之情，他们之间根本不存在什么出格的关系。要不，这大好的外出休假的机会，董总怎么会特别让她带男友前来呢？赵聪灵对董宏理的看法，仿佛因为今天这件事又恢复到了从前。

下午，赵聪灵同欣欣陪董宏理一起去打保龄球。边打球边闲聊，欣欣突然透露项目抽签开盘后，销售中心置业顾问之间闹起大矛盾一事。董宏理一听就敏感地追问道："这到底是怎么回事？欣欣，你具体地说说看。"

欣欣说："就是这一次开盘中签的客户分布不均匀。有的置业顾问手头的客户只中了几个人，有的中了十几个，多的中了数十个。"

“抽签就是这样,又怎么样呢?”董宏理不以为然地反问。

“董总,你是怎么了,忘了我们置业顾问是拿业绩点扣提成的?那些只中了几个客户的置业顾问和那些中了数十个客户的置业顾问,她们的业绩提成就差距大了。”欣欣说,“而且,置业顾问的前期工作成绩主要体现在参与抽签的客户人数上,但抽签的结果不能反映大家前期的劳动绩效,中签越少的人反而还要承受更多的客户的怨责。所以,这样的提成方式不公平、不公正、不合理。”

“那你自己怎样呢?”赵聪灵问道,随手抓了一个球摔到轨道上,竟然打了一个大满贯。

董宏理在一边喊道:“小赵好手法!”

欣欣回答:“我倒是差不多保本!推荐的90余个客户参加了抽签,中了23个人。不过我还是觉得不公平。”

董宏理说:“抽签对于抢购的客户们来说是一种公平竞争,对于置业顾问又不公平了。哈哈,我们也难做啊!小赵你说是吗?”赵聪灵却转而对欣欣说:“世界上哪有绝对的公平呀!欣欣你不亏,就莫打抱不平了。”

“不过我还是觉得欣欣反映得有道理:开盘后的销售提成,应当基本反映置业顾问前期付出的劳动的回报。”董宏理也抓起一个球摔向了轨道,只打中了三个葫芦,“欣欣,你觉得这事该怎么做才基本公平呢?”

“依我说,这次抽签的业绩应当平均分配。谁签的合同多,再给谁加一些签约手续费做补偿。”欣欣快人快语。

“嗯,说得有理。”董宏理说,“你们罗经理是怎么个意见呢?”

“好几个置业顾问提了意见,罗经理没表态,只说她会把这事反映给公司领导。”

“嗯,等罗经理把事情反映上来,我们再做研究。”董宏理说。

保龄球打累了,董宏理便提议到外边散散步去,看看山庄外面的自然风光,呼吸呼吸这里新鲜的空气。赵聪灵和欣欣欣然同意。

温泉山庄的休闲活动结束,董宏理马上召集了营销部开联席会议,讨论营销中心点扣提成的分配问题。

讨论最后还是采纳了欣欣的提议:首批业绩提成平分,但签约每单给予80元的补助,以此顾照多签约的置业顾问的情绪。这个处理方式,也基本做到了一团和气。

会上,董宏理提出,项目的开盘虽然取得了开门红,目前的潜在客户积累也达到了近万人,但后续的推广工作、俱乐部对会员的组织工作不可以放松。阳光国际城的规模很大,新一批房源要在春节后才能推出来。董宏理要求营销中心的置业顾问依然各负其责联系和发展好有效客户,到时务必掀起下一轮热销的高潮。

置业顾问们就纷纷反映,因为首轮抽签中签率太低,不少意向客户转向别的楼盘买房去了。

董宏理就透露说:“第二批房源的销售方式,公司不会考虑再抽签了,可能就采用常规销售形式,实行按业绩提成的政策。所以大家要尽力做好手头客户的维护和努力发展新客户。卖房不怕客户多,让他们都来抢购,才卖得痛快!”

阳光国际城的闪耀开盘,董宏理说这又是一个自我炒作、彰显楼盘品牌效应的不可放过的绝好素材。市场消费心理,是自然会受一种独特氛围感染的。他要求赵聪灵去营销中心,多收集一些阳光国际城开盘前前后后的生动的市场故事,结合开盘的热销氛围,多写几篇有心理影响力的软文进行自我炒作,同时配发硬广;并把第二批房源将于春节前推出的新信息预告出来,选几家主流媒体发布。下期内刊的编辑,同样把重点内容放在开盘效应的自我炒作上。软文以《人气,见证楼盘品质》为题,配发几组开盘抢购场面的实拍图片,进一步放大开盘造势对市场的影响,制造后期营销的“多米诺效应”;再以小区商业街规划的生活配套为素材,用生活散文的方式把业主带入一种未来的便利居家生活遐想之中。公司网站也尽快将开盘特卖的消息和抢购场景图刊载上去。董宏理又授意俱乐部在春节前再组织两次小型的会员活动,拴住一部分购房意向比较强的客户。

董宏理最后总结说:“阳光国际城务必保持推陈出新的炒作手段与信息发布,才能引起市场与社会的持续关注。总之,楼盘在售,我们就要千方百计吊住潜在购房客户的胃口,稳住人气。”

在赵聪灵的眼里，对项目营销策略成竹在胸的董宏理就像一口深井，每冒一个气泡都是一个新鲜的策划，一个另类的点子。前几天，他自作主张写了一篇推广阳光国际城新潮外立的文章拿给董宏理看，董宏理看后便欢喜地说："解读外立本来是一个很好的市场卖点，我们项目在设计当初为了追求外观效果，都让户型产品做出了牺牲。不过，文章写得还欠缺一点建筑学的专业高度。"

赵聪灵当时争辩说："我们是写给普通百姓看的，写得太专业怎么行呢？"

董宏理颇为语重深长地回答："你莫怕市民看不懂；你更高深点、更专业点，让读者看得迷迷瞪瞪的，才能让他们更产生一种神秘感和崇拜感。"

学营销的赵聪灵，隐隐觉得言之有理。董宏理这个喜欢捋动的大脑就像台电脑，里面有无边的大千世界；他的心思像一眼深井，有他汲取不尽的营销学问。赵聪灵同时又很惭愧于自己的思路老是尾随在董总的屁股后面，好像怎么跑都跟不上。

上午，公司的前台小姐把以前被《江边晚报》广告部辞退的冯大为带了进来。大块头的冯大为一见到赵聪灵，就显得特别亲切和激动，双手握住他的一只手，夸他摇身就变成了地产界的金领了，不简单！

相互礼节性地见面寒暄后，冯大为从包里拿出了一份周刊放在办公桌上，接着又递过一张名片："小赵，我现在主编《清江广电报·江边房产报道》新闻周刊，希望老弟多多关照，以后多多合作。"

"哦，士别三日，须刮目相看哩！"赵聪灵随口说，便拿起名片细看，上面署的是堂堂执行总编；再拿起刊物翻看，版权页上署的是，主编：冯大为。翻阅下来，一看就是一个类似于直投杂志的广告刊物。这聪明的冯大为，看来盯上了房地产这一块肥肉，也掺进来捞利益了。他又问道："听说你开了一个什么文化传播公司，怎么又……"

不等他话说完，冯大为就接口回答："这个新闻周刊就是我公司与《广电报》合作的。你知道，我本来大学学的就是新闻嘛！"

赵聪灵能听懂：学新闻的，现在主编这个房产新闻周刊，是回归本位；

以前在《江边晚报》做广告业务员,那是暂时客串。冯大为来的目的,赵聪灵心头有底,但还是问了一句:“我们今后怎么合作呢?”

“阳光国际城是名盘,平时新闻也很多,我们可以在新闻上多合作啊!”冯大为又强调,“我们做新闻报道是免费的!”

赵聪灵禁不住哈哈一乐,道:“新闻当然是免费的啊。”

冯大为肥厚的脸庞上咧开了弥勒佛似的大嘴,笑得像一朵不生动的塑料花,让人感觉到广告业务员特有的殷勤谄媚与心机。接下来,他掏出一张广告刊例递上,用面遇“老相识”的口吻道:“当然得你老弟关照,希望我们能在新闻、广告上都有合作。我们刊物的两个封面和内页都可以做形象广告的。对老同事,我给特别价:3 折优惠!”

赵聪灵一看广告报价高得吓人,即便 3 折也价格不菲。他莞尔一笑,又淡淡地问:“你们这个刊物怎么发行呢?书摊上有卖吗?”

“当然,当然有,报刊亭都有卖!连同《清江广电报》一起发行的,许多茶馆酒店大厅还有免费赠阅。你知道《清江广电报》发行渠道还是蛮广的嘛。”

赵聪灵会心一笑,他心头当然明白这一个勉强生存的报纸,现在能有多少发行量。不过,他不忍当面说穿。

毕竟是以前的同事,见面三分情。关于广告投入的事情,他对冯大为说:“这样吧,你留下刊物,我到时交给公司领导,再尽量替你争取一下。”

“好好好!”冯大为很感激,又道,“我知道,阳光国际城的媒体联络都是由赵记者负责,你替我争取就一定有希望。”

赵聪灵一听这话就是广告业务员的油滑表现,便坦诚说:“这我可不敢给你打包票啊,你也知道的,广告投放原则上都要上层领导拍板的,我只是执行。”

“好好好,这我知道。哪天我请客,一起聚聚去。要不就今天晚上吧,今天晚上你有时间吗?”冯大为满脸堆笑,诚恳有加。

“我们不要说这个……”赵聪灵扫了一眼旁边,幸好没有其他同事在,说,“我今天晚上有事。真的!”

冯大为告辞走了。赵聪灵翻看着他留下的名片和刊物,心头感叹这个小滑头倒也是有门道,居然能够办起这么一个广告刊物来打房地产业的算盘。

第二天,冯大为便打来电话约赵聪灵去解放路酒吧一条街放松放松。赵聪灵又找借口推辞了。而这个热情的电话,让他生了一份心思:现在项目畅销,财源如泉涌,浪费点广告费也是九牛一毛。如果能够说动董宏理给他投放一点广告,也未尝不可。冯大为这个小滑头拉点广告也不容易啊,就当帮从前的同事。他突然又念起,冯大为也是湖北人,那么同董宏理是同乡了。有了这层关系,相信说动董总就会容易些。

翌日上班,他就把《清江广电报·江边房产报道》带到了董宏理的办公室,建议在上面投放一个封面广告。董宏理边翻看刊物,边皱着眉头。赵聪灵就不失时机地说:“对了,董总,这刊物的主编既是我以前的同事,又是你的老乡呢!”

董宏理抬起了脸:“真的啊?下次他再来,就让我认识一下老乡吧。这刊物是不是在报刊亭有卖的,你去调查一下。如果有,就投放一两期封面吧。投放多了也没用,估计效果不会大。”

“好,下次他来,我让他拜见你这个老乡。”赵聪灵连忙回答,“董总,这刊物是随同《清江广电报》发行的,报刊亭有卖。我调查过了。”

“那就投两期吧。”董宏理当即拍了板。

赵聪灵及时把喜讯告诉了冯大为。冯大为在电话里大夸赵记者真够哥们儿,晚上无论如何不要推辞,一起到解放路放松放松去。

夜色下的解放路酒吧一条街霓虹灯璀璨,充满着迷人的诱惑。酒吧或夜总会的大门口人影幢幢出出进进,在闪烁的灯光下更显神秘色彩。晚上来到这里,才能感觉到这一座城市的风华,夜生活的绚丽。赵聪灵赶到一家叫“半夜风情”的酒吧门口时,冯大为已等候在那里了。他们走进酒吧,几千平方米的厅内早已挤得哄哄闹闹,旋转的镭射灯,喧哗火暴的音乐,舞池中几位性感女郎正在蛇一般扭转身子,粉脸粉背上的荧光粉散发出磷光,顿时让人感觉来到了一个妖魔世界。赵聪灵在做记者时被人请来玩过两次,现在隔了两年多没光临这种场所了,感觉不习惯起来。服务生带着他俩寻找落座的地方,一路不停有妖媚的酒吧女很熟络地跟冯大为暧昧地打招呼，一入场院，冯大为的弥勒佛大嘴便不停地呵呵痞笑着，不时伸出咸猪手，乘机在酒吧女的敏感部位摸上一把，那开心自在的神态，就像鱼儿游进了活水里。

他们终于找到了落座的地方，服务生就递上来点心酒品单。冯大为示意让赵聪灵点单，赵聪灵把单拿到手扫了一眼，都是天价，便递给冯大为要他随便点些，莫太花费了。

冯大为点了几个小吃，一大听散装鲜啤，又要了一瓶洋酒。当东西都送上来时，赵聪灵一看价单，总价是1200元左右。赵聪灵感觉江边人泡吧不是花钱，而是烧钱。台上火辣辣的节目次第登场，劲爆的音乐燃烧着激情，把一片黑压压的群体情绪都点燃了，迷离闪烁的灯光下杯影交错，嬉笑荡漾，男女暧昧……偶见几个正襟危坐的身影，那大多是被人邀请来开眼界的，因此姿态略显拘束。酒吧，真是一处供城里人发泄情绪的地方，但也让人感觉这喧闹、放逐掩盖的是无边的寂寞与无聊。解放路20多家大大小小的夜生活场所，每晚都是爆满，夜夜都是不落的繁荣。亲临现场，赵聪灵相信了业内人士的一句话：江边房价为何老处在中南六省的洼地，因为江边市民为了吃喝玩乐把钱都花到酒吧去了。

边喝酒边聊天，赵聪灵得知冯大为是通过江边市的湖北商会结识了省新闻出版局的一位副局长、《清江广电报》的老总，攀上了一层老乡关系，才把这个《江边房产报道》周刊搞成的。赵聪灵因此感慨，时下盛行搞地方商会，其实就是一种利用三土关系拉帮结派、聚党营私的行为。

赵聪灵告知冯大为，董宏理是他的老乡。冯大为一听便乐了，当即就要赵聪灵把这位老乡拉过来一起聚会。赵聪灵想自己在此受人之请，让董宏理知道不太好，就撒了谎说："今天董总出差北京了，过两天才回来，到时再让你们相识，你再单独邀他。"冯大为便反复要求赵聪灵：董总一回到江边就告诉他，他想早点认识这个老乡，他还会介绍董总加入江边市的湖北商会，认识更多有头有脸的老乡。赵聪灵口头应和，其实内心很有些反感冯大为这种攀龙附凤的做派。

边看着酒吧性感的歌舞，边聊着天，交杂着喝洋酒啤酒之声，冯大为的情绪变得更加激情洋溢，话语也多起来。他不时指着舞池里的某位舞女说,他与她有过亲密关系。那神态,是攀上了女明星似的骄傲与荣耀。酒中吐真言,冯大为溜嘴说出了他办的这个房产报道周刊,现在的实际印数只有1500份,但发行市场还是铺得挺广的,各种消费场所都有赠送,在市区的大多数邮政报刊摊点也有零售展示……冯大为言语中又流露出自我赞赏的得意,得意于自己经营与编辑的全能,用三寸不烂之舌就能够忽悠到广告。冯大为又向赵聪灵表白他的宏伟志向:尽快搞到一笔资金,今后买一个独立的刊号,他一定要把这个房产周刊办起来,办成江边市的大刊。他还许诺,等今后办成大刊了,就高薪请赵聪灵做他手下的副总编。

他拍着赵聪灵的肩膀套近乎说:"小赵,老兄的成功也离不开你的支持啊!今年等我把刊物办成强势媒体了,我请你过来当总编!"

赵聪灵忽然感觉到被人玩弄了,因此表现得颇不以为然。

冯大为有些落寞,停止了他的滔滔不绝,掏出手机打起电话来。不多久,一位风姿绰约的少妇款款来到他们的身边,甜甜地与冯大为打招呼。冯大为就站起来拉了她的手,调侃了几句亲热的见面语,便示意她靠近赵聪灵的位子就座。少妇眼神别样地瞄了一眼赵聪灵,礼节性地点头打招呼。冯大为随即要过来一只杯子,倒满一杯啤酒递到少妇面前,硬要她陪同喝一杯啤酒。女郎推推让让一番后,便一咕噜喝下了一杯啤酒。冯大为忽然站起来,把赵聪灵拉到一边,色眯眯地问:"小赵,你觉得这女人怎样?"

赵聪灵似乎还没有足够的心理准备,一时耳热心跳,有些神思恍惚。说实话,这少妇的确显得有气质,风韵动人。他故作轻松,斗胆回答:"嗯,很动人……"

"好,只要你有意,她今晚就是你的!这事,老兄我给你去摆平。"冯大为兴奋地说,"她是在一家培训学校教钢琴的,老公在外地工作。她寂寞的时候,就偶尔出来逛酒吧。"

赵聪灵意外于少妇原来还是一位钢琴老师,难怪气质不凡。于是,他内心更增加了几丝邪念。

冯大为又把女郎拉到了一边开始耳语。女郎嘻嘻笑着不时看赵聪灵一眼,然后与冯大为说悄悄话。冯大为伸出手指打手势,好像是与女郎在讨价还价。朦胧的灯光下,又见他把一叠钞票塞进了她的手头。

女郎返回座位,用挑逗的眼神火辣辣地紧盯着赵聪灵,盯得他心都要蹦出来了。她亲昵地坐在赵聪灵身边,主动与他挨得很近。顿时,赵聪灵感觉自己被一股风骚的女人气息笼罩。他的心开始怦怦直跳,也大胆主动与她攀谈、调情起来。

冯大为不忘在一边替他们煽风点火,看劲头已足便说:“看来你们相见如故,就不要错过了缘分。我给你们开个房,一起谈心去吧。”

少妇脸上浮起了隐约的红云,望着赵聪灵嘿嘿地乱笑。赵聪灵按捺不住了,爽直却声音有些变调地回答:“行啊!”

一辆的士在冯大为的指引下把他们仨送到了一处连锁酒店,冯大为给他们开了一个钟点房。他把赵聪灵拉到一边,交给他门卡说:“你带她上去吧,看好时间,两小时。我在下面给你放哨。”停了停,他变魔术一般从兜里掏出了一个避孕套,还有一颗壮阳丸塞进赵聪灵的手里:“这个,还是套上更保险,以防万一……”

赵聪灵平生第一次碰上这种事,紧张得心都要跳出来了。他看到冯大为把这些“弹药”随时带在身上,又想笑又感动。他仿佛已被人推上了前线,容不得他后退了。赵聪灵鼓起勇气,就把少妇带进了电梯。

一场颠鸾倒凤,好事痛快淋漓地做完,留下余情袅袅……少妇要赵聪灵先下楼去。赵聪灵整理好形容下到酒店大厅,一眼看到冯大为坚守岗位,坐在休闲沙发上等他,顿时感动有加。

两天后,赵聪灵约冯大为与董宏理见面。冯大为凭他的三寸不烂之舌与董宏理这个老乡套得很近,又加上赵聪灵在旁边暗中帮忙,董宏理最终同冯大为签下了三次封面形象广告的合同,总价 8 万元。赵聪灵暗叹自己成了冯大为这老滑头的猎物,被他大掐了一把。

利用工作之便做了这交易,赵聪灵坚守了近 30 年的清白毁于一旦。为此,他内心有了一份愧疚:对公司有愧。然而想起项目大盘低成本运作巨利润渔利,现在财源滚滚,这点钱不过是九牛一毛罢了,于是愧疚感又烟消云散了。但他心头对欣欣的愧意,没有理由去消弭。想起自己从前对蓉蓉与董宏理的暧昧关系心存鄙视,他现在更有一种自我羞耻感。他又感慨，在这个充满诱惑的社会，人的圣洁与卑下的确只在一念之差，一步之隔。事后，他反复叮嘱冯大为，千万不能把那天晚上的事情泄露出去。因为这一份歉意，他对欣欣、对董宏理表现得更殷勤了，同时工作也更加卖力了。

2006年1月中旬的一天,营销中心的罗经理打电话给董宏理说:“公司的网站怎么搞的,论坛上出现了许多的负面帖子也没有人清理?这两天有一些购房客户看到这些负面帖子都跑到营销中心闹情绪来了。还有,怪不得近日来访来电的客户也减了很多。”

董宏理在办公室接听了电话后,大惊失色。他马上打开了公司网站,点击论坛浏览,发现上面有不少帖子:有的评论阳光国际城的户型差,有的评论位置太偏生活功能将会长久缺位,有的评论价格高,有人说阳光国际城的推广玩了“避实就虚”的骗人把戏……董宏理看着,头皮开始发麻了。他猛地站起来,气呼呼地找到了专门负责网站维护的小谢,一眼看到谢晶正聊QQ聊得火热。对于董宏理的到来,谢晶居然没有觉察。

“小谢,QQ聊得开心啊!你打开公司网站的论坛看一看吧!”董宏理压住一腔怒火说。

小谢猛然惊了一跳,抖动手慌忙关了QQ窗口,急着打开了公司网站的论坛。一看到许许多多杂乱的帖子,她的脸色骤然变了。

“你的职责就是维护网站，说一说，多长时间没有去浏览论坛了？”董宏理口气很冲地说，“你知道吗？一些购房户看到这些帖子跑到营销中心闹事。这阵子，营销中心的来电来客也明显减少了。”

谢晶垂着头，不吱声。

“现在，你把网站维护出这个局面来了，你说该怎么办？”董宏理仍然鼻翼一张一翕地喘着粗气。

见状，邻座的赵聪灵也赶了过来，凑到小谢的电脑前，看了帖子。之后，他站起身也不作声了。

董宏理对谢晶说：“小谢，到这一步只能这样了：写一份辞职报告交上来吧，今天下午就办手续走人！”然后他转身对赵聪灵说，“小赵，你跟我来办公室。”

办公室的人全都愕然。

赵聪灵感觉到事态的严重性，也清楚自己作为部门主管的失职。他跟在董总的屁股后面进了办公室。董宏理转身沉着脸责备道：“小赵，你身为推广部经理，这段时间工作又轻闲，你怎么就不多浏览一下公司的网站，怎么不对手下多加监管呢？”

“董总，对不起，是我疏忽了！”赵聪灵连忙自我检讨。

“你马上去把负面帖子删除了。另外，干脆就把公司网站的论坛关闭了。”董宏理当机立断吩咐道。

“这个，董总，网站操作我也懂得不多。”赵聪灵面露愧色。

“这个事你让谢晶去做……要不，你就赶紧打电话给网站的制作公司，要他们来人关闭论坛。”

“好，我这就去办！”赵聪灵转身出门。

“捅出这样的娄子，真是气人！”董宏理还气乎乎地自言自语。

赵聪灵发现谢晶伏在办公桌上直掉眼泪，就动了恻隐之心，他轻声对她说：“小谢，现在不是哭的时候，你赶紧把网页制作方的电话给我，我得从速联系他们删除负面言论，关闭论坛。”

赵聪灵要到电话号码，回到办公桌上便联系了网站制作方。论坛的负面帖子很快被删除，论坛关闭。之后，他走到董宏理办公室汇报。也许是因为赵聪灵事情办得快速吧，董宏理听到事情办妥后脸色缓和了些许。赵聪灵就趁机低低地说："董总，这事情我也有责任，你处理我吧！谢晶是不是再给她一次机会……"

"小赵啊，你知道我们这个项目本来有先天不足，好不容易才把信誉度建立起来，今天的营销局面来之不易！项目推广只能受补，吃不得凉药。现在好了，居然自家的网站砸起自个儿的牌子来了……"董宏理缓和了语气，一副痛心疾首的样子。

"董总，这些帖很专业，我觉得是同行在捣鬼。他们眼红我们开盘一炮蹿红！"

"嗯。"董宏理点了点头，拨动了一下桌上的不倒翁说，"这样吧，你先让小谢写一份深刻的检讨送过来，再听候公司处理。"赵聪灵一听事情有了回旋的余地，高兴地答应着，转身出门。

谢晶的检讨书被贴上了公告栏。不几天，公司发布了一个禁止上班时间聊 QQ 的规定，规定凡上班聊 QQ 一经发现者，处以 50 元/次的罚款，并记入年终考评。谢晶受到了年终考核不及格的处罚。按考核规定，她只能享受到 50% 以下的年度奖金了。

董宏理又喊赵聪灵到办公室，蹙着眉头嘱咐，他以后得严肃制度，把手下的员工盯紧一点。

阳光国际城走向热销后，公司加大了第二批楼的建筑速度，预计在春节前夕再推出近 500 套房源。鉴于第二批房源丰盛，岁末又是一年里的购房最旺季，公司上层讨论决定不再搞抽签，而是按常规销售。如果继续采用抽签方式，也会让一部分意向客户丧失信心，转而投向别的楼盘的怀抱。

如果等预售许可证办下来再行销，势必又会引发短期抢购风潮，事先销售呢，又是违规行为。怎么办？营销中心提出了一个在楼市用得较多的拴住客户的建议：学其他不少楼盘的做法，打擦边球——让预购客户先把 5000 元诚意金打入公司账户，双方签下内部认购书约定，待第二批房正式销售时，购房方如果购房，则用公司账户的钱抵购房款，并给予一定点扣优惠；如果不购房了，则全数退还。这样做有几个方面的利好：一、把销售时间推前,有利于留住第二批房的意向客户;二、有利于把控第二批房的销售进程;三、万一官方追查,可以申辩“诚意金”是双方共同管理,我们没有收钱,不属于违规提前销售行为。

公司上层开会研究这一套方案。刘总又言词凝重地表现出顾虑,说政府对预售制度执行抓得很严,这样做会不会惹出麻烦来。

董宏理扭扭脑壳说:“现在哪个开发商不犯规搞点帘后动作?搞房地产开发不打点擦边球是不现实的;打擦边球不是坏事,有利增进行业活力,有利市场繁荣!”停了停,然后又以一副嬉笑的神态强调道,“中国之政策,历来是雷声大雨点小的!刘总,我们不搞些违规运作,就不叫搞房地产。”

几位副总都赞同董宏理的观点。会议围绕这个做法的利弊与预案对策进行了一番讨论,最后通过了这种打擦边球的方案。不过,对于交预付金客户的优惠,公司没有同意,理由是阳光国际城的房源目前仍是“粥少僧多”不愁卖,优惠促销自是多此一举。

无论如何,第二批房是不愁卖的!不过,董宏理还是就打擦边球的方案反复叮嘱罗经理:要训导好置业顾问,具体操作交预付金方案时莫要去勉强客户,莫要闹出矛盾来,如果发生矛盾得及时处理化解。

项目开盘前,公司职员似乎谁也没提要内部买房。开盘形成抢购局面后,陆续有职员迫不及待地提出来“近水楼台先得月”,要买内部房了,询问公司怎么给优惠。许多员工觉得项目被市场抢购,自己理当“近水楼台先得月”。刘总慷慨表态:员工内部购房例外,可以优惠1个点扣。求购者纷纷提意见说:“1个点扣,也太少了点吧?”刘总皱起眉,再承诺优惠1.5个点,求购员工又嚷嚷说:“刘总好像是卖小菜……”

刘总被迫召开了公司高层会议,经讨论,才把优惠政策放宽到了2个百分点。员工基本不语了。可是,又牵涉到了诚意金预交的问题。交吧,职工内部提前订房还得交押金,有点不合情理;不交吧,置业顾问说,你凭口头说订购个房,到时不要了怎么办?我们岂不错失了客户?最后公司高层商量,又出台了一个补充优惠政策:内部订购交押金2000元。对此,想买房的员工也基本上接受了。

后来,财务科的职员透露了一个内幕:这些双方共管的诚意金,其实早就被公司提了出来做工程款用了。

赵聪灵打听到内部购房的人不少,他想 2 个百分点的优惠折算下来也是一笔不小的数目,自己是不是也买一套呢？这几个月的工资积蓄,算一算也够首付的钱了。他找了欣欣商量。

“你们推广部忽悠人,莫把自己也忽悠进去了呀!”欣欣眨了眨诡谲的眼睛嬉笑地说。

“为什么呢？公司不少人都买呢。”赵聪灵说。

“我不管别人。江边那么多位置好户型好的小区你不去买,为何偏要买这荒土地上的房子呢?”欣欣咄咄逼人地反诘。

赵聪灵突然感觉到去别处买房是一种背叛:“这个,我自己做房地产项目,又去买别的楼盘房子,不太好吧?”

“看来你真是中邪了!”欣欣嗔道,“难不成你看到蓉蓉的男朋友也在阳光国际城买了房,就想同她做邻居?”

赵聪灵受了揶揄,表情有些不自在,愠怒道:“你这张嘴巴……”

欣欣也开始学乖了,便换了一副调皮的笑脸接着说:“好啦好啦,你这事交给我去办好了,到时你只管掏腰包。”

赵聪灵忽然心头一动:现在找了女友,又有了高薪,正是考虑买房的时候了。他也清楚,欣欣做了三年房地产营销了,同行关系广泛,选房是绝对的行家里手。但他止不住又补充了一句:“你给我物色房子,可千万别透露买房的是阳光国际城项目的推广部经理啊。”

“哎,还蛮是个人物了！放心吧,我会给你保密得密不透风的。”欣欣嬉皮笑脸酸溜溜地回答。

赵聪灵感觉,欣欣个性的直率与说话的辣劲好像已经过了新鲜期,她越来越不那么顺心顺意了,似乎缺少了一点柔婉,常常很不讲场合,也不顾及他的面子与自尊心,让人有些不胜其“辣”,感觉难以招架。

24

快到下班的时候，赵聪灵正在浏览网上的一些房地产动态信息。这时，办公桌上的电话铃响了，他顺手拿起话筒。

“喂，我找《阳光国际城》杂志的赵聪灵主编。”电话对方，是一个青年男性的声音。

“我是，请问你是谁？”赵聪灵问道。

“赵主编是你啊！冒昧打扰你了。”对方显得有些激动，“我是你主编的《阳光国际城》刊物的忠实读者，也是你们俱乐部的会员。”

“哦，请问你有什么事吗？”

“我想在下班后，请赵主编喝喝茶聊聊天，见识一下你这位大主编！”对方说。

“请我喝茶？见识我？”赵聪灵顿时觉得有些莫名其妙，摸不准对方有什么意图，“我有什么好见的？我又不是明星。”

对方语气诚恳地自我介绍说：“我姓黄，是个中学老师。赵主编请放心，我既不是有心理疾病的人，也不是同性恋；我只是你的读者。你主编的刊物我每一期都认真读过,包括你写的许多文章,所以我想见面和你聊聊天。本来这个电话我好久前就想打的,又怕素昧平生打扰你,今天才鼓足了勇气。”

赵聪灵悬起的心放下一些,却仍然不敢相信:自己编内刊,难道还编出粉丝来了?“这个……”同意还是不同意呢?赵聪灵有些不知所措。

“赵主编,如果你觉得不方便的话,那就算了,打搅你了。”对方似乎感觉出了他的不情愿。

这一语,反而让赵聪灵觉得不能推辞这个邀请了。赵聪灵与黄老师相互留了手机号,约好在江边市有名的田园咖啡馆见面。

放下听筒,他觉得挺乐,不过,他很快又生出了一个念头:这位黄老师也许是迫切想买到阳光国际城的房子,所以用这种方式与自己套近乎。

下班后,赵聪灵径直去了田园咖啡馆。刚到咖啡厅的大门口,对方打通了他的电话,告诉了他的卡座号。赵聪灵找过去,便看到了一位戴着眼镜的精精瘦瘦的青年男子站起来迎候。精瘦男的身边还相伴一位基本上与他齐肩高的女孩,女孩留着齐肩短发,估计是黄老师的女朋友。

对方自我介绍是黄老师,身边是女朋友,姓张,也是教书的,长得满清秀。张老师站起身来,向赵聪灵点头一笑。

“哦,黄老师好,张老师好!”赵聪灵很礼貌地回礼,面对这一对书生气很浓的陌生情侣,他怀揣的介备心随之也就放下了,仿佛觉出眼前这两个书生,不难对付似的。

“赵主编,我们见过面。”黄老师看着他,突然说。

“我们见过面?在哪儿?”赵聪灵有些疑惑。

“阳光国际城开盘的那天,我去得很早,你也很早去了。我们还说过几句话呢。”

赵聪灵想起来了,那天去得早的有几位年轻人,想不到其中就有他。真是人生何处不相逢啊。赵聪灵急切地问:“怎样,那天你们抽到房了没有?”

“很遗憾,我没有那个好运!买你们的房子真难哩。”黄老师说。

赵聪灵想,他设法把自己搞过来,大概就是想攀个关系买房吧。赵聪灵说:“那你们现在在别处买了房没有？如果没有,可以考虑买我们项目的第二批房啊。”

黄老师说:“我是‘吃了秤砣铁了心’要买阳光国际城的房子的！凭你们能编出这么高水平的刊物,也说明贵公司是个有思想、有责任感、讲生活品位、值得信任的企业！何况,你们做的楼盘就是为我们知识白领造的……”黄老师说着,他身边的女友用胳膊肘碰了他一下,低声提醒说:“先点茶水和晚餐吧。”

黄老师“哦”了一声,便按响了台上的点餐按扭。服务员随即赶过来,把菜谱放在了桌面问道:“请问你们要点什么?”

黄老师把菜谱递给了赵聪灵说:“赵主编先来吧。”

赵聪灵说:“让你们破费,不好意思。”他翻了一下菜谱,点了一份爆炒肚片套餐。接下来黄老师他们俩各自点了快餐,要了一壶龙井茶。黄老师随即从口袋里掏出了一个笔记本,又示意女友把亮灯打开。他抬起头对赵聪灵说:“赵主编,你们编的刊物我太喜欢看了,真的！比那些公开发行的刊物编得还有水平、有思想、有超前时代感。”他停了一下又说:“我还抄了你们刊物的许多经典语段呢。”他往鼻梁上推了一下眼镜,翻开笔记本便一本正经念了起来。

“老子说:‘埏埴为器,当其无,有埴器之用也。凿户牖,当其无,有室之用也。故有之以为利,无之以为用。’”黄老师大概是教语文的,念得有板有眼,然后说,“你看,引述老子的建筑思想阐析现代建筑的空间概念,说明建筑空间是以用为意义的,很深刻、很精到。老子也是我喜欢的大哲人!”

黄老师显得越来越来劲,边翻笔记本边说:“你们进一步描述现代人对空间的理解也很生动。从居住者对空间需求的层面讲,一方面建筑要满足基本居住的物质空间,另一方面也要满足居住者的精神需求空间。我们能通过一座房子空间氛围的营造,看出主人对于生活的想象。人们对于居住空间的自由想象,也是他们生活追求的一个侧影。因为有人,房子的空间便不再空洞,相反,房子也满足了人们对于空间的自由想象。‘我希望有一所房子,面朝大海,春暖花开。’海子对于房子的理想也是他对于生活的想象，房子总是与生活融为一体的，它前后引导，左右牵制，提供生命活动的空间，暗示生活的方式，决定生活的舒适度，并借此赞美生活的意义。空间是一种生活意义的载体。我很认同这种观点。”说时，黄老师推了一把鼻梁上的眼镜，表现出他的认真。同时，黄老师用朗诵加演讲式的语气把语段读出来，使这些语段让人的确觉得写得精彩。其女友默默地坐在一边，仿佛也很佩服男友颇有才华。

赵聪灵感觉很乐。这时茶水送上来了。赵聪灵喝了一口茶，礼节性地答谢说：“感谢黄老师对我们小刊物的赏识！黄老师看来是个万事通呀，对建筑艺术的东西也颇有研究。”

黄老师眨眨眼说：“我不是个万事通，只是个‘万事学’。”

快餐盒饭送上来了，三人便开始用餐。吃完饭，黄老师又让服务生添了茶水。喝着茶，黄老师的神思又回到了阳光国际城的建筑思想上，他看着赵聪灵又道：“你们对城市空间的定义也有新义。”

而后，他再展开笔记本，读起了本子上抄录的一段话：“一座城市，是人们对于公共空间的一场审美体验，而城市公共空间的围合，便是靠建筑空间完成的。因此，一个城市形态的美，关键在于建筑空间的造型美，离开建筑空间的造型美，就没有城市的美可言。一部城市发展史，同时也是一部城市建筑美学的发展史。从古代的埃及金字塔和纳克神庙、古希腊以柱式为特征的雅典卫城、古罗马以穹顶为特征的万神庙、以券拱为特征的大角斗场，到中世纪的以帆拱为特征的拜占庭建筑、以尖顶为特征的哥特式建筑；文艺复兴时期以复兴古罗马建筑为特征的圣彼得主教堂、圣马可广场，到近现代以浪漫主义为特征的美国国会大厦，以现代主义为特征的包豪斯校舍、莱特的流水别墅、以理性主义为特征的蓬皮杜文化中心，无不反映着每一个时代对建筑美的不倦追求。美国社会学大师戈夫曼说过，住宅是自我的‘后台’，而城市的公共空间是自我表演的‘前台’……江边市的城市空间布局是以清江为界的‘分江而置’东西格局。城西因为上天赐予的自然景观，造就了‘山、水、洲、城’的独特城市规划空间，加上有着千年文化底蕴的清江书院，让城市的空间更具有浓厚的历史文化气息。”黄老师念着，女友轻轻依偎在他身边，甜甜地微笑着，仿佛也陶醉其中；又仿佛自己的男友不是在朗读他人的文章，而是在读他创作的得意之作。

黄老师感叹道："你们真是写得太好了，太有才了！凭着这种感觉，我也想住进阳光国际新城去。赵主编你知道吗？敝人现在正跟着你们研究建筑学呢，这的确是一门博大精深的学问。"

赵聪灵感动起来，惊异于《阳光国际城》内刊，居然培养出了如此忠诚、热心的潜在客户！天马行空的高调，居然有人欣赏！董总的推广心机，真是高明哩！他不禁说："黄老师，您真是一个有心人哩。"

黄老师抬起头，镜片在灯下闪着亮光，脸上流溢着神彩。他炫耀着说："我还抄录了更多呢。"他干脆把展开的笔记本推到了赵聪灵的面前，说："你看看，我抄录的是不是都是经典的语段……"

赵聪灵接过笔记本看到两个语段。

在苏州沧浪亭上，有一副这样的楹联：清风明月本无价，近水远山俱有情。这里所表现的，是园主视己与自然浑然一体、陶然于自然的闲适心情。明人曾有"祠补旧青山"之句，这个"补"字精确地说出中国建筑与自然山水的有机融合，人工景观与自然环境巧妙地融为一体，中国建筑类型丰富，功能各异，但不论其性质和功能如何，都能与山水风景有机地融成一体，保持协调一致。建筑与自然互相映衬，互相渗透，互为借取……

赵聪灵就像冬天心口捂着一个热水袋一般，心里热烘烘的。他现在是"反主为客"地倾听黄老师的诵读，觉得这些文章的确很有文化味，不由地对眼前这一对教师情侣生出几分亲近来。

黄老师合上本子，神态很认真地说："有这种思想认识和精神境界的企业打造出来的楼盘，能不是精品杰作吗？你们的楼盘虽然还处在建设中，看不到成品，但是从你们描绘出的规划和景观设计效果图来看，就让人感觉住在阳光国际城，就是住在诗情画意里，住在文化里。"

黄老师又推了一下眼镜，拿回笔记本，再次书生气十足地朗读起来。

赵聪灵一听，便知道这是自己按董宏理授意，撰写的关于阳光国际城居家的生活情调的散文。眼下，听着黄老师以富有抒情语调的方式朗读，自己描写未来阳光国际城的生活式样是那么有情致，像一个现代版世外桃源,令人遐想,叫人神往。这种体验,有点像中学时听老师满含情致诵读朱自清的《荷塘月色》一般。他甚至都后悔自己不该听欣欣的蛊惑,不在阳光国际城买房,而要舍近求远订购位处城东南边的一处楼盘。黄老师的朗诵似乎把身边的女友也打动了,女孩轻轻地抬起头来看着远方,仿佛已被男友的朗诵,带入了一种理想生活图景的遐想之中。

读完后,黄老师情不自禁地说:"这样的诗意栖居,怎么不让人眷恋!我还会考虑去别的地方买房吗?以前受身边一些浅陋观念的影响,还认为阳光国际城所在的位置太偏,生活不方便;这纯属一种陋见!现在我看了你们对居家阳光国际城的描绘,还有许多人文优势的介绍,我们才恍然大悟地明白了这里的确是理想生活的天堂!居在河东闹市有什么好?只有乌烟瘴气。阳光国际城的房子最合我们的心意。下次摇号我还要参加,如果没抽到号再下次摇号我还会参加。精诚所至,金石为开,我相信总会有幸运的机会!"

黄老师说着伸手拢了一把女友,接着道:"我们打算买一处房,除了花掉不多的积蓄,还得用十年的工资去按揭,自然要慎之又慎,得想法子买到一处自己感觉称心如意的房子。所以,我们选阳光国际城的房子选定了!"

赵聪灵不知道说什么好,想起阳光国际城的性价比,也不知道是怂恿这对单纯的情侣去买呢,还是善意地暗示他们另择高枝为妙。如果这对教师夫妇如愿地买了阳光国际城的暗厨暗卫的房子,今后居住下来,还会真正像眼下那么心满意足吗?也许,诚如董总所说的:"精神上的满足,才是真正的满足!"他们能如愿地得到自己想要的东西,就会感觉幸福的!他觉得眼下的黄老师,是被他们的文化推广征服的万千意向客户中的典型代表。

他望着纯真而带有喜剧色彩的黄老师,说:"黄老师,我们楼盘第二批房可能不再搞摇号了,现在预存5000元就可预选房号。你的置业顾问没有告诉你吗?"

"不用摇号了?预交钱就能直接选房号?真的吗?"黄老师不敢相信,扑闪着眼睛问。

张老师一听，也立马坐直了身子，张大疑惑的眼睛直直地看着赵聪灵。

“我当然不会骗你们！”赵聪灵字正腔圆地回答，“你以前的置业顾问是谁啊？她没有把信息告诉你，是她失职了。”

“我以前的置业顾问？好像叫欣欣吧。”黄老师回忆着说。

赵聪灵一听是欣欣，一愣，便换了语气：“那你明天赶紧跟欣欣联系，让她争取给你弄个房号。”

黄老师和张老师的眼神里满含着感激。黄老师说：“赵主编，虽然我们俩都朝思暮想，想买到阳光国际城的房子，但我今天邀你并不是找你走后门的啊！我只是想认识你这个朋友，跟你好好聊聊天。”

赵聪灵说：“黄老师你莫误会，我这不是给你走后门。第二批房，公司决定改变营销方式，实行公开认筹。”

看着黄老师与张老师的欢喜表情，赵聪灵似乎这才变得心安理得。

面对这一对忠诚的客户，面对这个纯洁的老师，赵聪灵感动有加。末了，他对他们说：“感谢你们对阳光国际城的厚爱！诚如黄老师说的，人许多的生活观念真的需要改变，有时观念改变就意味着一种新生活的到来！幸福，也在于心态的变换。希望你们新年如愿以偿买到阳光国际城的房子，也相信阳光国际城能带给你们幸福和快乐！”

与这对带着理想色彩的情侣会面后，赵聪灵许久都沉浸在迷迷糊糊的状态之中，他开心、满足、歉疚，然后又越来越明晰地感觉到：自己从媒体跳槽到房地产营销工作以来，渐渐变化成另一种社会角色的人了。看着这一对纯真的教师情侣离去的背影，赵聪灵的内心五味杂陈。

赵聪灵兀自愣神了片刻，脑子里跳出来一句俗语：“跟着戏子学唱戏，跟着巫婆学跳神。”他想，自己现在跟着董宏理学房地产营销策划，是在唱戏还是在跳神呢？

2006年春节，照公司安排，从初三起营销中心每天两人值班接待假日上门的客户。

这年是赵聪灵人生中最大的丰收年，公司还兑现了他30万年薪的承诺！于是，他打算利用长假好好享受一番花钱的快乐！赵聪灵叫欣欣与同事调换值班日期，一起去昆明旅游，享受一番曾经羡慕的高收入人群不一样的洒脱过年的方式。享有“秘境”之称的云南高原风光，不但地理风光独特，民俗风情也千姿百态，历史文化洋溢魅力，赵聪灵与欣欣像一对南飞的燕子，放飞心性，陶然忘返。有高薪收入真好，可以放开手脚消费，饱览憧憬已久的高原风光与风情，尽情地享受旅游的愉悦，往返选择的也是双飞。

但愉乐的时光总嫌过得太快，眨眼便到了节后上班。年后首先是做第一组团第三批房入市的准备工作。新入市的9栋楼房的预售许可证到4月初才能办下来，营销中心部即开始了预售。

从前期登记的客户看，第三批房依然僧多粥少。于是在开盘前夕，公司根据江边市乃至全国楼市的大行情，价格比年前上涨200元/米^2。即便价格上涨，市场议论阳光国际城价格高，置业顾问们却仍然每天忙于接待前来交“诚意金”预订房号的客户，忙得不可开交，400余套房源，已有75%的房号被提前认筹。

董宏理掐指计算工程进度，第四批房源公开上市最早也要到8月了，那么第二批房剩下的25%，其销售已是全无压力的了。未等到正式发售，公司上层又打算第二轮涨价。董宏理把即将涨价的信息通知了罗经理，要求营销中心在4月底加快预约客户合同的签订。

不料，5月初突然出现上门客户锐减的情况，前期认筹VIP客户纷纷找上门不定期退款，转而去抢购江边市另一处大盘的情况。这一棍，让阳光国际城公司有些措手不及。

原来，江边楼市“半路杀出了一个程咬金”——“澳洲小镇”的大盘，与阳光国际城抢起风头来。他们虽然不在报纸与电视上做广告，但几乎全城都飘散着他们制作的精美的宣传单，大力宣扬小区由世界某著名建筑大师做规划设计，小区环境如何之美，配置如何周全现代；价格实行“最优主义”“首期成本价回馈江边人民”，预付诚意金的VIP客户洋房可享受3800元/米^{2}的特惠价，首期推出500套房源。一时间掀起一股冲击波，引得江边市全城街头巷尾都在热谈。据目睹现场的人称，客户每天排起长队抢购。于是，江边楼市风向大转。

阳光国际城人气开始减少，不少已经交了定金的客户纷纷返回要求退款，置业顾问们开初感觉不爽，后来也慌了神。第一天零星有人到营销中心来，说些含糊的理由要求退款。第二天来退款的人多起来，还有人干脆说，要去预订更好更低价的“澳洲小镇”的楼房；“澳洲小镇”也是国际化楼盘，价格实惠得多。第三天前来退款的人陡增。开始，置业顾问们还依董宏理的授意说公司领导出差了，要等几天回来才能决定。可是等到第三天，那些怕错过“澳洲小镇”首批房源的人就开始情绪激动起来，说当初你们公司就承诺退款自由的，现在怎么可以变卦……

营销中心招架不住了，将事情汇报到公司，刘总紧急召集高层会议商量对策。大家无不纳闷：怎么会冷不防冒出一个国际化楼盘“澳洲小镇”

来了呢？怎么定价会那么低呢？高管们都感觉很恼火！有人说："按江边市政府的规划，河西清江书院的附近是有一片开发用地，可是从来没听说有哪家大公司买了那一块地啊！"董宏理称事情有些蹊跷。刘总说："这没什么大惊小怪的，我们当初前来考察阳光国际城这一块地，也是低调进行的。当然眼下最要紧的是怎样处置退款事宜，毕竟进了账户的现钱，难舍啊。"

最后，公司上层主要依董宏理的意见做了这样的决定：置业顾问统一口径说，"澳洲小镇"项目现在连地块都未平，开工八字还没有一撇，你们把钱交过去，到时会怎样呢？放得下心吗？——利用这种方式尽量挽留一些客户；其他坚持要退诚意金的，就退好了，莫搞出乱子来。

此招一出，果然有人犹豫了，有的又交回退款铁定要买阳光国际城的房了，但仍有少数 VIP 客户坚持退款，把钱投向了"澳洲小镇"。又有消息传来，"澳洲小镇"首期 500 套房源很快被预订完了。

阳光国际城新房源的预售证办下来，趁"五一"假期开始正式发售，预订客户的确流失了许多。不过，又增加了一部分公司内部的购房者。赵聪灵看到公司不少内部职工也加入了自购行列，心有不解：他们分明知道本项目位置偏、户型差，怎么也都吃错药要买这儿的房了？尤其不可理解的是公司人事部经理，她倚着丈夫做生意有钱，还一次性买了两套。因为"澳洲小镇"的搅局，原本打算再涨价，又只得放弃了打算。

假期的第一天，正好欣欣轮休，她很早就约赵聪灵一起去逛街。她向赵聪灵叫苦说："做置业顾问真是一个辛苦差事，赚的这点钱真是一份辛苦钱！成天陷在拉客户签单中，好久都没有出来逛街了。"她又称节前签合同喉咙都说哑了，写字的右手也麻木了。赵聪灵就嬉皮笑脸地安慰她。

欣欣边吃着在路边买的早点，边告诉他："罗经理在涨价的前三天交给了她 10 多个客户，有的还是一次性买两套房的。罗经理是管理人员，不直接签合同，她就把关系客户全给了我，我感觉是看在你赵大经理的面子上。"欣欣细声细气地说，"不过，她介绍过来的客户，提成要与她对半分。"

赵聪灵忙着说："你多动一下手就白得一半提成，还不爽啊？"

欣欣说："我没有说不好啊，我蛮感激罗经理的。"

赵聪灵会心地笑了。欣欣牵着他的手逛进了一家百货商场，猛然在门口看到了一处楼盘的临时展示台，一位靓妹顺手便塞给了他们一张宣传单。赵聪灵感慨城区凡是人流量大的地方都可见到楼盘推广的身影。

欣欣拉赵聪灵进了一家时装店，取了一件标价不菲的迷你连衣裙，在镜子前一面扭动着身子比试，一面问赵聪灵好不好看。赵聪灵皱了皱眉头说："流死了。"欣欣嘟了嘟嘴说："好不容易出来逛一次街，想享受一下消费的快乐，就你这乡巴佬扫人雅兴。是怕我让你掏钱吧？放心好了，我比你先进入房地产行业，比你富有！"赵聪灵顿时怒从心起，呈现在脸上与眼神中，想发作却又压了火气。这个欣欣就像一只刺猬，时不时放出一箭刺得他生疼。他是从农村考大学进城的，乡巴佬的称呼让他有一种本能的抗拒；说他掏不起腰包，更是让人无地自容。把眼前的欣欣与蓉蓉一对比，他觉得蓉蓉的个性要温婉柔顺得多，让人舒适得多。

赵聪灵经多方暗察与侧面了解：现在蓉蓉好像已与董宏理断绝了往来，而是成天同男朋友处在了一起。对此，赵聪灵像提心吊胆的兄长放下了对自己妹妹的牵挂一样，心头感觉安慰。有了心的归宿，蓉蓉对他的态度也变得自然了许多，他们不期而遇时会像见到其他同事一般，随意地打声招呼、点个头，而不像从前那样对他形同路人了。不过，当赵聪灵在欣欣面前遭受了不快、想起蓉蓉时，他仍免不了怅然若失，暗自叹气。

欣欣觉察了赵聪灵的不快，便把连衣裙放归原位，亲昵地拉了赵聪灵的手往外走，软语轻声地要他莫生气了，只是开个玩笑。赵聪灵心情平复了些，自叹斗不过欣欣的软硬兼施。

路上，她神秘地说："你知道罗经理推荐给我的客户，都是一些什么客户吗？"

"什么客户？"赵聪灵问。

"不告诉你！"欣欣吃吃地笑着，故意卖起了关子。

"说不说，不说我就……"赵聪灵做出了一个拳头相向的动作，他真的急于了解到内情。

"好啊，你还敢威胁我！我更不说了。"欣欣回道。

赵聪灵甜声软语地央求欣欣说出来。

欣欣不满赵聪灵的软样，掐了他一把，说："好了好了，我告诉你吧，大多数是炒房的客户！"

"炒房客？"赵聪灵喃喃道，想不到这些久有耳闻的神秘炒房客，居然在自己操作的楼盘中蹦出来，让他不敢相信。

赵聪灵突然又联想起：公司里内部购房的人陡增，是不是也暗藏着炒房的行为呢？他把这事与欣欣说了。

"一定有，一定有！尤其是人事部杨经理一次性买两套房，是最大的嫌疑分子！"欣欣以一副玩笑加认真的神态说，说得赵聪灵直想笑。

"你怎么说得那么肯定？"赵聪灵反问。

"我这几年的房地产营销工作白做了呀，这都看不出来？！"欣欣说。

"我们项目位置这么偏，户型又不好，而且价格也不低，他们买了房今后怎么出手啊？"赵聪灵不解地自言自语。

欣欣说："这你就不知道了，我们楼盘现在有强势的品牌效应，体量又那么大，销售周期长，而且房价在连续不断地涨，每年攀一个大台阶，肯定是炒房人的首选。今后他们把买到手的房子晚两三年稍低价一点出手，还愁卖不掉吗？一套房随便就能赚个几万十几万的。

"现在国家为抑制炒房行为，出台了二手房转手要五年才免收营业税的政策，否则要收20%的税，这房恐怕也不像以前那么好炒了吧？"赵聪灵说。

"你啊，脑子转不动，懒得跟你说了，一时跟你说不清。"

"说吧，你一说我保证就明白了。"赵聪灵急于了解更多内情。

"他们这房怎么'炒'，房子怎么出手赚钱，我现在也看不准啊。留下一个悬念，到时我明白是什么一回事了，再与你说。"欣欣似笑非笑地说。

赵聪灵也摸不透欣欣这番话是真是假，但也不好穷追猛打了，只得作罢。他们在街头漫无目的地溜达了一圈，然后坐上回程的公交车。车上，欣欣怅然若失地对赵聪灵说："跟你逛街什么收获也没有，下次不约你了。

赵聪灵曾在网上、报上读到过温州炒房团、山西煤老板炒房团等不少逸事，他们所到之处搞得当地楼市风生水起。谁料，这些炒房的幽魂也潜伏在身边，潜伏在公司里，并在暗暗行动着。这些被传得很神的炒房客，原来也不是什么三头六臂的怪物！赵聪灵开始找机会接近内部买房的同事，目的是想探清谁是炒房分子。果然，公司内部这一批其貌不扬的买房者，绝大部分是暗中炒房，包括买了两套房的人事部经理。人事部杨经理在他面前坦白了自己的行为，还故作神秘地凑近他的耳边，悄声吩咐他不要把事情张扬出去，千万别让公司领导知道。她说她也是受了朋友的鼓动，用一套房子抵押变现，首次涉水，到头是赚是赔现在也说不清。他还了解到，公司一部分炒房人是把第一套住房在银行做的抵押、变现做首付，再按揭的。

这件事让他禁不住地想江边市有多少炒房者？全省有多少炒房者？全国又会有多少炒房者呢？看来，炒房者的确是一个不可忽略的群体。

赵聪灵认为，一个有社会责任心的品牌楼盘，应当尽力阻制这种扰乱市场的炒房行为，对规范楼市尽到自己的义务。他把想法向董宏理提了出来。不料，董宏理颇不以为然地说："小赵啊，你真是太单纯了！我们管他谁买房？有人来争抢我们的房子就是好事情。而且我们就是要设法把投机购房的行为炒起来。有投机购房，我们的价格才能炒起来，房地产市场才能繁荣起来。"

这几天，赵聪灵的内心都被这些炒房人纠缠着。他时不时去营销中心，潜意识里想碰到社会上的炒房客，见一见这些人的风采。上午，他遇到了一位背着时尚男士皮包，昂首阔步走进营销中心来的年轻人。是欣欣接待的这位客户，他问了一些情况后，要求欣欣给他计算一套 120 平方米的房子的总价，再把契税、印花税、物业维修基金、管道液化气开通费、数码电视开通费等等全部加起来，一共需要多少钱。欣欣给他列出了一个清单。他拿着清单却不急于拍板买，磨磨蹭蹭有舍不得走的意思。他的眼神分明是在对欣欣留情。在欣欣面前，不肯离去的男青年还在无话找话。他说起了在深圳炒房的经历。

早几年，他和几个朋友南下深圳打工，合租了一个三室两厅的房子。当时深圳关内有些便宜的楼盘房价 2000 多一个平方米，他们几个人就商量联合起来买一套房子住，就等于赚到了租金。他们一说即合就买了一间120平方米的房子。深圳房价每年径直上蹿，到2006年夏，关内房价已经超出11000元/米^2；他们住处周边的房价，升到了13000元/米^2。他们又商量把房子卖出，总共赚了100多万元，各自分红40余万。现在，三个人回到家乡江边市各自准备买一套住房，男青年此次是特意从深圳回到江边市踩点的。

大家围着听男青年唾沫四溅地讲他在深圳炒房的经历，不时发出感慨。赵聪灵觉得这有些像一个虚构的传奇故事，然而想一想这几年房价飙升的速度，又觉得故事是在情理之中。

"咳，真是'早知天下事，买尽世间田'啊！"他说。

男青年讲完了故事，对欣欣说："如果他们商量后准备到阳光国际城买房的话，三人还会买到一起。"搞定一个客户能拉到三个单，不免又招来其他同事对欣欣的一番妒嫉。

26

阳光国际城的第三批尾房不紧不慢地卖着,其间也未听到那个"澳洲小镇"有什么新的动静。罗经理分析销控统计数据,发现了尾房集中在第8、9栋楼的大户型,原因是该户型都有较长的室内过道。现在消费者不断从书上、报上、网上学到了一些购房知识,在买房的过程中听了一些相关选房技巧,不少人居然懂得了室内过道长便得房率低、导致空间浪费的道理。于是他们面对这种房型犹豫起来,有的还忍痛割爱放弃了阳光国际城,跑到别处买房去了。对此,罗经理采取了在墙头的销控表上虚贴"房号已售"圆点的方式,想造成紧俏局面,但起效不大。周末开营销部联席会议的时候,罗经理把这一个问题反映了出来。

董宏理故做讶异地笑道:"阳光国际城居然还会有销得不痛快的房子啊!"

一语引得大家嘻嘻一堂欢笑。有人开玩笑说:"这两栋滞销楼干脆打点折由我们整个营销部包下来销售,赢利部分做部门奖金分红。"赵聪灵说:"呃,你梦里捡黄金哩。你以为刘总是吃素的!没有开盘前如果你敢包销,也许刘总会跟你谈。”董宏理扭扭头语气悠悠地说:“包销的好事呢,大家就别去想了。这两栋滞销的楼,我们还是要力争替公司把它们早点销出去!现在项目滚动开发,需要资金及早回笼。大家想想办法出出主意,怎么快点出手。”

有人建议加大广告力度,有人说搞点扣让利促销,有人提议买房赠大电器……

赵聪灵说:“我建议以软文的方式对户型进行解读,说这种有过道,有进深的套型是国际流行户型,这种户型能带给人丰富空间的感觉,更能体现出大面积豪宅的风范……”

“好!好!”董宏理听后眉眼往上一挑,兴奋地叫起好来,“小赵,现在真的是修道成功了,算得上操盘高手了。我曾经说过,做销售不外乎两种市场,一种是迎合市场,一种是引导市场。我们项目能有今天的销售局面,是引导市场的结果。现在遇上了问题,我们还得要从引导上去思考出路。迎合消费要求有时会让你无所适从,用我们的价值观去引导消费,就能牵着消费者的鼻子走,这才是高明之策。”

大家悄无声息地听董总的训导,时而用妒忌的眼光看一看心思独到的赵聪灵。

“小赵,又要辛苦你了,你这两天搞出一篇引导消费的软文来,我们再一起商讨。”董宏理说。

赵聪灵点了点头。他随口说出的一个想法却让自己出了个风头,但这种方法能不能收到预期的效果呢?说实在的,他心里头未免又拿不准。为了照顾他人的情绪,赵聪灵又向董总提出:“我觉得同事们提议点扣让利或者赠品促销也是可以考虑的。”

董宏理说:“我们以前做过一个家庭保健箱的小礼物,购房还是用它做赠品吧。”

“太小气了点吧?”赵聪灵道。

董宏理站起身来宣布散会,又吩咐赵聪灵去一趟他的办公室。

赵聪灵随董宏理走进办公室。针对让利促销的话题,董宏理用不满的口气压低声音对赵聪灵说:“小赵啊,你知道吗?房子是个文化产品,关键要从精神层面去满足购房者。你送得再多,就是房子里嵌上一个小金砖送出去,对于有钱人来说,他折现算一下才那么几千、万把块钱,他就不稀罕了。只有从精神层面去满足了他,他才会心满意足地买你的房。”

赵聪灵这才明白,难怪现在开发商都热衷于做文化,文化营销竟然还藏着如此深邃的心机与学问。送金砖比不上精彩文化包装的理念,又给了赵聪灵的思维一次深刻叩击,让他感觉这是董宏理独到的市场营销洞见。

软文在江边市的几家主流报纸刊出来以后,赵聪灵送报纸到营销中心,传达董总的意思,要求置业顾问都照着软文所写统一说词。潜在目的是在营销一线观察软文的效果。他发现营销中心的三部电话来电明显增多,而且大多是咨询“国际流行豪华户型”的。为此,罗经理笑逐颜开地对他说:“你们真是有两把刷子啊,软文一刊出来,营销中心的交易气象果然就不一样了。”

接下来的几天,购买第8、9栋“国际流行豪华户型”的客户果然纷至沓来。赵聪灵开心地觉得这些消费者的理性防线,又渐渐被阳光国际城宣扬的价值观冲破了。董宏理得知态势扭转后,授意俱乐部对第8、9栋的意向客户组织一次会员活动。俱乐部提议这次活动定在周末去植物公园爬山,中午在山顶吃烧烤,取名为“阳光森呼吸”。董宏理赞同。

周五的下午,董宏理又把赵聪灵喊到办公室,他随手边把不倒翁拨得前仰后合,边对赵聪灵说:“小赵啊,周末你辛苦一下也去参加这次‘阳光森呼吸’的会员活动。你去有两个任务,一是和这些客户聊天时放风说,南岳72峰是一条风水龙脉,我们这个项目的位置就在这支龙脉上;二是活动后再写一篇软文,结合俱乐部以前搞过的几次会员活动来写,体现项目公司倡导新生活方式的公益形象。”

赵聪灵心领神会地接受了任务,内心又被董宏理提出的“风水”卖点所拨动。他脸露敬佩和讨好的神色,脱口问道:“董总,你哪来那么多的点子?”

董宏理悠然自得地拨动着不倒翁,嬉皮笑脸地说:“是他,告诉我的。”

赵聪灵觉得董宏理在调侃他，又道："董总，我们的项目是在龙脉上吗？"

董宏理瞪了他一眼说："你较真干吗？风水这东西，说得清吗？"

初夏的郊外已是绿意葱茏，鸟语花香，呈现一派盎然的生机，阳光晒在身上暖洋洋的舒服，很能唤起人的生命活力。30 多个人走在通往山顶的公路上，大家说说笑笑的，郊游的兴致都很高。俱乐部的一位男士打着"阳光森呼吸"的旗子走在前面，赵聪灵感觉这次活动的名字取得蛮好。赵聪灵与客户聊着天，故意把话头往风水上引，把大家的谈兴引起来。气氛上来了，他就故意干咳了两声，然后抛出了董宏理暗授机宜的一招："南岳 72 峰延绵的龙脉上出了不少伟人、文武才俊，是一条很大的龙脉，曾国藩为自己选最终归宿地就选在了这一条龙脉上。你们知道吗？阳光国际城开工的时候，公司请来风水先生看了地，风水先生说，我们的项目也正好处在这一条龙脉上，今后是能够出人物的！"

落在后面的一位中年大哥听到后快步追上来问："你说什么啊，你说什么呀？"其他人的神色也一时振奋了起来，目光投向了赵聪灵。

"赵经理说阳光国际城处在南岳 72 峰这一条龙脉上。"紧随赵聪灵屁股后面的眼镜青年，兴奋地对中年人补充道。

中年男人若有所思地"哦"了一声，不再说话了。大家一时都不说话了，表面波澜不惊，但心里分明都陷入了关于"龙脉"的遐想和思索之中。场面沉默了良久，有人发话了："阳光国际城的确是一个品牌项目，好是好，只是户型差了点。"

"咳，世界上哪有完美啊！所谓完美，就是缺点衬托出来的。"赵聪灵笑模笑样地说。

"那倒是……"有人点头表示认同。

接下来的话题，都围绕风水之说展开了一些议论，大家的言语表情流露出对阳光国际城项目处在风水龙脉上沾沾自喜。那些说阳光国际城存在缺点的人，也三缄其口了。

一路聊天，不经意便走到山顶了。装着大包小包烧烤原料的面包车已经提前开到了山顶的烧烤场地，俱乐部张经理带着一位女同事已清扫好了几处灶台，在服务部租好盘子、铁叉之类的物件等着大家的到来。大家走乏了，纷纷选座坐下，享受山顶从清新绿叶之间吹过来的清风，嘴里不时喊着好凉快啊真是好凉快！俱乐部的人又从车上拿过来几块宣传项目的横幅，以烧烤场地的树木做桩围出了一块相对独立的地盘，将红旗插在路边，搞得这个活动蛮像一回事的，惹得其他游人都投来好奇的目光。

烧烤吃起来，烟雾缭绕，肉味焦香，大伙的吃相半是文明半是豪放。这场面，算是把大家的游兴推向了高潮。餐后，大家显得心满意足，在山野生龙活虎。赵聪灵为此隐隐感觉这一回活动的营销目标已胜券在握。公司人员又带大伙穿越了一片原始森林，看了一些山里人家，游了山顶的人工湖泊，之后便乘车下山了。

不出赵聪灵所料，几天后罗经理兴奋地向策划部反馈信息：那些参加了“阳光森呼吸”活动的客户，不少人一回来就急着找到了阳光国际城的营销中心签合同，做了阳光国际城的业主。由于“龙脉风水”这着妙棋一试即灵，董宏理要求置业顾问将其作为与客户聊天的口头禅。

风水之说如此管用，成为解决滞销的神来一笔，这让赵聪灵再次开了眼界。他又感慨，这些平时看上去很精明的客户们，怎么有时那么好忽悠，傻得可爱呢？他们的心理防线，怎么就那么不堪一击呢？

赵聪灵感慨董总真算得上一个营销精英，预设能力非凡。他似乎体会到了西方发达国家声称的“一流人才做营销”，不愧是一句至理名言。

到了6月份，现有房源销得只剩下20多套了，公司决定把价格再上调100元/米^2。罗经理在董宏理面前申辩说："我们的房价已经不低了，还要涨啊？再说都只剩下不多的房了，涨价也没有多大意义，没多少经济效益了。"

董宏理说："谁说涨价没多大意义啊？这几十套涨价不单是为了创收，而是为了后面新一批房的涨价过渡。"

赵聪灵和罗经理愣愣地望着董总，不知他又要讲出什么新理论来。

董宏理说："我们首期新房上市，是铁定要涨的。如果一次涨得太多，消费者就会不接受，产生抗拒心理，所以必须提前涨，慢慢涨。——这叫做温水煮青蛙。"

罗经理恍然大悟，却被他"温水煮青蛙"这个表述吓了一跳，顿时脸色显得有些泛白，愣着神半天说不出话来。

中午，赵聪灵以前在《江边晚报》时的一位记者朋友打电话给他："赵大经理，你快来五一路步行街广场看一场戏吧，看看草根房奴是怎样控诉你们开发商的，我正在现场做现场采访呢。”

“房奴秀？这是怎么回事呢？”赵聪灵一时有些丈二和尚摸不着头。

记者朋友神秘地说：“你来看一看就知道了，很精彩的。”赵聪灵放下听筒，便匆匆跑向电梯口去，迎面正好遇上了董宏理。

董宏理问：“小赵，什么事？这么急。”

赵聪灵眼看电梯门正要合上，便上前一步按了电梯的开门按钮，一边回答：“董总，我有要事去步行街广场。”

赵聪灵赶到步行街中心广场，看到一大堆人乐呵呵地围看几名青年在搞“真人秀”。节目上演的原来是一出滑稽的“房奴”抗议活动：两名男青年刻意模仿古代被羁押的罪犯：头上戴着高帽子写着“房奴”，脖子上套着的枷锁两侧写着“买房按揭”字样；双腿戴着脚镣，裤筒上写着“生活举步维艰”“我不想做啃老族”。“房奴”不时喊一声“我们买不起房子！”另一个化装成白发婆姨的人，胸前挂了一块牌子，上面写着：“我是丈母娘，网上都说是我‘没房不嫁女’推高了房价，冤啊！”下面又有几行小字写着：“我没有逼女婿买房，我还劝他现在房价那么高，暂时不要买！我哪有推高房价，我实在是在盼天盼地盼房价下跌啊！”三个人表演，还有同伙举着宣传牌，揭露中国房市连续 6 年高攀，高得超出了平民百姓的承受力，远远高出了国际房价与生活水平类比的标准，现在让勉强能买房的工薪族无可奈何地成为了举步维艰的“房奴”。另一块宣传牌，画了一幅大漫画：房地产价格是快速成长的一棵大树，而百姓工资只是大树下卑微生长的小草与灌木。搞笑而又沉重的街头剧，招来一拨人围观，离去，然后又一拨人围上来看新奇。大家一边对着这个搞笑场面乐，一边抨击现在房价的确高得离谱，开发商唯利是图心太黑。有几位记者在拍照，围观的人也纷纷掏出手机拍着照。不多久，两家电视台的记者也闻讯赶来采访新闻，报道“房奴”对中国房价过快上涨的搞笑抗议。

在现场，赵聪灵相遇了打电话给他的《江边晚报》的记者同事。同事表情夸张地对他说：“老兄，你干房地产一年就买上房子了，可我现在勉强买了个小户型还债台高筑。你们做房地产的一心只想牟取暴利，自己发财，逼得老百姓都变成了房奴。”一语弄得赵聪灵好不窘迫，这神情，好像自己就是一个贪得无厌的开发商,赚了老百姓许多的昧心钱似的。

做房地产业一年多来,他目睹了江边市房价、一个平方米上涨了1000多元,开发企业巨大的利润空间,房地产从业人士优厚的薪水,超出其他行业。而这些,都是来源于老百姓平时苦挣苦攒、为买房债台高筑的付出啊。他心头泛起了几许歉疚,感慨这个社会的不公平。

赵聪灵回来后走进董宏理的办公室,把步行街广场表演的"房奴秀"向董宏理做了陈述,又说:"董总啊,我认为现在的房价的确涨得有些不像话。"

董宏理瞟了他一眼,不屑地一笑说:"是吗?不过我觉得这些房奴是活该!"

赵聪灵一惊,脱口问:"活该?怎么说啊?"

董宏理说:"我赞同任方祥的观点,商品房子是给有钱人建造的。你没有钱,去买什么房呀!租房好了。所以说,买不起房硬要买,做房奴活该!"

赵聪灵被"活该"一词吓了一跳,他看着董宏理,轻声地问:"董总,你的意思是,他们不应该考虑买商品房,应当只考虑买经济适用房或租房过生活吗?"

董宏理板着脸说:"我赞同任方祥的观点:买不起房的就莫买,就租房好了。中国内地房市也应当学国外学香港,把廉租房和走市场化道路的商品房区分开,让没钱人和有钱人各住其所。"

"那你难道不担心廉租房、经济适用房建起来后,对我们开发商品房构成冲击吗?"赵聪灵问。

"冲击何来?住建筑面积60平方米以内的廉租房和经济适用房,能住出生活质量来吗?那只是安居工程。"董宏理说,习惯性地拨动桌上的不倒翁,"但谁经济条件好转,需要改善生活质量,必定要去买大面积的商品房。所以说,政府出台的'7090'政策在执行中几乎成了一纸空文。"董宏理拿出了一份资料丢在赵聪灵面前,是日前市房地产局信息中心在网上发布的一组调查报告:从套均面积统计,全市住房套均面积达到了87.03平方米,其中新建住房的套均面积为116.8平方米;对定向开发住房与公务员小区的不完全统计结果表示，该类性质的住房面积主要集中在140—180米^2/套之间。由此可见，目前江边市住房面积在90平方米以上的户型占大多数，而90平方米以下户型的比例非常小，与“国六条”的要求刚好相反。

赵聪灵做讶然和茅塞顿开状，点头称是。他的这种学生神态，颇能让董宏理得到一种给人“传道、授业、解惑”的满足感。不过，赵聪灵又提出了一个尖锐的问题：“中国人的心态是千方百计要买一套房，而不是租房。”

“政府首先是要做到‘居者有其屋’，老百姓的住房消费习惯，是可以慢慢改变的。现在大众的消费观与过去比，不是大有改变了么？”

赵聪灵内心对房奴们的同情渐渐退却，认为董总言之成理。

董宏理又道：“国家对经济适用房也可以取消，因为经济适用房实际操作下来，又变成了腐败工程。限价房有些不伦不类。国家应当用力操作好廉租房建设，廉租房又可以打破城市户口界限，让在城里买不起房的市民、进城打工的、做生意的农民工，也就是所谓的“城市夹心层”都可以租房住。所以，廉租房比经济适用房更能解决市民居住问题，廉租房才能真正让更多人居有其所，是真正的民生德政工程和社会福利！廉租房工程，德国、法国、新加坡，还有我国的香港都做得很好。另外呢，国家要调控房价，真正有效的办法还得从控制二手房倒卖入手，从大幅增加廉租房建设入手……”

赵聪灵这才发现，眼前的董宏理原来不只盯着自己的项目操作，还能宏观思考有关国计民生的大问题。

“所以说，市民要改变的是住房观念问题，演这种‘房奴秀’是起不到任何作用的，只能给媒体提供一点新闻炒作的报料罢了。”停了停，董宏理又淡然地道，“再说了，现在什么物价都在上涨，凭什么偏要房价下降？符合市场经济规律吗？”

赵聪灵一时无语，惭愧自己做房地产策划营销，至今还是没有进入角色。

“小赵，看来你还是一个‘愤青’哪！”董宏理笑道。

董宏理突然对他冒出了一句话："小赵，我发现你是一个心很好、富有同情心的人！"

赵聪灵暗地惊了一下，反问："怎么说呢？"

"你很同情'房奴们'！"董宏理笑在脸上，好像也笑在心头，然后又道，"心好是个好事情，其实我也像你一样是一个心好的人！不过人在江湖身不由己啊！在商言商，有时我们就得锻炼自己，把心变'狠'一点！否则，就容易被别人吃掉！"

赵聪灵莫名地呼出了一口长气，心悦诚服。他对董宏理的崇拜又增加了一层。经过这一番洗脑，他心头为"房奴"们泛起来的几丝同情与歉疚感，也好像荡然无存了。

第二天，江边几大报纸除了刊登步行街"房奴秀"的报道，又刊载了一条惊天的消息："澳洲小镇"子虚乌有，骗子诈骗巨额"楼花款"已人间蒸发。报道还称公安部门已全力介入调查，受骗人数及金额正在全面登记中，请读者相互转告，当事人应尽快主动与公安机关取得联系。几家主流媒体把这两件事进行了组合报道，在社会上产生了巨大的冲击波，网络评论当天就铺天盖地地涌起来，舆论讨论低房价的诱惑与购房的理性问题，又直指相关职能部门有失职之虞。

面对这一个"楼花诈骗案"，赵聪灵也十分错愕：居然有如此胆大妄为的骗子！这沸沸扬扬的楼市究竟是怎么了？他想起老家在春节前夕放水捞鱼的情景：有人冠冕堂皇地撒网，有人混水摸鱼偷窃，有人公开趁火打劫；围着渔塘嚷着买鲜鱼的人更是哄哄闹闹，有一伙二道贩子（炒房者）神出鬼没，还有许多人围着水塘边看热闹……这好端端的房市，怎么就演化成了乌烟瘴气的利益场呢？

他不无着急地想：房市这番态势不扭转，如何做到楼市的可持续发展呢？

"楼花诈骗门"事件发生后，江边市政府成为众矢之的，颇显得有些狼狈。同时，社会对取消预售证的呼声再次高涨。市里下文声称要严打房市的违规操作行为，维护楼市秩序！多部门开始联手行动，对违反政策、在预售许可发放前搞 VIP 登记收钱的行为进行清查，处以重罚。

此时，阳光国际城的违规操作已过去两个月，自然是高枕无忧了。这一变局还让阳光国际城项目赢来了营销机遇。许多意向客户又来到阳光国际城的营销中心看房，购房，做咨询。置业顾问们就亮着嗓子说话："买房，你们还要选我们这样的品牌公司品牌大盘；一些人当初还从我们这里把钱支走，交到澳洲小镇去，结果呢……"说得客户们一个个心悦诚服，头点得像鸡啄米一般。董宏理认为，这又是一次提高阳光国际城品牌声誉的好机会。他嘱咐赵聪灵以彰显公司与项目的品牌形象运笔写文案，在几家报纸做了阳光国际城尾房销售、预告下期房源的硬广宣传。

乘着好势头，阳光国际城把此期仅剩的十几套尾房，再次提高了 100 元/米^2 的单价，很快出手。

7月初，江边的主要媒体连续发布广告信息：2006年夏季家庭装饰艺术节将在农博会馆举行。

董宏理把赵聪灵和俱乐部张经理喊到了办公室，对他俩说："明天起为期三天的'家博会'就要开始了，我们三个人分头行动，以顾客的身份去逛家博会做咨询，找各大室内设计师们弄回来一批做大通间的装饰设计方案。"赵聪灵和张经理面面相觑，听得一头雾水。

董宏理边画草图边解释说："你们都说自己购了一处大通间房子，侧面有一个储存室、一个厨房、一个卫生间。这个大通间房的装修设计要求实现办公、居室一体化功能，也就是现代国际上流行的SOHO概念房，请设计师根据各种功能充分融合、节省空间、便利办公与生活，给出一个装修设计草图。"

赵聪灵问道："董总，我们搞回来这些东西干什么呀？您在江边买了这样的房子吗？"

不倒翁的摇摆总是伴随着董宏理的若有所思，他说："你先别问我买了房子没有,照我说的去做好了! 如果是我个人的事情,是用不着劳师动众的。你们俩记一下:这大通间房子的进深是 13 米,开间是 4.5 米,层高净空间是 3.2 米,进行功能分隔与摆设设计,怎样做到既充分利用空间,又方便实用,美观大方,最好还能体现出时尚特色。我们都要以购房者的角色去做装修咨询。我们每天尽量多弄几张草图回来,并把设计要点记下。午餐报销一个 10 元钱的餐费,下午下班前回到办公室汇总。"

赵聪灵和张经理都弄不明白董总葫芦里卖的什么药,又不便追问个究竟。

董宏理又补充道:"家博会是各家装饰公司拉生意的好时机,建议性方案草图都是免费服务不收费用的,你们要心口活一点,尽量把顾客角色演得天衣无缝。好了,明天上午你们都不必再来办公室,直接去逛家博会好了。这是一项很重要的工作任务,希望我们一起完成好。"

江边市上百家装饰公司的展位把家博会馆三层楼填得满满当当的,前来逛展的人绝大多数是买了房或正准备买房预备装修的,他们逛家博会可以方便快捷地比较各家装公司的品牌诚信、性价比、设计风格与巧妙构思,因此家博会的人气仅次于房交会,也是摩肩擦踵,又一番热闹景色。赵聪灵首先选择了一个叫铭居家装公司的展位做咨询,很顺利地弄到了一张装修草图。逛到第二处展位时,居然遇上了正在套方案的张经理,他只好又换了一个地方。第一楼各展位咨询的人都很多,赵聪灵弄到 3 张草图后,便转战二楼,冷不防又遇上董总,相互打了个简单的招呼后,各自分头行动。赵聪灵感觉这种行为有些像盗窃团伙密谋出行一般,蛮刺激的。

家博会也是房交会之后,又一个怂恿新品质居家文化、渲染新生活形态的盛会,同样一年比一年红火。各路装饰公司荟萃在展会上大展拳脚,招揽装修工程业务;数十家家具、装饰建材、家电品牌也乘机争相现场让利促销。除了品牌营销,特惠价征集样板家装房、卡通人物秀、美女秀、歌舞杂耍秀、水墨文化秀、礼品派送、抽签中奖等各种促销手段也搞得风生水起,目的都在于吸引消费者,其热闹场面不亚于房交会。从家博会来看,赵聪灵切实地感觉房地产业的确是一个能带动许多产业的大经济。

各种促销手段中,文化促销依然最显风华,比如“科技家居”“生态家居”“绿色家居”“时尚家居”“欧美家居”“未来家居”各打旗帜,再有意大利风格、古罗马风格、巴洛克风格、洛可可风格等各种概念喊出口号,并通过大幅效果图展示风华,让逛会者们不能不驻足。赵聪灵再次感受到文化这种特别的生产力在当今房地产业的魅力。各路装饰公司也把室内设计师们请到了现场,当场为咨询者解答各种提问,提供家装草图,进行现场设计方案创作,以便尽可能地笼络有效客户。这自然也给董宏理、赵聪灵几个人的密行计划提供了足够多的实施机会。

一天逛下来,赵聪灵弄到了 10 张方案草图,回到公司去董总办公室汇报工作,张经理弄了 8 张图纸,他俩禁不住相视一笑。姜还是老的辣,董宏理搞到了 13 张草图,他冲着赵聪灵和张经理笑着说:“你们俩是商量好,各搞 10 张图回来交差的吧?”

“哪有啊!”赵聪灵与张经理几乎同时申辩道,“我们都各干各的。”

“好了好了,开个玩笑。”董宏理说,“有了这个成绩也算不错了,你们都辛苦了!”

董宏理把到手的图纸都粗粗翻了翻,一边自言自语道:“有些图纸有异曲同工之妙,有的有独到心机,但有的也只是草草了事的。”

“那些画得不好的,是不是他们看出了我们的蛛丝马迹?”赵聪灵说。

“能够收集一些有参考价值的东西,就是收获。”董宏理说,“明天我们继续努力!”

三天家博会,董宏理带领着赵聪灵和张经理,共收集到近 100 套大通间户型装修设计的草图,董宏理高兴地评价说:“收获大大的!”随后,他又嘱咐赵聪灵在网上搜寻有关“SOHO”概念的装修设计与家具摆设的资料。至于这样做的目的,董宏理依然讳莫如深。赵聪灵也猜不透,不免有些怅惘,不满意董总的做法好像是董总忽视了他。

赵聪灵又把一大叠从网上搜到的相关资料,交到了董宏理的手中。董宏理不紧不慢地对赵聪灵说:“小赵啊,我们农闲时节也忙啊,现在该准备 8 月中旬第一组团开发第二批房的入市工作了。接下来我得着手新一期内刊《阳光国际城》的编辑。本期的核心内容,是打阳光国际城得天独厚的人文教育氛围的促销牌。一是临高校和科研机构教育环境优势;二是清江书院是江边文化发源地的历史文化资源优势;三是中青年白领阶层的高素质同质化业主群优势,可谓谈笑有鸿儒,往来无白丁;四是项目与名校的教育合作优势,买阳光国际城的房子,就是给子孙后代买未来。俗话说'千金买房,万金买邻',古又有'孟母三迁'的故事,为的是替孩子求得一个好的成长环境。孩子是家庭的希望,现代家庭都把后代培育放在第一位考虑,所以人文教育优势的卖点,会对营销产生新的显著的拉动效应。"

董宏理习惯性地弄了一把案头的不倒翁,又说:"小赵,搞教育复合地产有你的一分功劳,现在是让它发挥大作用的时候了。"

"谢谢董总指导,我会努力把稿子写好,到时再请董总指教。"赵聪灵说。

赵聪灵是一个有心人。事后他在心里琢磨董宏理提出的"高素质同质化邻里"卖点,中青年知识白领阶层,仅是本案虚拟的目标客户群体定位,竟然也成为描绘小区生活"谈笑有鸿儒,往来无白丁"高素质同质化居住的营销卖点了!赵聪灵暗自思忖:这人文教育环境渲染的"同质化居住"卖点,不是活脱脱地带有歧视色彩么?他因此暗暗赞叹董宏理提炼推广点子的心机。

七月流火,江边的房市却烧得很旺。阳光国际城新房源开始入市,其主广告语是"更青春、更自由、更时尚";主题活动 SOHO 新生活式样图片展览又在阳光国际城会所拉开序幕。这是针对首期开发第三批房 6 栋板楼 350 间大开间房而举办的图片展,内容涉及大通间怎样隔断划分新的室内区间、折叠式装修、功能空间混合如何使用以及装修风格等等共 150 余幅设计图片。比如隔断区间怎样通风采光、实隔虚隔、随时灵活处置隔板或者屏风,比如装饰墙怎样处理美观与实用的灵活变通,又比如家具如何巧妙利用小空间收缩与伸展、一体多用等等,灵思与花样百出使空间的变化艺术凸显,缺少功能分区的简单的大通间房子变得可以随意划分格局,仿佛具有了魔力。空间的多变把生活式样抽象化,让人联想起魔术师手头的空箱子,在一块黑布的遮盖下一番鼓捣,竟然绽放出千般花样来,让人不能不欷歔慨叹。董宏理对此次图片展的文化提升理念是:把时尚生活方式融入到居家设计中。展出图片请了专业公司精制出来,的确给人以美好小户型家居生活的联想。赵聪灵才恍然明白了董宏理当初带他们一起去家博会"偷"小户型居家设计方案的意图。

阳光国际城SOHO图片展设置在营销中心,一是自有场地便于长久展出,二也考虑到观展者与置业顾问们沟通互动,直接促动营销。

这一个具有国际时尚味道的居家与办公一体化的SOHO生活概念,系阳光国际城在江边市首推,又反映出开发公司以负责任的态度对购房者的深层次服务。当信息通过媒体发布出来时,新概念与名盘的品牌效应再次产生很大的号召力,营销中心像强力磁场一样吸引得一批白领潮人们接踵而来。开展的当天,赵聪灵在上班路上,遇到了两个白领。

"哎,小燕你去哪儿?"

"阳光国际城的SOHO概念房开展了,我正想去看一看!"

装修示范图片悬在营销中心的室内墙头,二楼设有雅座厅、大屏幕播放着阳光国际城SOHO时尚概念文化的广告片。展览布置妥当的第二天,赵聪灵在董宏理的授意下,邀请江边市主流媒体的记者前来参观评鉴,并把装有新闻通稿和200元小费的信封塞进记者们的口袋里。记者们对这一次展览活动感觉新鲜,交口称赞这种多方式多思维的设计理念新时、购房者装修可选择可参考价值大,体现出"更自由、更青春"的思想;而且SOHO生活方式节时节能还有利于缓解城市交通压力,值得大力推行。相关新闻电视台当晚播报了三家;第二天,各大报纸又纷纷报道。

SOHO概念推广的市场效果,再显灵验。阳光国际城营销中心的电话响个不停,来访观览的顾客络绎不绝。还有,阳光国际城SOHO概念小户型的样板间开放,再次成为江边市追逐新潮的青年白领们关注和热议的话头。

第四批房源SOHO概念房,依然采取先交诚意金预订房号的方式,在预售许可证办下来之前提前入市。几栋外立面新潮的板楼、大开间小户型楼花受到了预设的目标客户群——潮流青年白领们的热捧抢购。起初,置业顾问们凭经验担忧这种大通间不会好销,现在一个个眉头舒展开始忙于签单。

这种大通间小户型热销后，赵聪灵无意中听到公司工程设计部的人在一起议论说："阳光国际城当初的设计过度关注外立面的新潮漂亮，而疏忽了内部结构安排，搞得我们设计哪一栋的户型都难避免暗厨暗卫黑房子的问题。这些大通间设计本来就是避开黑户型的简单做法，不料经董宏理一鼓捣，简易房反而成了抢手货了。这个董宏理做房市就像玩魔术一般，哈哈……"

周日，赵聪灵邀欣欣一起去南郊公园划船。欣欣眼睛一闪一闪地说："你们策划部还真有两板斧啊！本小姐以前在别的楼盘做置业顾问时，卖过这种简易房，非常难卖的；未料经你们来一个'更自由、更青春'的广告宣传，搞了一个什么 SOHO 生活概念，竟然成为了抢手的'香饽饽'了。佩服佩服。"赵聪灵也在心里慨叹，购房者的理性原来是如此不堪一击。

他再联想起江边市有几处概念楼盘同样炒得风生水起，卖得红红火火。他越来越感觉楼市策划推广的奇妙万千、乐趣无穷。楼市，真是策划高手们的大舞台！赵聪灵也开始相信了营销人士常常挂在嘴头的一句话："没有销不出去的产品，只有销不出去的推销员。"

临近楼市的“金九银十”，各大报纸的楼市广告明显增多，可谓铺天盖地，让人感觉楼市的竞争与大繁荣。赵聪灵感觉出来，楼盘的广告表现水平越来越高，各有精彩的特色卖点与营销招数，仿佛日益进入了文化地产的竞争时代。他发现这几天有一个叫“江边·广州服饰城”的商业楼盘广告轰炸得十分厉害，他们叫卖的是商铺二十年的租赁权，卖场实行统一经营第二次出租，每年给购得经营权的客户10%的回报。他们打出的主广告语有两句：“前十年收回成本，后十年纯赚租金”，“务工不如当老板，购铺即得3年租金”。广告文案又罗列了诸如该卖场位处东边商业繁荣区、服饰业态消费广大、公司经营引借香港先进经营模式等等卖点支持购铺者的信心。到了后来，该广告在平面媒体的发布干脆以套红大字“江边·广州服饰城卖疯了，你还在等什么？”作标题，选择江边市的几大主流报纸连续以半版的大篇幅发布，让人看了之后心都往外蹦，直想跑到该项目去看究竟，或者打个电话去做个咨询。

日前，赵聪灵终于在城南定下了一套90余平方米的住房。为了选择到合意的楼盘,他和欣欣跑了近十家楼盘,才体会到了买房人选中一套房子是多么不容易和颇费周折。他向欣欣“借”了两万才凑齐首付款,当然再没有能力去问津投资性物业。不过,他竟然接到了表姨妈和其他亲戚向他咨询“这笔投资可不可以去做”的电话。他心里自然清楚,他们是被这煽情的广告轰炸得坐不住了,却不敢轻易下手,便请教于他这操大盘的业内人士。然而赵聪灵又汗颜自己缺少商业地产投资的知识。于是,他先采取了含糊回答的办法:“这个,我再找圈内专家朋友给你咨询吧,再答复你。”

找谁请教呢?他首先想到的专家当然是董宏理,何况,董总是一个很乐于给他解惑答疑的人。

“董总,这个二十年经营权的商铺都炒疯了,这个铺到底值不值得投资呢?”他拿了那张报纸走进了董宏理的办公室,一脸诚恳地问。

董宏理接过报纸瞟了一眼广告,反问道:“你想去买?”

“不是,是别人问我;我懂得不多,就只好来请教董总了。”

“别人是谁?”

“这个,是我的一个亲戚啊。”赵聪灵回答。

“是你亲戚?那你就去告诉你的亲戚,别去做这个冤大头。”董宏理晃了晃脑壳漫不经心地说,边随手玩弄着不倒翁。

“董总,为什么?”赵聪灵心想又可以长新的见识了。

“你去想一想,买二十年的经营权,每年10%的回报,前十年收回本金,后十年纯赚租金,表面看很划算。真划算吗?”董宏理用眼神向赵聪灵提问。

赵聪灵蓄意用嘿嘿的傻笑,表示自己不明白其中的深意。

董宏理接着说:“现在房地产价格的年增涨幅度是多少?政府公布的数据都是10%左右,实际增幅还不止这个幅度。那么你去买一个有产权的物业,十年后你再转手同样可以收回购铺本金,还要赚一倍多!这十年你出租或者自用,还算额外收益。如果物业你不出让,房价还在继续升值,你算一算,是掏钱去买这二十年的使用权好,还是买有独立产权的物业好?”

赵聪灵一听如醍醐灌顶，又自觉汗颜，感慨房地产投资学问之深。

董宏理又不紧不慢地道出了一层道理："物价通胀率每年有3%—5%，实际上10%的回报也打了折扣。购铺者却给开发商支付了成本，物业升值却被出租方赚走了。还有'购铺便得3年租金'的承诺，让人觉得买了母鸡就下蛋，其实3年的租金已经加到目前的房价中去了。不信，你现在就以购铺咨询的方式打个电话问一问价格。"

赵聪灵当即就拿出手机，打通了广州服饰城营销部的热线电话。从电话传来的哄哄闹闹的杂音，证实其售楼部现场签约火热。一问，该服饰城出售二十年经营权、购铺价竟然高达6300元/米^2。

事情果如董宏理所料！董宏理于是露出了料事如神的快乐笑脸："你看看，十年经营权的统铺价格比一次性购买断产权的价格还要贵！现在一些社区独立门面出售的价格才5000元/米^2。这个狡滑的开发商远不止加了你3年的租金，还哄得买铺人认为买铺就得租金，捡了大便宜。"

"啊，这个开发商真是黑啊。"赵聪灵听得心潮起伏，禁不住感慨道。

"还有，这个服饰城今后的经营情况还是一个不可控因素。如果经营不善或者经营者不诚信，你以后10%的回报金能不能拿到手还是个问题。"

赵聪灵说："可是，我一个朋友去了那儿现场考察，他们还卖得很火呢。"

"没有这些非理性消费的冤大头，哪来商家的快速致富啊。"董宏理用指头弹动停摆的不倒翁，不倒翁笑得前仰后合，"不过，能够哄得这些冤大头急不可待地掏腰包，也说明策划者的高明。广州服饰城从其广告来看，他们的确捞钱有方，有策划高手。"

"董总，我们项目的成功也靠了这些非理性消费者啊。"赵聪灵不自觉地脱口而出。

"好了，不聊了。"董宏理站起来伸了个懒腰，委婉地下了逐客令。

话一出口，赵聪灵又自觉到了"话不投机半句多"，便知趣地告辞了。他心里一个劲地佩服董宏理，的确是一个深研房地产营销的人精。

赵聪灵很快就给几位亲戚回了话，照董宏理的教导说了劝其谨慎投资的大概理由，亲友们都作恍然大悟状，对他千恩万谢。

晚上，赵聪灵邀欣欣外出散步。欣欣与赵聪灵聊营销中心的故事。她说今天遇上一个中年男子来营销中心买房，谈定了购置一个130平方米的房子，连户型图都不看就签了合同。他说阳光国际城是品牌楼盘，信得过。欣欣又告诉赵聪灵："你写的那篇反映项目人文教育资源优越的文章，效果很不错。最近新一批购房者，差不多就是冲'为了后代成长'争取一个好学校、好成长环境而来的。"

欣欣在赵聪灵面前感慨道："我们项目建在这个荒滩上，就像郊外种植的一蔸地瓜，本来是一个生硬的大块头，经你们推广部一番鼓捣烹调，已变成芳香四溢诱人嘴馋的市场美食了。房子，现在真的好出手了。"

赵聪灵很欣赏欣欣这个形象的比喻，他说："董总才是烹调的高手。"

阳光国际城第一组团最后一批房源9月初入市销售，当月6栋板楼300余套房子全部销完，另4栋塔楼也销出了近70%。剩下来的不多数量的房子，采取悠着点卖的策略，并按月逐步涨价，温水煮青蛙，为的是明年第二组团开发、房子上市涨价慢慢过渡。

欣欣对赵聪灵说，涨价也是一种促销的手段。每一次涨价前，他们把房子又将涨价的信息发布出去，都会促使一部分老在犹豫不决的客户赶过来签单。罗经理在置业顾问销售业绩统计中，发现了一个隐蔽现象：售楼部欣欣与蓉蓉两位最美的美女销售业绩都排在前列。销售业绩第三名的是小静。小静虽谈不上是营销中心的第三号美女，却性格开朗，小招数多。她经常与一些男性顾客相处暧昧，虚与委蛇，一当签约成交，她就和他说"拜拜"，心思再用向下一个目标。有时候，她糊弄客户买了房，又忽悠客户请客，还把姐妹们也一起带去。因此，营销中心的同事们都对她很有好感。

罗经理笑着对董宏理和赵聪灵说："公司实行公平竞争客户的政策后，美女经济便显露出来了。"

年尾历来是继"金九银十"后的再一个高峰期，而阳光国际城第三批房子卖到11月末，已所剩无几，但价格也上涨了800元/米^2，公司也表态春节前不再涨价。首先是公司的几个买第二批房的投机炒房者，开始暗中找罗经理准备出手,因为年底也是资金回笼的时候了,他们炒房的借款也得归还。算一算,投机一处120平方米以上面积的房子,除去借款利息、好处费什么的,现在出手也能够赚到8万、10万以上。开发商把房子卖出以后,也只负责及时给购房者做备案登记,但办理产权证一般都要拖到一年多以后,因此在没有办理产权证之前,已卖掉的房子变更合同和备案登记也是比较容易的,这便给短线炒房者提供了机会。公司内部炒房的,房子就故意拖着没有去房地产局备案。

11月底到12月中,罗经理基本上忙于给炒房者转手售房。先是忙着帮助公司内部炒家出手,再为一些外来关系户炒家出手。转手成功的房子,罗经理即吩咐备案专员小傅去市房地产局备案手续或变更备案手续。小傅表现得有些不情愿,罗经理就暗中说:"不会让你白费力的,每办一个就给你200元的辛苦费。"于是小傅就变得欢喜有加了。

欣欣把她了解和暗中观察到的炒房客开始陆续出手的情况说给赵聪灵听后,意味深长地对他说:"现在知道短线炒房是怎么炒的了吧?"说完她瞟了一眼身边,神秘兮兮地又压低声调说,"你知道吗?现在我们的房子涨价热销,江边市的有些大领导,包括房地产局的头儿们也参进来炒房了,不过他们都是按公司给的特惠价买的……"

"特惠价?怎么个特惠?"

"据说差不多是接近成本价哩!"

赵聪灵听了新鲜,不免错愕。他理解了那些传闻中的温州炒房团为什么对炒房那么狂热,乐此不疲。他忽生了一个迷惑:"罗经理怎么甘愿找这些麻烦呢?"

欣欣刮了一把赵聪灵的鼻子说:"你这么笨啊,你以为罗经理会白忙活啊!"

"怎么?她还收费吗?"

"她办一宗,他们最少会给她一千、两千的好处费吧。我猜想。"

"哦……"赵聪灵喃喃道。

"你这个憨砣是不是也从你有钱的亲戚那儿弄点'米米'过来,乘着我在营销部,也掺进来炒一炒房啊!说不准能狠捞一把的。"

“你想拉我下水啊，现在房价都涨成这样了。明年的房价还不知是怎么个走向呢。”

“我知道你是个胆小鬼。”欣欣嗔道。

赵聪灵脸热了一下，便转了话头说：“哎，我的房子在 12 月 25 日也要交房了。”

“你是在提醒我，房子装修的事情啰！”欣欣说。谈婚论嫁的时候，欣欣曾经对赵聪灵承诺，他出钱买房，她便负责装修。

赵聪灵咧着嘴笑道：“谁让我找了个既能干又富有的小妹妹啊！”

现在第一组团开发的房子已经销得见底，欣欣向赵聪灵透露过，她的业绩提成收入在 20 万元以上。欣欣情不自禁地感慨道：“得感激你们推广部做开路先锋，懂得吹嘘，懂得给项目涂脂抹粉，让我们置业顾问卖房卖得爽，无需费太大劲。”

欣欣又给赵聪灵讲了一个小故事。她手头有一个联络了一年多的客户，是商学院的一个年轻教师，他前前后后来过营销中心咨询十多次了。公司几乎在媒体上每搞一次卖点推广，都会把他吸引到营销中心走一趟，想买又嫌价格贵，犹犹豫豫拿不定主意。看上去他家庭经济状况不好，却又很仰慕阳光国际城的品牌与居家文化。营销中心的置业顾问们，都很熟悉这个特殊顾客。现在房子已涨了好几轮价了，他又急又气终于沉不住气，前天，他下决心在她手头签了一处 80 多平方米、两室两厅的按揭合同。替他算一算，他犹豫半年时间就多付出了近 8 万元，真有些替他心痛。

欣欣感慨地说：“现在看来是越没钱的人越想买房，又不敢买，越往后拖又越要多付大笔钱！”

赵聪灵听后，也莫名其妙地叹了一口气，觉得自己也是推高房价的始作俑者，不由地心头闪过一丝负罪感。

依房屋买卖合同约定,12 月底到了阳光国际城向首批购房者交房的期限。

对于开发商来说,交房便意味着“女儿”出嫁,任务完成。对于置业顾问来说,他们对自己的客户,也是做最后一次服务、送最后一程。交房的主要工作任务,本已转移到了物业管理公司:验证物业维修基金缴纳发票、处理业主反映的相关问题,代收有线电视费、管道液化气开通费、前三个月的物管费,移交房钥匙、发放《业主须知》手册等等一码子事,不再由开发商办理,业主与楼房的一种新的协作关系开始建立。对于购房者来说,经过购房前的选择、购房后一年时间的等待,终于拿到了梦寐以求的新房钥匙,也应当是一件十分高兴的事情。物业管理公司早早就在入口处立起了大红充气拱门,写着“热烈庆祝阳光国际城首期荣耀入住”;又在当眼的地方挂出了“祝各位业主乔迁吉祥”“祝业主乔居幸福快乐”等几块鲜红横幅。小区四处整理得清清爽爽,打扫得干干净净,一派新气象,尽显乔迁的喜气。

正如阳光事业置业集团亿董事长所说的："建筑是一门遗憾的艺术。"几乎每一处楼盘交房的时候，总会暴露出或这或那的问题来。有的墙体开裂、有的防水渗漏、有的地线未找平、有的户型结构变更等，或者小区公共设施不到位，或者就是开发商相关手续办得不到位的问题，比如建设局的房屋验收合格证没有及时交到业主的手头，使得业主领取房钥匙时，不是欢天喜地，而是要寻开发商轰轰烈烈地闹一场。购房时，业主们先先后后来自四面八方，除了相约一起置业外，大家也难得聚到一起。交房了，大伙集中来到小区相会，从今往后就是一个屋檐下的人了，感情上也会突然彼此亲热起来。置业顾问带着各自的客户去验收新房，业主们会变得格外细心与挑剔，有的还会带懂行的人一起验收。当或大或小的问题被不同的人发现后，大伙就走到一起交流，问题好像堆到一起就变得特别多特别大似的，于是鸡一嘴鸭一嘴找置业顾问们做交涉，渐渐地群情激动变成了双方争吵。接下来大部分准业主拒领新房钥匙。对于开发商来说，交房是一道坎。因此，凡做过几个楼盘的置业顾问都有一种预备心理：交房是他们服务的最后一关，也是最难的一关，有时形势会让人难以招架。不过老到的置业顾问，一般都清楚这一关在经历一场吵闹后，也基本上是生米煮成熟饭、不了了之的事情。

赵聪灵买的房子 12 月 25 日交房，一些新邻居们因发现小区绿化不到位、有些室内白灰墙起泡开裂等问题在闹事，但赵聪灵作为业内人士，他没有参与进去。他没有给物业方提出任何责难，就办理了相关交房手续，领到房钥匙走人了。都是一条船上的人，毕竟多一分惺惺相惜啊。

阳光国际城首批交房，业主们捡了欢喜捡了愁。他们发现了三个大问题：一是他们梦想的家有暗厨暗卫或没有窗户的黑内室，人走入其中便有很不舒适的感觉；二是本应当在交房时移交的房屋验收合格证，竟然缺少，物管方声称要等几天才能发放到业主手中；三是铝合金窗架的品牌不是合同上约定的品牌，开发方更换了材料。这些"遗憾"一暴露出来，业主便不干了，交房第一天便有一些购房者大声大气地吵闹，拒绝领房钥匙。第二天随着前来接受交房的业主越来越多，加入吵闹的人也越来越多，大家聚在一起合起来聒噪，情绪就越来越激动。他们你一言我一嘴吵吵嚷嚷说："阳光国际城把自己宣传得那么好，原来房子这么差，不守信用，我们都上当受骗了，都成冤大头了！"等等。然后有人站出来尖着嗓子说：请阳光事业置业公司的老总出来解答业主们的提问。又有人提出向媒体曝光，有的说要去找市房地产局投诉。众人就高声响应，表示支持。

第三天，业主们在会所前的两侧绿化树上，挂出了抗议的横幅："我们成了冤大头""强烈要求开发方领导出来解答业主提问""我们要维护正当权益"等，与原有的大红喜庆构成对比，显得刺眼，显得讽刺。风吹拂着写着抗议口号的横幅不停地波动，像业主们起伏的情绪。更多的业主陆续加入到吵闹中，大伙的情绪在相互鼓弄下，显得越来越激昂，大有这一回要齐心协力反欺诈到底的态势。大家都开始寻找自己的置业顾问开炮："你们大吹是有社会责任感的大品牌公司，是国际品牌大盘，现在怎么这样了？"搞得置业顾问们一个个灰不溜秋的，苦着脸听教训，不知如何招架。

罗经理很快找到了董宏理说："这一回闹事的人里面有几把厉害角子，来势不妙，如果公司坐视不管，很可能会导致不好收场，这将严重影响到项目的声誉，以后营销就不好做了。"

到了第三天上午，事态突然出现恶化情况。一批闹事的业主居然拿了当日的《清江商报》找到罗经理说："你们的问题已经上报了！原来阳光国际城项目整个是在骗人，连国际建筑大师安田鸠山领衔设计都是骗人的把戏！我们要求退房！我们要求赔偿！"罗经理面对这种来势，看了他们递过来的报纸，大惊失色。她忙装成内急，跑到厕所急忙打电话给董宏理。

董宏理霎时怵然了。就在昨天，他相继接到过签有广告投放协议的《江边日报》《江边晚报》《江边晨报》负责人打给他的电话，说业主通过新闻热线向他们投诉了阳光国际城的不少事情；他们暂时把新闻调查压了下来，希望阳光国际城尽快设法平息事态。谁料现在《清江商报》却把娄子捅出来了。

董宏理派赵聪灵下楼去买了当天的《清江商报》，看到该负面文章以近两千字的篇幅，报道了阳光国际城户型存在暗厨暗卫黑房子、不通风不透阳光的问题，不符合国家规定的基本人居要求；又报道说开发商擅自改变了窗户材质，房子验收合格证未办下就交房等问题；还配发了业主们在会所前悬挂的标语照片。

同版又一篇报道称，日本建筑大师安田鸠山应邀出席中国的一次建筑论坛时，有人问及江边市的阳光国际城项目是不是他亲手设计的作品，他居然矢口否认有这一件事。他说没有在中国设计过任何作品。对此，记者手头已翻录到了安田鸠山的当场讲话录音……

当天，阳光国际城项目公司高层看到这份报纸，一个个焦急呈现于脸，大有乌云压顶之势。赵聪灵对《清江商报》报道"安田鸠山领衔设计属假"一事也感觉大吃一惊。他说什么也不能相信阳光国际城，大张旗鼓向市场推广的显著卖点，会是虚假忽悠！千亩大盘的国际化规划与新潮外立面设计会是大师杰作的赝品！堂堂品牌大公司会撒弥天大谎大张旗鼓地做营销……怎么可能呢？难道自己身在其中，也被糊弄了吗？然而，作为新闻行业走过来的人，他又觉得《清江商报》胆敢子虚乌有地报道，挑衅实力超群的开发企业……让人想都不敢想的事情，难道就在自己的身边上演吗？

赵聪灵为着这个事想得心头发虚，连呼吸都有些憋气。他非常希望探个明白，便鼓足勇气偷偷向董总问询，这究竟是怎么一回事。

董宏理白了他一眼，阴着脸用不耐烦的口气责备他说："不该问的就别问。"然后又称，这纯粹是《清江商报》没有弄到广告费的故意陷害行为。

赵聪灵发现此事降临如暴风雪来袭一般，引得公司高层懊恼不安，办公室氛围异常凝重。刘总与董宏理为此事开始拌嘴。

"刘总，您看这报道！他们吵闹的第二天我就请您出面和他们见面谈的，你不同意，说吵吵就过去了，可是现在……"董宏理不客气地说。

刘总稍稍浏览了一下报道，表情僵住了。然后他用一副嘲弄的口吻对董宏理说："你当时不是与媒体签了广告合作协议，要求他们不做我们项目的负面报道么？"

"刘总，《清江商报》不是我们的合作媒体，当时考虑它的发行量不大，影响面小，没有把它列入，后来也一直没有在他们的报纸打过广告。”

“那，现在怎么办呢？”刘总板着脸问。

“现在只有两种办法，一是我们公司高层出面和业主谈判，解答他们的问题；二是找到《清江商报》去，设法阻止他们再做相关负面报道。”

“那就这么办吧。”刘总同意。

董宏理当即打电话给罗经理，要她向业主们表示公司的意见：尽快选出5名谈判代表，下午4点与公司领导来会所解答业主们的问题。随后，他马不停蹄找到了《清江商报》社。

“怎么，做了负面的报道就想起我们报纸来了？你们一年多来风风火火发布广告的时候，就没有想起我们报纸？”额头很高很亮的孙总编似笑非笑、不阴不阳地冲董宏理说。

董宏理只好赖着脸皮求情说：“孙总真是对不起！以前的广告投放，因为没有进行科学规划、合理投放，所以忽略了贵报。真的对不起！明年我们第二组团开发，一定会把贵报纳入进来，请孙总放心，也请孙总手下留情莫再做后续负面报道了……”

孙总看着稿子，头也不抬地说：“哦，是吗？那就希望你们好自为之，我们今后能愉快合作。眼下的事情，你们也得尽快处理好，莫让读者再来投诉了。”

“孙总谢谢您。我们项目其实也想借助《清江商报》这个大平台做推广的；眼下的事我们会尽快处理好。请您放心。”董宏理千恩万谢告辞了出来。

中午，公司开高层会议研讨对策。罗经理又说了一个重要信息：有业主透露，闹事业主把事情投诉到媒体，是受了一些楼市竞争对手的唆使！董宏理听后脸色铁青，恨恨地骂了一声“王八蛋！”会议上，大家一致认为再采取回避或者不理睬的态度行不通了。当务之急是与闹事业主代表面谈，安抚民心，把闹局尽快平息下去。

下午4点，刘总和公司两位副总及董宏理驱车赶到了营销中心。为了不影响客户接待，谈判室选在会所二楼的会议室。会议桌早已由罗经理派人摆好了水果及茶水。被推选出来的业主代表有男有女，有中年有青年。他们一起走进会议室时都面带恼色,神气十足。就座后,他们即掏出了一些纸片摆放在桌上。看来这些都是收集来的业主们的意见条。

董宏理主持了开场白:“各位业主代表,大家好!我们首批交房出现了一些问题,使一些业主产生了一些不满情绪,我们很抱歉。我们本来想尽量把事情做得完善,然而完美很难达到,因此我们还得加强沟通。现在我们刘总带领公司高层与大家会面,解答业主们提出的问题。我们将以最坦诚的态度,不回避任何问题!请大家畅所欲言。

会场出现了小会儿的空白。刘总故作轻松,和颜悦色地问道:“谁来,谁先来呢?从左至右吧。怎样?”

最左边的是一位中年汉子,他板着脸开口了:“你们事先把阳光国际城宣传得那么好,什么国际建筑大师担纲设计、名牌企业开发、项目位置好、历史人文环境好、河西教育资源好、小区规划好、小区人居氛围好,啊啊啊,反正什么都是好!现在狐狸尾巴露出来了,你们还不是在搞虚假宣传,引我们上当受骗买房吗?你们阳光事业置业集团一点也不阳光,倒是有许多阴影。”从中年汉子的神情看,他是想先扔出一颗重磅炸弹,把开发方的士气打下去。

他一停口,董宏理便微笑着接过了话头说:“你提的问题,我代表公司解答。阳光国际城由安田鸠山担纲设计,我可以负责任地告诉大家:这事不可能假。你们去查看建筑风格,是不是安田鸠山先生的风格!你们千万别听《清江商报》鼓弄,他们这么做,是因为我们没有在他们报纸投放广告。你们想一想,阳光事业置业集团是一家全国品牌企业,我们能不对自己的声誉负责吗?而且这个问题也是大家的名誉问题,我们不应当听任这些小报毁我们的面子!”

刘总接着说:“阳光置业集团至今已在全国12座城市开了15个大项目,多次被政府部门或权威机构评为纳税先进企业、中国最具价值品牌企业、中国企业最有潜力品牌等等,我们说阳光国际城是名牌开发企业产品,为过吗?江边河西有名山、有著名的千年清江书院、有诸多的高等学府,是江边乃至全省的文化中心,我们说河西历史人文好、项目所在区域人居氛围教育资源好,不是属实吗?还有项目的其他许多优势,哪一样不属实？你刚才说我们虚假宣传了，虚假在哪里？你们怎么个上当受骗了呢？你说我们不阳光，怎么个不阳光了？”

中年汉子梗着脖子回敬：“你们的户型太差……”

董宏理从容回答：“你们总不会因为一个小小缺点否定一切吧。”

中年汉子哑然，起伏的情绪渐渐平和了下来。出师不利，业主代表方所有人员的士气似乎都受到了打击，脸上都添了窘迫不安的神色。

在一边旁听的赵聪灵看这头一个回合交锋，公司方显然占了上风，不觉窃喜。

第二位是个戴眼镜的年轻人，他清了一下喉咙说：“我来提个问题啊，这几天交房，我们看到自己的户型大多数存在暗厨暗卫，许多还有没窗户的黑房子，你们说这符合人居标准吗？能够验收合格吗？你们事先向我们坦露了这些问题吗？”

刘总开口说：“暗厨暗卫缺窗户的房子，问题的存在不单我们项目有，其他许多项目都存在。这个事你们可对江边市的楼盘摸底调查。关于这些问题，我们安装了换气扇解决通风通气的问题，这是符合建筑要求的解决办法。至于能不能通过国家验收，这不是我方说了算，也不是你方说了算的问题，得政府相关验收机构说了算。如果通不过验收，我方负全部责任，如果业主之后能拿到房屋验收合格证，希望你们就不要再吵闹了。关于我们是不是以诚实的态度事先向购房者坦露了户型设计，请你们回忆一下：购房时是不是在下面的营销中心看到了户型展示图，这些户型展示图我们至今都有保留。你们买房时怎么就不看清楚？”

负责工程的副总补充说：“我做了几十年的建筑设计，在此也顺便告诉大家，这些问题也是户型设计中难以避免的常规问题。”

中年汉子又抓住了好把柄，反攻起来：“这些户型的不好，你们没有在广告上、内刊《阳光国际城》刊物等宣传资料上载明。”

董宏理爽朗地笑着反诘：“你是说我们没有掏广告费，替自己做反面宣传吗？你们拿出一个先例来，就算我们不诚实做事！江边市数百个正在开发的项目，谁不存在或这或那的问题？你说哪个楼盘掏钱打广告做自己的反面宣传了？按广告法，如果我们把这些户型的缺点打广告说成好,我们就得负责。再说了,哪一个楼盘或多或少都存在着不足,世界上哪有完美啊?! 完美,只能是一种美好的理想。”

中年汉子又被噎得说不出话来。这时,负责茶水的罗经理,见机行事地招呼赵聪灵一起给大家分发香蕉、苹果,一边劝这些业主代表吃水果。这一招恰到好处地缓和了业主方步步败退的尴尬气氛。

第三位业主代表是一位女士,她说:“房子的铝合金窗户用材,你们私自改变约定的品牌,怎么解释?”

“这个问题我负责! 我是抓工程的。”负责工程的副总表情诚恳地说,“当时因为原定品牌的厂方缺货,而安装又不容久等,所以我们才改用了其他品牌。你们都看到的,这也是省内知名品牌材料。”

刘总接过话说:“这两种品牌存在一定的差价,现用的品牌材料价格稍低点。我们该负责的一定负责,差价将补偿给业主。”

接下来有人发言说:“你们承诺业主的子女今后能优先就读明星幼稚园、师大附小名校,能不能兑现呢?”

刘总响亮地回答:“这些事情我们已经与校方签下了协议,我们也可以和广大业主以协议的形式保证。”

最后一位业主代表发言说:“我想说的问题,前面有人提出了,我就不再重复。我想说的是:刚才刘总表态说房屋验收合格证缓后办下来,我想请问缓多久?”

这种提问显然是发出了妥协的信号。刘总爽快地答复说:“半个月之内办好,发给大家。”

业主代表们一时无言,会场出现了短暂的冷场。局势开始发生扭转。站在一边旁观的赵聪灵舒了一口气。

董宏理站起来笑脸迎人地说:“哎,大家吃水果呀。边吃水果,有新的问题就提,我们坦诚相见。”

说着,刘总先从面前的一扎香蕉扳下一根,撕开皮就带头大口吃起来。他边吃边鼓着腮帮子扬手热情地招呼业主代表一起吃,说大家本来就是一家人,莫客气。罗经理见机行事拿起一大扎金灿灿的香蕉,分发到业主代表们的面前。金黄硕大的香蕉摆在眼前,让人看着都眼馋。中年汉子迟迟疑疑地带头拿起了一根香蕉，开始剥皮，于是其他代表也跟着纷纷拿起了摆在面前的香蕉、苹果或冬枣、荔枝等水果吃起来。吃的场面，让谈判会场的气氛变成一个和谐友好的座谈会了。看着这场面，在座的公司高管们脸上都映出了阳光。

董宏理晃动着脑壳接着说："矛盾解决呢，需要坦诚地沟通，沟通好了，许多误解与矛盾不就化解了？俗话说'乔迁之喜是千百年的大好事'，大家新迁本来应当欢喜快乐才对！所以我希望大家多给广大业主们做一些解释工作，不要再任着性子闹了；广场上挂的那些标语横幅也不中看，是在毁自己的脸面，我们希望尽快把它们撤下来。"

刘总接过话头："刚才董总说得是。自己的小区名誉，还得靠自己维护。大家住在一起应当皆大欢喜，让别人羡慕。大家有幸能住进这个小区，不管是现在还是将来，许多人还是羡慕的。"

业主代表们脸色都缓和了许多，有的似乎还露出几许羞惭的笑意，预示一场急风暴雨过去，天气转晴。不过，一旁的赵聪灵一直在担心还有一个惊人的问题没有被人挑出来。接下来果然就有一位不识趣的人，把公司高层们都在担心的问题，不留情面地抖出来了："报纸还登了，阳光国际城称国际建筑大师安田鸠山设计也是假的，这个事情是怎么回事呢？"随之，在场的业主代表们，目光重新竖了起来。

公司方稍一凝神。刘总打着哈哈就说："你们相信吗？这……怎么可能有这等事呢？我们是一个大品牌地产公司，堂堂千亩大盘，总不至于在这许大事上造假吧？你们现在看一看，我们小区的规划是不是很大气？是不是很有国际风范？是不是与国内设计的小区不同？"

董宏理接腔正色道："这事情，我们正在向《清江商报》讨说法，必要的时候，也许我们会拿起法律的武器维持声誉。"他喝了一口茶水，又道，"社会上一些用心不良的人毁我们小区声誉，其实也是毁各位业主的面子。大家一起生活在阳光国际城小区，小区的声誉就是广大业主们的共同荣耀，你们难道愿意自毁荣耀吗？所以，千万别听一些居心不良的人煽风点火了！"

其他几位副总也"是啊是啊"地附和。业主代表们静静地听着，不吱声,脸上隐隐露出了愧色。

抓公关事务的副总一边做会议纪要,一边拟好了一份简明的谈判协议书。他清清嗓子便说:“刚才跟双方和谐友好地沟通后,我做了一个简单的会议纪要,现在念给大家听:阳光国际城首批交房,业主方提出了许多问题,现推举出五名业主代表与开发公司领导当面进行了坦诚沟通,消除了许多误解,现就有关存在的问题达成以下共识:一、开发方同意在15天以内办好房屋验收合格证交给业主;二、15日之内,就房屋铝合金窗架与购房合同附件约定的品牌差价,核算清楚退还给业主;三、业主方不再吵闹,尽快办理好新房移交;四、业主方撤下悬挂在小区广场上的四幅不良横幅……”

刘总接过纪要看了一下,便递给了业主代表们:“你们看一看,还有什么需要补充的;如果没有,我们双方都在会议纪要上签个字。”

业主代表们相互传阅了一下,然后交头接耳了一番,表情有些流露出对“生米煮成熟饭”无力回天的落寞。随后,几个人迟迟疑疑地相继在上面签了字。而后刘总接过来签了字,公司其他几位与会人都签了字。走出会所,刘总一行开车便回公司。董宏理看见守候在外面的业主们,纷纷围着他们的五位代表打探双方谈判的结果。

翌日,悬于广场两侧的抗议标语撤了下来。有一部分业主首先心平气和地办理新房接收手续了,另一些余气未消的人,也嘟嘟囔囔地跟着接收了房子。罗经理既欢喜又担心,她偷偷打了电话给董宏理说:“董总,房屋第一次验收称不合格,公司能不能在半月之内办好验收合格证呀?要是办不好,到时候又不好交代了。”

董宏理回答:“这个你不用担心,公司有足够多的办法把事情办好。只要我们舍得破费一点,现在哪有办不成的事情呢?”

赵聪灵作为会场服务生旁听了这一次谈判,他从董宏理及其他高管们巧舌如簧的成功辩驳中,进一步领会了做文化营销的高明精妙。做房地产文化推广在亦虚亦实、真真假假中,像抛出一个无形魔圈,套住了一批消费者,让人迷迷糊糊深陷于梦幻,等清醒过来才大呼上当,想反击却又抓不到把柄,最终只好哑巴吃黄连接受生米煮成熟饭的事实。

至于阳光国际城项目是不是由国际建筑大师安田鸠山设计，赵聪灵感觉这恐怕是一个难明真相的悬案了……

为了进一步息事宁人，公司搞了一次业主联谊的音乐宴会活动。席间，售楼部的美女们出场，挨个给首批业主敬酒，业主们的余怨又消失在音乐的美妙与美女们的柔情谈笑中。

这一场事态的平息化解，让赵聪灵见识了公司上层处理危机的老到，自己又从中学到了另一层新的能力。

31

周末下午,赵聪灵被同学刘宾邀去参加了一个江边地产营销界的沙龙活动。活动是自助式的,每人 50 块钱,在一个休闲会馆包下了一处大包厢,可喝茶聊天,有卡拉 OK 可供跳舞娱乐,会馆还提供一个集体晚餐。赵聪灵第一次参加这样的沙龙活动,蛮有新鲜感和兴致,觉得同行们有这么一个交流的机会很好。

刘宾隆重地向大家介绍说:“这位新加盟我们沙龙的朋友赵聪灵,是江边市鼎鼎有名的大盘阳光国际城的推广部经理,企业内刊主编。”刘宾看上去是这个沙龙活动的核心人物之一。

有人便接腔说:“我们早认识哩,赵经理是以前《江边晚报》楼市版的赵大记者。”

“哦,那就好,那就好!”刘宾说,“既然早就相识,大家就好好交流,我们都得向赵经理多学点楼盘推广的高招。”

“哪里哪里,我今天是来向大家学习的。”赵聪灵谦虚着,心里还是为自己作为知名大盘的策划经理而颇有几许得意。

赵聪灵首次参加这样的业内活动,有些生分,一时与他人融不到一块儿。他随意找了个地方坐下来。他发现其他人大多彼此熟络,三五成群聚在一起自在地吃瓜子等零食,聊天,气氛使人感觉不出“同行是冤家”的狭窄气,倒是表现出“物以类聚、人以群分”的融洽与亲切。这一帮在房地产业拿着高薪、坐拥市场风云的人,穿着谈吐一个个显得牛逼十足。同行论道呢,似乎也不遮掩,话头放得很开。这一帮穿戴优雅、言行举止不无绅士风度的人,也都算得上房市的弄潮儿,他们既为开发商、为自己挖空心思牟取利益,也给当地政府促进 GDP 增长作贡献,紧盯的便是购房者们的腰包。赵聪灵想:当初与草根百姓们一同对房价同仇敌忾,眼下自己亦与他们分道扬镳,转而与地产商们融在了一起。

赵聪灵听到身边一个在地州市做房地产营销代理的钱总谈三线城市的楼市:“这些年地州市的房地产市场也尾随一二线城市,很快热了起来,好些暴发户都认为房地产好发财,聚集资金搞起了房地产开发。这些大款们除了擅长于找关系,对开发完全不懂,策划销售方式的一揽子事情都是交给代理公司操心,他们发的是轻松财。”钱总接着又说,“这样也好,我们代理公司就有事做了。”

一位在省城江边代理一个别墅项目营销的周总,苦着一副脸讲他服务的地产公司老板也是第一次做开发,不懂操盘道道,为人又实在。首期开发他们建议把推广工作做好、卖期房;老板却坚持要把房子、园林建成之后再卖现房。谁都知道,刚建好的小区只是一只丑小鸭,结果是办实事弄巧成拙费力不讨好,消费者看到毛坯项目,反而不以为然。结果是销况事与愿违,反而不如其他形象推广做得好,不如内在品质欠佳的楼盘卖得好。

钱总表示认同说:“现房的观感本来就不如效果图来得有吸引力。房地产营销不同于一般的商品,主要靠做形象推广和生活方式做文章去激起购房者对未来的联想,他才会心动才会掏腰包。造房实际上就是给消费者造梦,谁事先把梦描绘得美轮美奂,谁就卖得好。”周总发感概说:“有时我也痛恨这些购房消费者,他们有时就是不知好歹,被忽悠也是活该的。你看看,阳光国际城卖得那么好……”周总说着,忽然住了口,因为他突然看到了坐在身边一语不发的赵聪灵，便转口道："赵总啊，给大伙介绍一下经验啊！你们项目那么偏，暗厨暗卫的房子还卖得那么火，让江边市民傻呆呆地去疯抢……你们是怎样蒙人的？使了哪般魔法或者迷魂药？你应当给大家介绍介绍经验，让同道们学点招数啊。"

钱总接着起哄："对的！赵经理，大家都疯抢你们阳光国际的臭户型，你得介绍你们项目营销的高招！"

"我们其实没有什么经验可介绍哩，我也闹不懂那些买房的人，为何老盯着我们的房子要买，别的地方就是不去。"赵聪灵故意卖关子，想搪塞过去。

"赵经理啊，来参加自由沙龙，就是为了相互交流经验，你可莫玩深沉哩！"周总不无扫兴地激将说。

"没有，没有的事。我是真心向大家学习来的。"赵聪灵说。随后他找了借口说上卫生间去。

洗手间回来，赵聪灵又听到了几个人正在谈论，江边市有名的商业大盘天河国际商街营销代理商炒房的事情，便感兴趣地凑了过去。从谈话中听出那个正在说事的壮硕青年，是天河国际商街开发公司的营销总监，他说天河国际商街开盘时，临街门面是 25000 元/米^2、内街门面 15000 元/米^2，还卖得那么好，连公司老板们都不敢相信。后来代理商不停地要求我们涨价，涨价后那些未销门面卖不动了，他们还要求再涨价。我们就感觉奇怪，公司总经理就暗中指使人扮客户探底，才摸清了代理商在搞内部炒房。

"代理商也炒房？他们怎么炒呢？"赵聪灵禁不住地探问。

与天河国际商业街的营销总监交谈才得知：许多代理销售的中介商是炒房的老江湖，也是房价飙升的有力推手。他们在开盘时就自己买下来一些好的门面或套房，待一次次涨价后，就把买下的物业再出手。一两个月的时间，一处门面几万、十几万的差价就赚到手了。

赵聪灵"哦"了一声，他想起网上批判房地产代理商为一己之利炒高房价的事例。他又在心里暗叹，如今房地产哪个环节捞钱都有的是机会。

一会儿，赵聪灵听到一堆人在嚷："唐总啊，你的营销代理公司专门在地州市做商业项目发了大财,听人说你专做第一,你代理的项目推广主题动不动就是'华厦第一步行街''中国商业第一街''华中第一商街''某省第一广场',最小也是市、县第一商业广场的,说说你只盯着第一、不做第二的推广秘笈呀。"又听到另一处人在讨论:"一些开发商只重销售不重推广是一个大失策。其实楼盘销售除了一些小技巧发挥,基本上是程式化的操作。策划推广才真正有运作的大空间,能把滞销的死马医成热销的活马,能把热销再卖出一个好价钱。"

赵聪灵听得兴味盎然,受益良多。从这些分散在江边市其他各处项目乃至全省各地的业内人士的谈吐看,处处楼盘都是一派热销好景。现代人似乎买房都买上瘾了,一生努力地积攒钱财买房,或首次置业,或不停地换更具品质感与时代潮流的新居。前几天欣欣同他说,她手下的一个做生意赚了钱的客户是第三次换新居了,这一回是冲着阳光国际城的大牌名气而来的。

赵聪灵身边的周总突然站出来高声说:"阳光国际城的赵总,你不能光来听啊,你也得谈谈阳光国际城营销的蒙人高招,大家说是不是啊?"

大家停住了交谈,齐声附和说:"是!"齐刷刷的目光,再次汇集到了赵聪灵身上。

赵聪灵一时觉得自己被架了起来,内心又多少有点陶醉于自己初来乍到,却一下子成了全场关注的明星人物。他定了定神,只得硬着头皮说:"我呢,其实没有什么好谈的,我们只是实打实做事。大家一定要我说,我就说对于阳光国际城营销成功,我最大的体会是,要做好项目优势卖点的挖掘,把项目资源整合到位,让推广出彩。这些功课做好了,项目品牌自然就会闪光。"他有些拘谨,话也说得一本正经。

刘宾特意强调说:"大家听好了?这就是成功大盘的经验之谈。把优势卖点充分发掘出来,再精彩推广出去,这就是江边首个偏僻的千亩大盘热销的秘笈!大家鼓掌欢迎赵总,向我们同道朋友贡献他珍贵的炒作经验。"

有人说道:"我们这个沙龙就是要这样,相互交流,共同提高。"

刘宾提议说:"我们跳跳舞,唱唱歌吧,大家都放松放松。"

于是音乐响起,大家跳起舞来才发现女宾太少。几位女士被先下手为强的男士邀下了舞池,其他人只好继续坐下来聊天。赵聪灵发现谁都对他客客气气的,似乎都把他当做了名牌大盘的大牌策划师看待。

晚餐大家一起欢聚,赵聪灵发现菜的质量也很不错。平心而论,他感觉参加这样的自由沙龙活动,也是蛮有一番趣味和收获的。

散场时,刘宾拍了拍赵聪灵的肩膀:“赵经理,我们的沙龙活动不定期举行,到时我们会提前发手机短信通知大家的,希望你每次都能来参加啊。”

赵聪灵点头欣然答应。

2007 年春节放假前夕,阳光国际城项目公司在江边一家休闲宾馆召开了第一组团开发总结表彰大会。

会场悬挂出“阳光国际城 2006 年庆功年会”大红横幅,灯光明晃晃地照着喜庆的场面。主席台上公司高层领导一个个满面春风;台下员工们脸上也一个个都挂着笑容,谈笑风生。刘总声音洪亮地做总结报告:“在公司上下共同努力下,阳光国际城第一组团开发 42 万平方米建筑面积、总计 1500 余套房子,已在 2006 年末脱销,完美收官。这个销售业绩,横向比较于 2006 年度江边房市,成绩位居第一。纵向比较于阳光国际城在全国 12 座城市 15 个项目的销售业绩,也位居第一……”全场响起雷鸣般的掌声,经久不息。

之后宣布先进个人名单,欣欣获得销售冠军,奖金 5000 元……

先进集体名单,推广部被评为先进单位,奖励 2 万元……

公司全体员工的年终奖金,将在放假前全部发放到位。

最后公司寄语全体员工,新年再接再厉,创造新年第二组团开发业绩的新辉煌。公司将会有更优厚的奖励回馈给员工。

会后,大家又是两天一晚尽情地吃喝玩乐庆祝一年的大丰收。董宏理注意到有一个人一直玩得闷闷不乐——那便是谢晶。因为年中的处分,她只能得到一半的年终奖金。因此在大家的欢庆氛围中,她显得有些失落。

董宏理找了赵聪灵吩咐说:“部门 2 万元奖金分配时,就多给谢晶

1000 元吧,你把这层关系同部门的其他同志协商好,莫要闹出意见来。”

赵聪灵满心欢喜,因为他看到谢晶郁郁寡欢的样子,本来就有一份恻隐之心。从这一个细节,赵聪灵再次感觉到董宏理虽然在市场上挖钱有狠招,但对下属是一个心地仁慈的人。

2007年新春佳节。阳光国际城的房子因在平时卖得好,春节的前夕现有房源已卖空。大家不单欢喜地拿了奖金,还可以休长假。而他们从同行中得知,其他不少楼盘为了抓外地返乡的客户,一般都在初四上班迎客,还有楼盘为了抢节日客户,初一都没有放假,搞"初一上门送红包"的活动。置业顾问们常年守在售楼部,平时节假日也难得正常休假,连春节也不能够好好放下身心来享受阖家欢乐,因此内心就更多了一份惆怅。因此相比之下,阳光国际城的营销人员,就显得十分优越与轻松,被许多同行姐妹羡慕。在休完十天假回单位上班时,他们相聚一起热聊各自的过年趣事,自足之情溢于言表。辞旧迎新,无论是单位还是个人都有一份鲜嫩的憧憬。对于董宏理和赵聪灵及其公司来说,他们希望的是阳光国际城第二组团的营销能够像第一组团那样销得痛快淋漓,并且再度大涨价。

新年上班,董宏理主持首次营销联席会议。他致辞说:"项目第一组团虽然完美收官了,但第二组团的营销依然面临着挑战。现在江边市的楼盘如雨后春笋般蹦出来,都在哄抢客户,竞争压力很大! 所以,希望大家把节日休闲情绪尽快调整过来,恢复到紧张的工作状态。千万莫认为,阳光国际城项目储备的意向客户很充足,不必担心;潜在客户是有流动性的,需要去跟踪、维系好关系,才能把他们转化为真正的有效客户! 总之,第二组团的营销松懈不得!"

会后,董宏理摆弄着办公桌上的不倒翁,以一副随意的神态问赵聪灵:"小赵啊,新一年的工作从今天起又开始了,你对第二组团开发的推广策略有何高见啊?"

赵聪灵谦卑地说:"在董总面前我哪敢谈高见啊,我还是照董总的策略尽力把具体工作做好。"

"NO,NO,你在项目公司也干了一年多了,应当有自己的主见了。"董宏理摇晃着脑壳,认真地说。

赵聪灵知道董宏理的提问带有考评的味道,自己不能不回答了。他略加沉思,便说:"董总,那我就硬着皮头说一些浅见。"

"莫客套,随便说吧。"董宏理说完,又补充道,"哦,再告诉你,第二组团的房源,我们只分两批入市了,上半年和下半年各一批;而且户型有所好转,基本上消除了黑房子的弊端。"

赵聪灵理了理思路说:"我认为第二组团的推广主要得从几个方面入手:一是策划新颖、能吸引社会关注力的活动进行入市前期造势;二是继续从公司与项目本身寻找新的实际性卖点,比如利用临街门面设计生活配套,比如建筑特色;三是随机寻找新闻卖点,增加项目品牌的市场关注;四是建议利用样板房,进一步刺激意向客户的购房欲望。还有就是要根据市场动态变化,适时应变营销手段。"

"好,好!"董宏理眉眼跳动着,"小赵,说得好! 看来以后的推广我可以撂担,交给你做全盘操作了。"

赵聪灵害羞地涨红了脸:"董总,这,这哪行啊?!"

"怎么不行? 小赵,你今后可以放手大胆干! 我给你掌掌舵就行了。"

"董总,我虽然有点浅见,但还是不成熟的。"赵聪灵镇定下来,很诚恳地说。不过,他内心又自觉跟了董宏理磨炼至今,基本的道道也是摸清了,心里头多少有底了。

董宏理接下来告诉赵聪灵:"下周末,省委副书记兼常务副省长要来我们项目做考察。阳光国际城首期成功开发,领头羊作用也显露出来,去年岁末,江边市对阳光国际城周边几块地进行了挂牌拍卖,地价已经飙升到了300万元/亩以上的高价。其余地块,不少本土与外地的开发企业也都跃跃欲试。江边市政府正等待大发土地财了。"董宏理要求赵聪灵为省领导的考察活动准备好一篇新闻通稿,侧重点是:由于阳光国际城这个地标大盘的带动,河西的区域价值抬升了,城市化建设进程将大提速,也将使物业具有很大的升值空间。另外,就是含糊地表述省领导对阳光国际城的开发现状,做了多方面的肯定。

"可是,我们还不知道副省长会怎样说啊!"

"不要紧,先琢磨着写,反正省领导前来考察只会说好话的。"

"董总,我们项目对面那块1500亩的地,是省外一家大公司拍下的,去年年底就看到他们在做测量了,看来很快就要开工。他们搞起来了,会不会对我们项目后期的营销构成很大竞争压力?"赵聪灵又问。

董宏理一笑说:"一个新发展城区,需要有几家有底气的开发企业一起来做大手笔运作,才成气候!有言道'独木难成林,万木才是春',这里今后的人居氛围就会渐渐浓厚,城区建设也会加快进程。这样的话,也是消费者购买我们项目的一大信心支持。市场竞争是压力,也是机遇,同样一张牌,就看你怎么去打。"

赵聪灵对董宏理的佩服又加深了一层。他禁不住痴痴地想:几年后的自己,是不是也会变成董总这般职场老手呢?

省委副书记兼常委陈副省长,在江边市委书记的陪同下,考察江边河西新城区的规划建设情况,阳光国际城无疑是龙头项目和典型代表。副省长询问了阳光国际城在2006年的销售业绩后连连点头嘉许,他对公司领导说:"阳光国际城能够赢来如此显著的开局业绩很不容易,这是一种品牌效应的显示。阳光国际城是一只领头羊,将很好地带动河西片区城市建设的发展。记得你们承办过一次'为城市建功立业'的高峰论坛,你们项目的首期成功已经创造出了非凡的社会效益,为江边城市发展创造了价值。”

阳光国际城在新年开局时得到省市领导的视察与好评,这对于后期推广又是一个可以大事宣扬的契机。

针对这一次常务副省长的考察,江边各大媒体都报道得很殷勤,结合赵聪灵提供的新闻通稿做了较大的新闻报道,于是第二组团的推广又争取了一个好的开端……

董宏理伸手拍着赵聪灵的肩头,说:“小赵,好的开端是成功的一半,我们第二组团项目的营销看来又有了好兆头。”

董宏理宣布第二组团开发的推广计划时,肯定了赵聪灵的推广思路,又补充道:炒作阳光国际城首期热销市场带动周边开发,使片区城镇建设加速,进而使阳光国际城的升值潜力加大。强调房子的升值潜力,目的在于努力去吸引那些投机性买家。

关于装修出样板房,罗经理极力赞同尽快实施。她说:“样板房可以让来客事先体验未来生活的美好;装修出精美的样板间对刺激客户购买、尤其部分犹豫客户的购买能起到不可低估的作用。因为样板间能够勾起客户对新居生活的联想。”

就营销推广阳光国际城生活商街的业态规划问题,赵聪灵提问:“规划出这些店面,到时候如果不见有人来开店面,怎么办呢?”

董宏理瞪了一眼赵聪灵,说:“这个问题你来我办公室讨论。”然后宣布了散会。

赵聪灵带着困惑进了董宏理的办公室。董宏理坐到办公椅上,老动作弄了一把不倒翁,压抑着不快,一副失望和嘲弄的口气对赵聪灵说:“小赵,你这么聪明的脑子,今天怎么突然转不动了呢?售房子不像售彩电冰箱有那么多的售后服务,只要工程建筑质量没问题,房子基本上是一次性出手,没有更多牵扯。所以,你担心临街商铺规划了一类经营店,到时又没有谁来开店这些问题,没必要!”

赵聪灵认真地争辩说:“我们项目居住人口少,人家来这里买铺或者租铺做生意,肯定没钱赚的。”

“小赵啊小赵,你脑子真是卡住了!”董宏理横了他一眼说,然后摇头苦笑了起来,“我们项目位置偏没错,所以购房人顾及以后生活不便利,这样我们的推广更需要做‘完美配套’的文章,描绘出一种未来便利生活的图景,才能打消他们的顾虑。我们现在书面上规划好小区商业门面的业态,再宣扬配套的休闲娱乐设施,显示出一个大盘谋事在先的全攻略生活功能,这是一种很重要的市场信心支撑!”

原来如此!赵聪灵的思路又启开了一扇门,惭愧自己的思维还是跟不上董总。他联想起了春节期间遇上一位同学说起的一件事:他父母听信河西新市政府不远处一个商业项目的业态规划的宣传,当初重金购买了一个高价铺面,结果交房三年多,铺面无人问津。同学说,按现在河西城市发展速度,片区人气难以很快拉升,绝大多数铺面最少还会空置三年以上。为此,同学半开玩笑地对他说:“你们搞房地产的真会蒙人啊,开初什么都说得好,像出嫁的新娘似的。等房子一出手,就事不关己、高高挂起了。”赵聪灵愣愣地想:现在临到自己也要玩这样的花招了……

董宏理又说:“再过两三年,片区的开发都搞起来了,我们这里的生活也许真的便利了。做策划,脑子怎么就跳不出僵化思维呢?!这样下去,你今后怎么独立运作呢?”

赵聪灵愣着头,用崇拜的眼神看着董宏理,扮了个鬼脸自惭地说:“我的确头脑笨,还比不上你一半。董总,您的头脑里还有多少和别人不一样的营销高见啊?”因为工作上的佩服,赵聪灵对董宏理心存的芥蒂也消失殆尽,觉得董总是他此生不可忘却的恩师。

董宏理又放平语气教导说:“做营销策划就是要敢于打破常规,从不同的侧面去观察和思考问题,才能守正出奇,出奇制胜。记住,做市场策划不是搞科学研究,不可较真的!策划的高明在随机就市、灵活出牌。”

这一天,赵聪灵去了一趟营销中心回到办公室,策划师小李便告诉他说,江边阳光国际城项目获得了一个特别的大奖:国际绿色人居奖。又转告说:“董总要你回来就马上去他的办公室。”赵聪灵有些兴奋,径直朝董宏理办公室走去,却遇上了大门紧锁。折回来,赵聪灵再向小李打探阳光国际城荣获大奖的事。小李说他也不了解内情,只是从董总那儿看了那

个集团总部发传真过来的介绍“国际绿色人居奖”的函,好像是某个国际权威组织委托国内某权威机构评出的,的确是一个很了不得的荣誉。赵聪灵不禁联想起,公司也曾经常收到不少对楼盘评奖的邀约函,都来头不小,但都要收取十几万、二十几万元的参评费,措词好像都是只要你肯交钱就能获奖。董总对这些邀请参评函,总是不以为然地把函件丢到一边,说:“阳光国际集团开发的项目,参与这样乱七八糟的评奖,就显得掉价了。”眼下公司的这个奖,又是怎么获得的呢?

不久,董宏理从外头回来,一眼看到赵聪灵在,便喊他进了办公室。不等赵聪灵开口,董宏理就淡然向他说了阳光国际城项目获得“国际绿色人居奖”的事,奖牌后天总部派人送过来。他落座后,抬眼看着赵聪灵,话语清朗地说:“这是个大奖,必须得好好炒作!这是为项目第二组团走市场准备的一个大策略,一着重棋。你得准备好新闻通稿,联系好记者。”

赵聪灵笑嘻嘻地问:“董总,这样的大奖我们是怎么评上的啊?”

“咳,现在经济社会,评奖还不是花钱买!”董宏理快人快语,不加掩饰地回答,口气好像也有些愤世嫉俗。

“那,公司掏了多少钱啊?”

“你不必探得那么清,反正这是个重头奖,价值不菲!”

“掏钱买的荣誉,还要大搞宣传炒作啊?”

“这奖怎么了?这公章、这评奖单位哪样不是真的?!”董宏理突然正色道,“世界上的事情真真假假没有定论,我们不管那么多,只要对项目的后期营销有用就行!不管怎么样,这样的国际大奖在江边市地产界还是第一次获得,能够标榜楼盘的品质,是大做宣传的好材料。”

赵聪灵笑嘻嘻地说:“董总,我总觉得这样的宣传有些别扭……”

“我们做推广,总不能老是炒那几样菜吧?总得找一些新的由头和新的料理来烹调吧?否则,顾客也会吃厌啊!”董宏理对赵聪灵解释的语气和神色有点玩世不恭,道理却说在了点子上。他玩弄着桌上的不倒翁,换了一种口气又道,“再说,阳光国际城第一阶段的推广远远没达到广告预算,第二期花的这点钱算什么?今年的房价铁定还要上涨的,我们也得增加一点投入添些调味品嘛!”

“那是那是……”赵聪灵连连说。一路来董总谈笑操盘的风采，阳光国际城的品牌效应就幻影一般呈现了出来。这个楼市，真是“假亦真来真亦假”啊！

赵聪灵把阳光国际城项目获得“国际绿色人居奖”殊荣的新闻通稿发至各大媒体，各大媒体果然如获至宝争相报道。于是，这又成了江边楼市的一件大事，阳光国际城再次荣光闪耀。营销中心收获的当然是人气。

新招旧招又一通推广组合拳打出来，阳光国际城第二组团入市风头不减，销售来势依然超出同类楼盘，呈现出一派大好的景象。

2007 年，全国楼市的大环境走势一样炙手可热，生活当中的热词还是“房地产”，房价仍然继续走高。但同时，舆论界学术界关于“房地产泡沫”“拐点”论，也像水稻田里的稗草一样疯长起来。中国楼市究竟会是怎样的一个走向呢？赵聪灵虽然感觉自己已随行入市了，但面对这样的深层问题，他没有能力去看清想透。但他来了心思：好好去探究一下中国楼市超常发展的因由。因此，他一有时间就广泛阅读网上的相关文章，了解各种动态与观点。有天在浏览一个房地产网站时，他打开论坛冷不防看到了一则段子：“现在房价居高不下的原因是，地方政府要财政收入，地方官员要 GDP 政绩，房地产商要暴利，房地产从业者要高薪；市民要住好房，就只好削骨刮肠忍痛受剥削了。”看完后他不胜感慨。2006年，阳光国际城第一组团开发的42万平方米建筑面积全部告罄。这一年，江边市的新建商品房销售总面积达到了1270万平方米，房价涨幅17%，反映出阳光国际城热销背后的楼市大繁荣。江边楼市有如此巨大的消化力，也确实让人瞠目。深层的原由仿佛摆在眼前：一个异常繁荣的行业市场原本就是由社会的各种需求、各种目的推动起来的！民间，真是有洞察世事的高人啊。

破解了这道题，赵聪灵得到的不是欢喜，而是淡然。于是，他随手关掉了网页，转身去报夹拿起当天的《江边晚报》翻看。

他忽然翻看到了阳光国际城项目公司向社会公开招聘营销总监的广告。也许是董总批评过他“春节吃多了油、把脑子滞住了”给了他心理暗示，赵聪灵怀疑：现在“油”是不是又把眼睛给遮住了；要不公司好好的，怎么又在招聘营销总监来了呢?！但他揉了揉眼皮再细看：没错，广告赫然写的还是阳光国际城招聘营销总监。他顿时糊涂了，一直没有听说董宏理要离职啊，怎么在公开招聘新的营销总监了？于是他离座，偷偷去问了人事部杨经理。杨经理说：“还不知道啊？董总要走了，调到济南项目部去了。济南那个大盘的推广工作一直做得不到位、销售业绩上不去，阳光事业置业集团总部研究决定：调推广销售高手去济南市场力挽狂澜。”

哦，原来如此。赵聪灵突然间对董宏理油生了一份很浓重的眷恋情绪。一年多中随董总做事，董总对自己百般的教导与呵护，他都感怀在心，如果说平时他对董总的个人私事还存有一份偏见，现在面临离别，他的难舍之情则让这些偏见烟消云散。他又感到一种落寞的滋味：董总就要离开江边了，怎么要向自己隐瞒呢?

其时，刘总已喊董宏理到了办公室。董宏理接过刘总递过来的传真调令扫了一眼，便说：“刘总，这事我知道了，亿董事长今天已电话通知了我。”

刘总问：“那你的意见呢?”

董宏理从刘总平淡中透出几分快意的反应感觉出，他有点巴不得自己早点离去的味道。想想自己，在工作上也的确对刘总有过不少的冒犯。

于是董宏理晃晃脑壳意味深长地回答:“圣旨到了,我哪能违抗啊?”

“董总,第一组团热销,你是立下了汗马功劳的。其实,我们都舍不得你走。”刘总说这话时,脸上挂着笑,分明流露出对眼前这位喜欢我行我素、有些不把他这个上司放在眼里的下属的离去有一种庆幸。

董宏理说:“刘总客气了,这是大家共同努力的结果。也许第二任营销总监身手不凡,会给项目带来更大的利益。”

刘总忽然谦逊地说:“按总部的意思,接替你位子的人总部不另派了,就在江边市重新招聘。董总,你 3 月底走,还有 10 天的时间,你还得给我把你的接班人选务色好才行。”

“刘总,这事就您做主了吧。”董宏理说。

刘总说:“你是知道的,营销这一档子事我又不太在行。所以招聘人选的事你还得替我把把关。”

“刘总,那您就尽快确定人选,到时我见见面认识一下。”董宏理勉强答应。

赵聪灵在办公间傻坐了半天,情绪突然低落起来。然后,他迈着木木的步子走向董宏理办公室,伸手敲了两下门,然后应声走进。

“有什么事吗?小赵。”董宏理抬头问道。

“董总,听说你要走了,离开江边去济南了,真的吗?”赵聪灵有些傻傻的。

“这个,你怎么知道的?我还想在临走时才告诉你的。”董宏理眨了眨眼睛。

“董总,你为什么要走呢?我真的舍不得你走!真的,我想我们营销部的人都会舍不得你离开。真的!”

董宏理晃晃脑壳说:“其实我也舍不得离开你们啊,但总部要调走我,我也没有办法。”

“董总已经确定要走了吗?”赵聪灵再问。

董宏理点了一下头。一会儿,两人相视无语。

“那董总什么时候离开江边?”赵聪灵心情凝重地问道。

“月底离开。”董宏理答得简单,笑得勉强。

“董总，那我们再去吃一次口味虾吧。”赵聪灵突然提议。

董宏理爽朗地答应：“好啊，我们什么时间去呢？”

“就今天晚上。”赵聪灵说，“这个客得我请了，算是为您饯行。”

“好，由你请。”董宏理爽快地答应。

他俩选择了第一次在南门口街吃口味虾的那家“李记兴”百年老店，仿佛带有纪念性。这一次，赵聪灵点了一大桌，有口味虾、口味田螺及其他江边传统小吃，惊得董宏理张大嘴巴不敢下筷。

董宏理看着连续不断送上来的菜食说：“你这是怎么了？我们俩能吃得了这么多吗？”

赵聪灵好像与谁赌气似的回答：“不管，我们尽力而为吧，能吃多少是多少，吃不完的就剩下好了。”

“小赵，你这一桌菜搞得有些‘风萧萧兮易水寒，壮士一去兮不复还’的味道。何必这样伤感呀，说不好我在济南干一段时间，又会回到江边项目来的。”董宏理拍了拍他的肩膀，语气柔和地道。

“这些都不管。”赵聪灵有些动容地道，“董总，你对我情深义重啊。”

几杯啤酒下肚，两人也便渐渐豪爽起来，离愁别绪也好像暂时抛诸脑后了。边吃边聊着，董宏理不忘叮嘱赵聪灵：“小赵啊，你是个聪明人，但做房地产营销你要学的也还很多。换一个营销总监跟一跟，学一学新的经验和理念，也许对你的长进有好处。”赵聪灵眼眶有些湿润地说：“董总，但我还是舍不得你走。真的！一听到你要走，我心里就空落落的。”

董宏理说：“小赵啊，不要这样。年轻人应当敬业，把心思全放到工作上去，跟谁共事都是一样的！为了阳光国际城，你今后得力图多给新任的总监出好点子。总之，我走后，项目的营销态势只许更好，不准衰落。”

赵聪灵苦笑了一下，独自喝了一口啤酒，不说话，表情黯淡。

关于第二组团的阶段性推广卖点提炼，董宏理又嘱咐他向设计部请教第二组团回廊式建筑风格特色，推广文章应当显示出专业水平，显示出建筑设计的思想深度来，莫怕消费者看不懂。他们越看得迷糊，楼盘就越有神秘性，就越有购买吸引力。赵聪灵只听不出声，时时点点头。难忘董总把自己引入房地产业，又一路苦口婆心循循教导；眼下离别在即，他仍对自己授业解惑，赵聪灵眼眶湿润有些控制不住情绪，打心眼里舍不得董宏理。

他俩喝得很晚，酒酣情浓，离愁别绪，淋漓尽致。

董宏理定在3月28日辞行去济南。前一天，刘总将新物色的营销总监介绍给了董宏理认识。

这是一个戴鸭舌帽子的中年人，喜欢斜着深沉的眼睛看人。董宏理与他握手之间，刘总介绍说他叫朱高明，跟市房地产局李局的关系不错，有多年房地产营销经验，年轻时还是一位文学爱好者，有名的诗人，写过著名的诗歌。

董宏理一听，乐了："那好啊，我曾经跟我们推广部的经理小赵说过，文学爱好者做房地产营销很容易出类拔萃的。刘总，您有朱总相助，第二组团开发大可以放心了。"

于是刘总眉开眼笑了。朱高明也一副洋洋自得的神态。

当天下午清理办公室杂物时，董宏理把赵聪灵喊来，把他钟爱的不倒翁递给了他："小赵，离开没有什么送给你，就留给你这个不倒翁吧。"

"董总，这是你的爱物，我怎么敢要啊……"赵聪灵摆手回拒道。

董宏理说："小赵，此程我要先去一趟北京总公司，再去济南。这个爱物我再去北京那家小玩物店买一个就是；这个小玩意儿送给你，你就莫拒绝了，希望你能成为人生与事业上的不倒翁。"

听董宏理这一说，赵聪灵就伸出双手，郑重地接过了不倒翁。

"小赵，不倒翁是位良师益友！受到挫折时，他能给你毅力；工作有压力时，他能让你放松放松精神；遇上难题时，他可以给你破解迷局；思维枯竭时，他能给你灵感；有委屈时，他能教会你忍；面临困局时，他能给你抒发一下无奈；苦闷来袭时，他能逗你嘲弄一下人生……小赵，如果你真正和不倒翁交上了朋友，你就能成为人生与事业上的不倒翁！面对残酷的市场竞争，你务必做一个不倒翁！"董宏理露着浅笑，摇晃着脑壳对赵聪灵说，语气是郑重其事的。

哦，原来董总平时玩不倒翁，是在玩如此深刻的人生领悟！他双手捧握着不倒翁感动地想：董总馈赠给我的，岂止是一个开心玩偶不倒翁啊！

董宏理是坐周日下午的飞机回的北京公司总部。周六，赵聪灵又打电话给他，问要不要帮忙整理行李。董宏理在电话中婉言谢绝，称自己是一个流浪汉，本来就没有多少负累，又说晚上也还有一些要事得办。他再特别叮嘱赵聪灵周日不必前来送行了，公司会派车送他到机场。

话别，董宏理神态坦然地说："咱俩留下情感，在日后再叙旧。"

赵聪灵万万没有想到，他们晚上却相见了，而且董宏理电话中所称的晚上还有要事，原来是叫人如此哭笑不得的事。

睡梦中，赵聪灵接到了董宏理的求助电话："表弟，我现在出了点事在派出所，你赶快给我找 8000 块钱送过来……"

赵聪灵一听知道是董宏理的口音，却一时反应不过来董总怎么突然称他"表弟"，而且打电话用的是座机的免提键，但稍即他便明白了其中定有难言之隐，便回答："表哥，你到底有什么事啊？"

"你先别问那么多，快点去找钱送到芙蓉路派出所来吧。"

"好，表哥你别急，我马上去自动取款机取款。"

赵聪灵隐约能够预料到是怎么一回事了，但又不敢相信董总在离开之即会惹出那样的丑事来告别江边市。他爬下床后，急忙持银联卡跑去了大街，凑齐了 8000 元，然后拦了一辆的士直奔派出所。

到派出所看到的场面，让他更傻眼了：董宏理有些颓唐地坐在一张凳子上，平时的阳光十足全然不见了踪影；蓉蓉背对着大门坐在一隅的另一张椅子上，一手扶着椅子靠背，把头埋得很深。她一动不动的，仿佛化成了雕塑，对外界失去知觉了。室内有一男一女两个民警看守着他们。女方会是蓉蓉，是他怎么也没有预料到的。他一时心慌得嗓子发堵，哑着音轻声唤了一声："董总……"

"你是董宏理的什么人？"男民警审视着他问，仿佛他也成了牵连人似的。

"我是他的亲表弟！"赵聪灵机敏地答道。

"你回去告诉你表嫂和其他家人，对你表哥管严厉些，今后不可以再在外头乱来！"民警带着讥刺的语气道。

赵聪灵脸霎时一热，好像是自己被捉奸了一般，脸上勉强的笑容很难看。

“你哥说,两个人的罚款都由他一人承担,男的5000块,女的3000块,你都带来了?”

赵聪灵木木地点了点头。

“那就去银行交钱吧。”女民警就掏出了早已准备好的罚款单票。

男民警表情严肃地又对赵聪灵道:“这罚款,你表哥本来想自己去交,可是我们不同意!我们要求他告知亲属或者单位领导带钱来领人。”

赵聪灵强做笑颜地听着,一边斜了一眼蓉蓉,蓉蓉始终一动不动地坐着,好像全然不知道他的到来。

董宏理说话了:“表弟你先走吧,我们还有点小事想单独跟民警同志说一说。钱,我明天就取出来给你。”

“不要说钱的事……那我就先走了。”赵聪灵转身又与两位民警道别。

回到房间,赵聪灵彻底失眠了。原以为蓉蓉与董宏理好只是赌气在气他,原以为董宏理对蓉蓉只是精神恋爱,原以为蓉蓉有了自己名正言顺的男朋友便心有所归了,想不到他们还真……离开就离开好了,怎么还要留下这么一出丑陋的插曲收尾呢?!赵聪灵再联想到房地产营销推广上的蒙人伎俩,他顿时觉得世道纷尘掩盖了许多真相,让他看不透想不透。他真想鄙视一些人,痛恨一些人,然而念及自己也做过错事,也不清不白,又对谁也鄙视不起来,恨不起来了。

第二天上午,董宏理约见赵聪灵,把钱还给了他。他一夜之间好像苍老了许多,苦涩自嘲地道:“小赵,我也没料及最后会以这等羞愧的方式告别江边市。我与蓉蓉辞别,希望留下最后一次美好的回忆,结果却拖累到了她。真的很惭愧啊!”

赵聪灵也浑身不自在,不知道说什么好,他只得以一张苦涩的笑脸面对眼前的董总。接下来董宏理又叮嘱他千万要对这件事情保密,尤其是要替蓉蓉保密。赵聪灵使劲地点着头,连连说:“董总放心吧,如果我这一点都做不到,就有愧董总对我的栽培和关照了。您放心,这事除了你知我知她知,我不会再让第四个人知道!”他的一字一句,好像是从骨子里跳出来的。

赵聪灵不知道怨谁,心里像打翻了五味瓶。董总,我们明明做好了道别的,如何要再做出如此荒唐的事呢?你前一天就清清爽爽走了,多好啊!再念起蓉蓉,他苦涩地又在心里暗下决心:他会替她把这个丑陋秘密守到地老天荒。

在董宏理走后的周五下午，刘总在公司大会议室主持召开了新任营销总监朱高明与营销部的见面会，除营销中心值班置业顾问外，推广部、会员俱乐部及销售部的人员全部参加。

刘总发表讲话说：“前任营销总监董宏理因总部另有安排，现已调离。以后项目营销部的工作都由现任总监朱高明同志负责，希望大家服从领导，听从工作安排，尽职尽责做好本职工作。”

刘总说话时，赵聪灵发现朱总用鸭舌帽宽檐掩盖下的那一对深沉的眼睛珠子不动声色地把在座的都打量了一遍，仿佛想捕捉出谁敢不服从领导的蛛丝马迹来。不过，他的讲话倒是阳光十足：“阳光国际置业这么好的一个品牌，做营销理应是顺水推舟的事情。我主张鸟过留声、人走留名。我们有幸在一起共事就要好好地干一场！干出辉煌的业绩来！”朱总显得意气风发，也说得刘总一脸的欢喜，但赵聪灵听得别扭，老觉得眼前这个新上司有点怪里怪气的。赵聪灵注意到他边说话边时不时瞄一眼刘总的表情。

见面会结束后，赵聪灵被朱高明叫到了办公室。他坐在座位上，看着办公桌后边老板椅上的朱总。

“赵聪灵，你这个名字倒是蛮不错的。听董总介绍你是公司的写手，好啊！我特别欣赏能写的人。”朱总背靠着座椅偏着头说。

赵聪灵回过神来忙客气地回答：“哪里哪里，听刘总介绍，朱总才是超级写手呢，今后请朱总多指教。”董宏理离开后，虽然最后走得不那么完美，却同样触动着赵聪灵心头的依恋，他总觉得心胸空荡荡的，有些寂寞，做事提不起劲来。见识了董宏理的推广方略，再面对其他的所谓房地产营销高手，他几乎有一种“除却巫山不是云”的心态，因此无端对眼前的朱总有些不以为然。

“曾经，在那年轻时代，我呢也是一个激进的文学青年，准确说是青年诗人。曾经也写过一首被诗界争论、在社会上广泛流传的名诗。”稍作停顿，朱总又说，“写诗是有难度的。诗是最经典的文学，一行顶十行、顶一百行甚至顶一千行。”朱总谈诗时，眼中那份时刻审视人的眼神不见了，而是放射出兴奋的光芒。看来文学的确能够洗涤人的心灵。

离任的董宏理曾是文学爱好者，现在又遇上了喜欢文学的第二任上司，真是凑巧啊！赵聪灵精神瞬间振奋了起来，觉得这又是有望与新领导相处和谐的好条件。他故做惊喜地恭请朱总念几首经典诗句听听。

“你真要听啊？好吧，念给你听。”朱总坐正了身子，然后扬头摆手地说，这首诗的名字叫做：

啊——
珠穆朗玛峰啊，你真的高！
黄河啊，你真的很黄！
长江啊，你真的很长！
……

赵聪灵听着朱总的抒情朗诵，差点笑出来，但他强忍住了，连忙恭维说：“朱总，你这首诗在社会上传颂很广，也听人朗诵过，不过他们没有你朗诵得好……”

“听过吧，当年是很流行的；现在怎样就不得而知了，久违文坛了。”朱总强调说。

“这首诗写得形象、生动、通俗……应当是首经典诗。”赵聪灵评价说。

“真正能流传的诗，就是要具备这些特点。”朱总踌躇满志。

赵聪灵觉得自己随口的一个敷衍的评价，居然得到了朱总的首肯，心里也乐。谈完了诗，朱总便对赵聪灵说：“赵聪灵啊，我们文化人就得干文化事业。阳光事业置业集团是大品牌公司，阳光国际城是大品牌项目，我决定今后的推广文章主要还得进一步做品牌推广。品牌是什么？品牌的本质就是文化。现代商业竞争的趋势是什么？还是品牌文化的竞争。”

赵聪灵有些意外于朱总也能吐出如此有深度有见解的话来。眼前的朱总在他的心目中形象有所提高，领受了董宏理太多精彩的赵聪灵，仍抱有一种拭目以待的心态。

与朱总这一次深谈之后，赵聪灵开心了许多，也觉得自己与新领导的关系拉近了一步。外表显得深沉的朱总，居然也是一个有喜剧色彩的人。他想这应归功于诗歌的陶冶吧。

不几天，赵聪灵去营销中心，遇上蓉蓉就像那天晚上没有认出是她一样的，天高云淡地与她打了一声招呼。蓉蓉脸上霎时有点变色，然后也装出什么事也没有发生过的模样。

不多久，蓉蓉的男友过来了。赵聪灵突然觉得自己有一件事务必找机会去做。趁蓉蓉去上厕所，蓉蓉的男友正好独立窗前看外面的风景，他便马上走了过去与他攀谈。然后，他顺势以开玩笑的口气向他说：“老兄，很羡慕你找了我们公司的一号美女啊！美女会有很多人喜欢的，你可要看紧点。”

“老兄，你的欣欣才是一号美女呢，你也不能松劲。”蓉蓉的男友似乎感觉到了一份揶揄，也回击道。

赵聪灵不知怎么说了，便付之一笑，两人便相视打起哈哈来。赵聪灵怕蓉蓉回来，便适时走开了。

赵聪灵未料,一周后营销中心的罗经理打电话告诉他:蓉蓉辞职走了。她男朋友买的房子也转手出卖了。赵聪灵不禁有些怅然,然后又释然了。好了,现在搅扰他心思的人都走了,走了好!以后也就可以无牵无挂过真正属于自己的日子了。

中午,朱总又把赵聪灵叫到了办公室,说:"赵聪灵,现在有两个记者专访我的稿子,你好好起草一下。一个标题是《探秘阳光国际城首期的成功》,另一个标题是《大品牌,是如何打造出来的?》,都采用记者问、我回答的形式写,篇幅3000字左右。这是我实施品牌推广计划的第一步,两个稿子很重要,你一定得写好写精彩!"

赵聪灵一时有些蒙,他茫然地问:"朱总,这两篇稿子的主要内容怎么定?"

"这个,以记者问、我答的方式写;我不局限你的思维,你放开笔路写好了,第一组团你比我熟悉。写好了,交来我再做修改定稿。"朱总说。

赵聪灵带着这两个稿子的任务,把思维沉入到跟随董宏理做推广策略的一系列思路中,慢慢地把稿子写了出来。写出来后再重读稿子,自认蛮有一些独到思想和深刻见地。稿子交到了朱总手头,他边看边点头,然后称赞赵聪灵写得很不错。朱总说:"赵聪灵,马上联系《江边晚报》《清江晨报》两家报纸以软文广告的方式,在下周一见报。"

两个专访朱总的稿子分别在《江边晚报》和《清江晨报》刊了出来,赵聪灵再读这两个稿子时,他突然感觉到有哪里不对劲了。第一组团成功推广销售主要是董宏理的策略的结果啊,他朱总刚刚上马,怎么大谈起项目的成功理念?他哪能有资格来说阳光国际城首期的成功与精彩呢?这不是揽功吗?窃取胜利果实吗?我怎么这么犯傻,就听了他的驱使遂了他的心愿呢?正在赵聪灵闷闷不乐之时,朱高明的改革方案又出台了。他传赵聪灵到办公室,把新一期内刊《阳光国际城》的领导班子调整名单递到了他手头。

赵聪灵接过来一看,上面写着刘总担任名誉总编,朱高明任总编,赵聪灵任编辑部主任;内刊由原来的42P调整为64P。

朱总说:"赵聪灵同志,公司高层决定要加强内刊的领导,所以调整了

领导班子，你任编辑部主任，主体工作还是由你承担；刊物的容量扩大，栏目也应做一些调整，近两天你拿出一个改版方案来。

赵聪灵发现自己无端被撤职了，不满情绪怎么也抑制不住了。他有些生硬地说："朱总，这内刊改版是小事，关键是第二组团营销要拿出一个系统的方案来。"

朱总一惊，表情僵了片刻，鸭舌帽下的眼光突然变得凌厉起来，他声音高了几度又似乎压了愠怒说："用得着你来教导我吗？我告诉你，这就是我实施第二组团推广计划的重要一步棋！"

朱总这架式，使赵聪灵觉得如果自己再顶撞，一定会发生争吵了。不妨一忍吧。于是，他暗自把那张通知揉在了手心，闷不作声离开了朱总的房间。第三天，赵聪灵把原杂志的栏目维持不变，又增添了三个栏目的例表交到了朱高明手中，朱高明接过一看，内行似的点头称是。赵聪灵看到他这番做派，忍不住在心里鄙视他。

朱总要求内刊在一个月内编好，动员推广部的全体人员都参与写稿子，一个人最少写一篇；还少的话就从网上摘录。赵聪灵就按吩附把新刊物的目录印了十份，推广部每人发了一份，上面写着："朱总指示，每人最少写一篇稿子，半个月内交稿。"他又贴了一份通知单在公司的广告栏，上面写着欢迎全体公司员工投稿。推广部的人除了赵聪灵和文案人员，其他人都没有写过见报见刊的稿子。听说每人硬性规定要写稿，一个个都在赵聪灵面前叫嚷起来。赵聪灵笑笑摊开双手说："你们在我面前嚷是没用的，去找刘总或朱总提意见去。"

赵聪灵心里很明白，朱总大嘴一开叫这些人都写稿子，今后这个刊物编出来是一个什么样子。也好，总编是署的他朱高明总监的大名，随他去吧。他恨恨地想。

十来天后，分派下去的写稿任务陆陆续续收回，稿子的质量拙劣得不出赵聪灵所料。对于那些能够修改的，他就尽可能地做了一些修改勉强用稿。对于那些实在不能用的，他只好撤下来。数量不足的稿子，他只好依朱总的意见在网上搜集下载。作为总编的朱高明，亲自执笔给改版的刊物写了一首开卷抒情诗：

啊,阳光国际城……

啊,阳光国际城
你在这一片茅草地里破土生长了
你像城郊一个美丽的姑娘
叫购房者拜倒在你的石榴裙下

啊,美丽的姑娘
清晨的朝霞披在你的身上
你的娇容更漂亮了
姣好得我想亲亲你的脸蛋

啊,阳光国际城
你又像一位骑士
横刀立马为江边开拓一处新城
让许多开发商尾随其后

啊,阳光国际城你成功了
彩云在天上为你跳舞
清江在身边替你唱颂歌
啊美丽得不能再美的楼盘
我不知道怎么赞扬你好……

赵聪灵读着这一首诗,心里忍俊不禁,这让他一度以来不好的心情突然间纾解了很多。他在卷首语取了一个栏目名:总编抒怀。内刊稿子全部编好后,他一把交给朱总审稿,蓄意逢迎了一句:"朱总的诗才青春不老啊!"朱总踌躇满志,称赞卷首设计得不错,刊物质量比以前大有提高。

赵聪灵走出来,坏心情又上来了,忍不住朝他门口呸了一口。

周末,欣欣约了赵聪灵一起去逛马王坡建材市场,预选房屋装修的材料。赵聪灵郁闷了很久的心情,忽然轻松愉快了起来。

这一段时间来,他前所未有地感觉到了疲累。跟随董宏理时,虽说工作也忙碌,但他体会到的只是干劲十足,有激情和愉快,现在是怎么了?他现在也懒得去想,他经常无端感觉烦闷和无聊,他只有想到新房子的时候,才有一份美好憧憬。待这个三伏天一过墙体干透,他们便可以动工装修了;装修好之后,他便可以与欣欣谈婚论嫁了。

去江边市最大的建材市场逛了数百家大大小小的建材店,和欣欣商议预先物色喜欢的各种装饰用材。关于新房的装修,赵聪灵已经与欣欣达成了一致意见:请一流的装饰公司设计装修,但主体用材由自己采购,这样有利于选择适心适意的用材,也有利于保证装修质量。

前来采购装修材料的欣欣,就像飞出来含枝筑巢的小鸟一般,脚步欢快内心甜美,她牵着赵聪灵的手,时而跳进这家装潢豪气的名店,时而转向另一家高档建材专卖店逛,看一流的国产品牌装饰用材、价格昂贵的进口用材。

赵聪灵发现欣欣光看昂贵用材,便提议说:“去看看大排档建材超市吧,看有没有价廉物美的材料。”

欣欣冲他嚷道:“你农民工啊,要去选便宜货,你就不怕影响阳光国际城的形象?大名牌地产企业的金领,就得有一点高阶的消费风采!”

赵聪灵尴尬一笑说:“我是替你的钱着想呢。”

“赚钱不好好花,不等于白赚了?!”欣欣白了他一眼。

一个上午逛下来,他们都逛得小腿肚子发酸了,但在马王坡建材市场只逛了一大半。欣欣提议到一家餐馆坐下来准备补充能量,下午再继续逛。自从工作上与朱高明总监交处之后,赵聪灵一度以来都窝着一股莫名的落寞,今天一劳累又添了莫名的烦闷。欣欣要他点菜的时候,他大菜小菜一口气点了五道。欣欣讶然地说:“你发神经哩,点那么多吃得了?”赵聪灵理也不理,又冲服务员说:“哦,听说点菜成双不成单的,那就再点一个吧,来个六六顺!”

服务员忍不住笑了:“先生,就你们俩吃吗?那就够了。”服务员离开后,欣欣沉住气问赵聪灵:“哎,你最近是怎么回事,我老觉得你怪怪的。”

“人要天天那么正常干吗?”赵聪灵厌烦地说,“现在是怪人当道。”

“哎,是不是把你的内刊主编撤了,你生闷气啊?”欣欣又道。

“什么话?我堂堂省报记者出来的,还在乎那个鸟企业内刊主编啊?那个王八蛋自封总编,我才高兴呢。”赵聪灵怒气冲冲的,心里就是不服朱高明。

“对了,你们推广部现在推广什么呀,现在离第二组团开盘不到一个月了,除了俱乐部组织了一次会员活动,你们好像撒手不管了似的。现在售楼部的人气也远不如以前了。”

他又发泄似的回答:“推广什么?现在重点推广那个王八蛋!”说时,他的手机响起了短信铃声,掏出一看又是漫天飞的房地产短信广告。现在江边市开工和入市的楼盘日渐增多,他几乎每天都会收到好几条。平时出于职业习惯,他对这些同行的广告信息都会用心看一看,但此时他随手就摁掉了。

"哎,你是不是神经出毛病了?到底生谁的气啊?"欣欣打了他一软拳,"懒得跟你说了。"

正好菜送上来了,赵聪灵就开始吃饭,边夹了一块肉塞进嘴里,边对欣欣提议一起喝瓶啤酒。欣欣勉强同意……

周一上班,赵聪灵刚到办公室,就被朱高明喊到了办公室:"赵聪灵啊,告诉你一个特好消息!"

赵聪灵撩了一下眼皮,淡淡地问:"什么好消息啊?"

朱总即神采飞扬地讲述,他已通过特别关系替刘总争取到了江边电视台在本周四举行的"江边地产铿锵谈"特别节目的一个特邀嘉宾位。这可是宣传公司、宣传阳光国际城项目的特大特好机会哩!朱总把摆放在桌面的一张纸条递给了赵聪灵:"这是电视台提供的主持人对刘总的提问列表,这两天你重点给刘总写出一个精彩的话题稿,让刘总事先记熟。电视上,可千万出不得纰漏啊!"

赵聪灵听后,在心头冷笑了一声,想:你出尽了风头,现在又要拉刘总作伴了。昨日,他浏览网页时,无意中看到了朱总的私人博客。朱总不单把赵聪灵给其写的文章都转到了博客上,他自己也以堂堂总监的身份与网友们交流,许多访客对他经营出这么一个大品牌项目表现出钦佩与恭维。赵聪灵看到这个博客就想吐,啪地关了网页。但是这回,毕竟是刘总在公开场合露面的台词,他觉得自己不可能不写,而且得写好。

周四晚上,临到了刘总出场江边电视台作特邀嘉宾。白天朱总兴高采烈地通知公司各部门定时收看节目。晚上,赵聪灵坐在电视机前看到刘总风光出镜,他与江边几位地产大亨坐在演播厅与漂亮主持人侃侃而谈,很有一番大盘总经理的风采。听着刘总背得滚瓜烂熟的谈话,赵聪灵也很自足地感觉到自己写的台词还不错。第二天上班,赵聪灵发现昨晚在电视上风光了一把的刘总,脸上似乎还挂着几许兴奋劲儿。而朱高明的神色俨然一个大功臣。中午,朱总再次把赵聪灵喊进了办公室。

"赵聪灵,昨晚刘总的节目你收看了吧。"朱总眼放光芒地问。

赵聪灵只得违心地恭维道:"收看了,挺精彩的。"

"可以说是大长我们阳光国际城品牌的名气!"朱总说,眼睛炯炯有神地看着赵聪灵。

赵聪灵又凑兴讨好,说了几句恭维话。

“赵聪灵啊,我现在发现你的文才的确不错啊。好好发挥出来!”朱总说,“昨天《江边房地产》杂志向我约稿,写一篇谈房地产宏观市场走向的文章。”

提头知尾,赵聪灵蓄意装糊涂说:“这是个好事啊,朱总把这篇文章写出来,又可以给我们项目长面子了。”朱高明似乎听出了话中有话,鸭舌帽下的眼珠滚动了几下,却又放平了语气说:“我呢,又得思考下一步开盘的大事情了,哪还有时间和精力来写这个小稿啊!所以只能劳你起草一下。就把阳光国际城目前欣欣向荣的营销态势做典型例子,写好交给我修改定稿。稿子要得急,最近一期刊物就要发表出来,所以,眼下你最紧要的工作就是把这一篇稿子给我起草好!”

唉,世界上竟然有这样道貌岸然的人!赵聪灵暗自叹了一口气,揣着一份怅惘离开了。本来,他想强迫自己调整心态,依顺了这个顶头上司,与他好好和衷共济,但是,赵聪灵又老感觉和他不是一条船上的人。甚至脑子里浮想起他的形象,就会生出一种无比的厌恶与鄙视感。

回到自己的办公桌前坐下,心思难以名状,他想:我就这样乖乖地被这个王八玩于股掌吗?阳光国际城是董总率领大家苦心经营开创的局面,岂能让朱高明摘了胜利果实一次又一次地风光出尽占功己有?他心中气不平地把桌面上董总留给他的不倒翁下意识地拨动了一下,不倒翁便憨态可掬地摇摆起来,仿佛以一副玩世不恭的神态向他诉说“老狐狸”处世术。赵聪灵的心思一动,萌生了一个恶作剧的想法,心里头骂了一句粗话:“鸡巴毛的……”

他随手移动鼠标,开始在网上搜寻起来。第三天,他把朱总交托的分析全国房地产宏观走势的重头稿子交到了朱总的手头。

朱总一惊喜:“呀,这么快啊……”

赵聪灵笑着说:“朱总要得急,我当然不敢耽搁啊。”

朱总眼神异样地看了他一眼,口头说出来的却是:“小赵啊,你是我的爱将!现在都主张用文化促动生产力,你好好把笔杆子练出来,今后会大有舞台的!”说着,朱总的眼神变得很温柔了,又道,“我希望这个稿子发表出来,能够给阳光国际城项目的品牌影响力与营销,再助一把力!”

赵聪灵脸上挂着一副笑相,不语,然后问:“朱总没有别的事了吧?那我走了。”

因为被朱总指挥写这写那,忙得跟陀螺一样,不知不觉已有一个多月没有去项目部销售中心逛逛了。赵聪灵今天找了个空隙来到这里,欣喜地看到项目周边的几处挂拍地块都已挖起了地基。因为工地上的茅草被剪除了,视野显得空阔了许多。又因为四处可见施工人员,这一片曾经荒草萋萋的寂寥地方,似乎有了一些未来城市的布局雏形,让人联想起不久的将来一个新城市生活面貌就会呈现出来。赵聪灵想起董总当初提出本案推广要重点做片区开发进程的文章,是一种智慧。可是,眼下的朱总对这一个卖点不屑一顾。有什么办法呢?随他去吧。赵聪灵闷闷不乐。

赵聪灵清楚,现在阳光国际城营销中心的人气已不如从前了,置业顾问们也一个个表现得懒洋洋的。赵聪灵走进营销中心,一种难以名状的冷清感逼得他心里有些发慌。人,真是建筑的灵魂,人气一冷,建筑仿佛就变成了一个空壳。

阳光国际城品牌的市场效应正日益式微,景象与以前的热闹形成了强烈的落差。人的心态很微妙:楼盘畅销,大家齐心协力人心欢乐,即便累也精神百倍、干劲十足;职场人际不融洽、市场衰落呢,人的精神便会疲沓生烦。赵聪灵因此很怀念与董宏理共事的时光。

他走进营销中心,罗经理见面就放连珠炮一般责问:“你们推广部现在在推广什么?董总离去前布置的一揽子推广计划,怎么至今不见动静?现在营销中心的人气又变得越来越淡了,意向客户也少了很多。人心思变,又有置业顾问想辞职走人。眼看开盘不到一个多月了,第二组团房子还卖不卖?这样下去怎么办?原来积蓄的意向客户都跑掉了……”

面对营销中心目前的冷清与过去的喧闹形成的鲜明对照,赵聪灵感到了市场的世态炎凉。他又念起董总曾教导过自己的话:做市场是逆水行舟,不进则退;做市场,思路决定出路等见解,真是洞若观火,预见在先哩。

他无奈地摇了摇头，冲罗经理勉强一笑说："你找我发牢骚管什么用呢？现在推广部是朱总当家。我现在的工作呢，也是一切行动听朱高明总监的指挥。你问我现在推广什么，我在推广朱高明同志，让他借阳光国际城的名气，成为地产界明星！"

"他在报上胡吹乱侃，这样对项目宣传有用吗？"罗经理不满地说，"还有，你们最近一期内刊改版改成什么样子了！读者都说不如以前了。朱总写的什么卷首诗呀，'我要亲亲你的脸蛋'人家都在当笑话讲了。"

赵聪灵忍不住哈哈笑起来，却不回话。

罗经理气嘟嘟地又说："董总走的时候，不都拟好了一套推广策略么，怎么现在不用？"

赵聪灵这才回答说："朱总监好像故意在废弃董总的东西，按他自己的方式来。"

"那怎么行呢？小赵你也是推广部经理，你得提意见啊！"

他收了笑容说："罗经理，我现在也跟你一样苦不堪言，不知如何是好呢！"面对罗经理的着急与营销中心今非昔比的冷清，赵聪灵想起董宏理总监说过的一句话：房市人气是变动的，做市场不进则退。其中的确有深刻道理。

"那你说这么下去怎么办好？"罗经理又问。

赵聪灵略作沉思说："我看，你跟我一起去公司，找一下刘总吧。"

罗经理回答："你天天在公司，找刘总把项目现状好好说一说，不就行了？"

赵聪灵说："刘总的态度是，营销工作由朱总负责，他不便过多干预。"

"哎，那怎么行呢？现在都这样了。"罗经理有些着急地道。

"我们还是一起找刘总去说吧，这样重量不一样啊。"赵聪灵再次强调。

罗经理想了想："那好吧，我跟你一起回公司去。"

赵聪灵与罗经理争论时，其他置业顾问也禁不住时不时插几句嘴，表达出一些牢骚情绪。无形中，他与营销中心的姐妹们站到了一条战线上。

当天下午，赵聪灵就与罗经理一起去了刘总的办公室。罗经理心直口快，把那一番不满和着急的话，在刘总面前不遮掩地滔滔不绝地说了。刘总看看她又看看赵聪灵，然后若有所思、表情冷淡地说："董宏理原定的一揽子推广计划，他离开时都跟我交过底。但是现在推广部是朱总主事，朱总有他的做事思路和风格，不一定要与董宏理相同。俗话说'条条道路通罗马'嘛！他上任以来也在媒体组织过几次别开生面的报纸、电视宣传啊，我认为也还有声有色的。最近他也与我商量过，第二组团开盘的前三天，公司还会在报纸上打几期'硬广'宣传。你们，不妨先按朱总的思路做事吧。"刘总的一番话，噎得他俩不知如何应答。

刘总最后对他们说："你们各自把自己的事尽职尽责做好就行了！"

从刘总办公室走出来，赵聪灵苦笑着摊开双手对罗经理说："你看看，我能有办法吗？我们就等着第二组团开盘，顺其自然好了。"

罗经理自觉无力地叹了一口气，蔫头奋脑离开公司办公楼回营销中心去了。

阳光国际城第二组团在6月15日开盘,首批500多套房子一周内只卖出了45%,离公司预期销售70%的目标差了一大截,也落后于江边市许多楼盘开盘的销售业绩。赵聪灵觉得这一个业绩,很大程度上还得益于项目的前期推广。销绩的落差也让他体会到了“营销思路决定出路”的道理。总公司得知这一个销绩后,也大为意外。陈总裁在电话里对刘总说:“江边阳光国际城是一个走红的、树立起了品牌价值的楼盘,第二组团开盘怎么弄成这样了?!今年务必完成第二组团开发的销售,因此第二组团首批房的销售应当想尽一切办法,在8月份争取资金回笼;否则,还会影响第二批房的下半年销售。”

面对这个惭愧的销售业绩,朱总说营销中心展示出来的销控表造得假,应多贴一些表示已售房号的红五星,以便增强上门意向客户的信心。对此,罗经理撇了撇嘴不屑一顾地说:“这些小伎俩早就玩腻了,能有多少作用呢?”

面对第二组团的出兵不利,刘总也急了起来。他在朱高明面前流露

出很大的不满情绪,责令他立即想办法,无论如何得把销绩拉上去。

朱总气嘟嘟地喊赵聪灵一起赶去了营销中心,查看现场状况。现场没有来客,置业顾问们一个个正襟危坐,制服穿得严严谨谨。罗经理向他打招呼,他不理不睬。他一声不语地扫视着大家,突然心血来潮,压着声音不满地嚷道:"你们一个个穿戴整齐的,像女公安哩!就不知道松开上面一两粒扣子,露一点点胸脯吗?你们都是业务员促销员呢,总得要开放一点才能吸引客户!"

顿时,全场"美眉"齐刷刷的目光投向他的身上,他们愕然的神色无不挂在脸上。赵聪灵便忍不住笑了起来。

朱总直着脖子对着赵聪灵,然后又目光炯炯扫视了一圈全场,训话道:"笑,笑什么笑?难道我说错了吗?难道我说错了吗?"

大家收住了嘻笑,正襟危坐。

罗经理开腔了:"朱总,你看现在都没有几个人上门来,你要美女们露胸给谁看啊!难道露给你……"罗经理突然又住了嘴。

"好了好了,不跟你们说了!"朱总摆了摆手,"明天下班后全体来公司开营销会,一个也不容许缺席!"

晚上的联席会议,朱总传达了总公司的指示精神,分析业绩下滑的原因,商讨下一步营销的对策。可是会场上一个个都沉默不语。看来营销部的人对朱总一度以来的做派,都不认同或者说不满,也许是大家在感情上还没有接纳这一位总监。朱高明鸭舌帽下的眼珠把大家逐个溜了一遍,开始点各部门的负责人发问。销售部罗经理说他们都尽力了。赵聪灵回答,自己的工作一直是依照朱总的指示在做。俱乐部的张经理则说,他们该组织的会员活动也开展了。朱总问下一步促销怎么办。大家还是沉默。逼问之下,罗经理慢慢吞吞说出了大家的心声:"宏观上的思路,还得你朱总和公司上层拿主意。我们能做的是尽力执行好。"

朱总有些气急了:"你们第一组团销得好,第二组团却销成这个样子,是不是成心跟我过不去啊,成心让我难堪啊?如果是这样,我今后就扣你们的奖金!"

朱总目光炯炯地把会场上的每一个人扫视了一遍,然后说:"你们都不说话,我的主意就是加大广告投放的力度,用硬广狠狠地砸,也要砸出销售业绩来!同意的请举手。”

大家齐刷刷举起了手,显然有种敷衍的味道。

“通过。散会。”朱总气嘟嘟地说,起身离座走向了刘总的办公室。

刘总对他这种大广告强攻市场的做派颇不以为然,但面对眼下的情况又是不得不同意。谁料,两天后总公司的一位副总因项目销况的突发状况飞来了江边市。他传达了总部陈总裁的意见:想尽千方百计把第一期开发首批房预期卖掉——哪怕是用强势硬广投入。绝不能影响下一批房下半年入市。副总裁又对刘总说:“据总部研究分析,明年房地产可能有拐点出现,所以第二组团开发应抓紧时机开发和完成销售。”

总部的营销意见居然会跟自己一致!这一下朱总眉眼跳动,又神气得意起来。此时,刘总听到了公司上下都在议论,江边楼市网专访朱高明的一篇文章,朱总在以答记者问的形式大谈营销与开发理念,当记者问及“阳光国际城的营销取得辉煌成就,是你主导的结果还是刘总主导的?”他居然如此聪明地回答:“刘总是江边项目公司的执行总经理,他虽然不懂房地产营销,但人很聪明,许多事情我一说他就明白。因此,阳光国际城也是他领导有方的结果。”当记者进一步问他:“你有如此熟练高明的操盘理念,怎么不考虑自己独立出来创一番事业?”他回答:“我目前没想过要自己独立出来创业。现在公司离不开我,我也不想离开公司,我认为好人才借助好平台更能干大事业。我现在是把阳光国际城当自己的事业做!”公司的人背后议论阳光国际城走到今天,都成朱高明同志一人的功绩了,只他一个人名声在外了!为此,刘总首次满脸不快地吐露了一句话:“朱高明这个人,有些好大喜功!”

阳光国际城的硬广告,在《江边日报》《江边晚报》《清江晨报》以整版篇幅集中投放,果然炸出了效果,连续几天的销售业绩都有所回升。朱高明在鸭舌帽下的嘴脸又露出了一份得意的笑:“看你滞销!看老子有没有办法把你对付下去。”

只是,刘总对大笔大笔像水一样泼出去的广告费很是心痛了,常常表露于言词,对朱总也不那么欣赏了。其他高管对这种做法也颇不以为然。

朱总却很得意于销况回升。上午,他接到了《江边楼市》杂志打来的电话:“朱高明同志,有读者举报你发表在本期的那篇分析中国楼市走向的稿子,内容除了加进了几句阳光国际城相关的话语,90%属于网上抄袭……”

朱总放下电话僵住了,傻眼了。他立即把赵聪灵传到了办公室,眼睛狠狠地望着赵聪灵:“你老实点说,上次要你起草的那篇分析中国楼市走向的文章,是你起草的还是网上抄来的?”

“怎么,出问题了?”赵聪灵不紧不慢地说道,“朱总,你让我写那么有广度、深度和大思想的文章,又要得那么急,我写得出来么?就只好在网上抄一篇了。”

“你?”朱高明猛地站了起来,气呼呼地用手指着赵聪灵,却又一时说不出话来。

“朱总,说实话我没有义务给你写文章。你处理我吧,开除我吧。反正我也不想在你手下干了。”赵聪灵摆出一副坦然的样子,干脆来了个跛子拜年就地一跪。

“赵聪灵,算我看错了你!你走吧。”朱总埋在鸭舌帽下的脸沮丧得像阴雨笼罩的秋天。赵聪灵起身走到门口,正要拉开门出去,又听见朱总低沉沮丧的喊声:“你,再回来一下。”

赵聪灵立住,转身歪着头反问:“还有事?”

“这事,你知我知,请你不要跟公司其他人说。”朱高明脸如土色,软了语气说。

“好的,朱总,您放心,我绝对替您保密。”赵聪灵回答,开门闪身而去。眼看“聪明绝顶”、风头出足的朱总落魄如此,他心头积了很久的闷气释放了出来,如沐春风,高兴自己这一招反击得精彩绝伦。

赵聪灵回到座位,感觉到办公室里的中央空调特别凉爽,仿佛沁到了他的内心。此时,他也心情平静地做好了被朱总辞退、另择他途的准备。

但好几天,不见朱总把那一纸辞退书狠狠地丢到他的面前来。倒是自此,朱总像斗败的大红冠公鸡一般,蔫儿了下来。他鸭舌帽遮盖下那对闪着寒光的眼睛,时不时向赵聪灵投去恨恨的一瞥。但是,赵聪灵不以为然。

阳光国际城第二组团首批房源，在大量硬广投入的强力拉动下，销售业绩有所提升，价格也随市场行情逐步上涨，到8月底销得只剩下了45套房。为此，赵聪灵感叹：在红火的市场状态下，即便缺少营销的高招，用强势广告也一样能“拼”出好的销售业绩来。做营销总监，好像也并不是什么学问高深的难事情！

前后对比，公司上层开始回过头称赞前任总监董宏理花小钱做大事的高明。大家开始对朱总的这种大把扔钱做广告的方式，很有微言了。赵聪灵也遇上一些同行的嘲笑：“你们阳光国际城，现在看来也是强弩之末了，现在不得不靠大量硬广促销了。”

诸多刺耳的言语，也传入了朱高明的耳中。他特意找机会与公司领导聊天，不以为然地辩解，阳光国际城第一组团交房捅了大娄子，业主吵事媒体报道，这给第二组团营销造成了负面影响，增加了营销难度，是必然的。他接的是一个烂摊子，是临危受命。眼下能够力挽颓势，已经是很不容易了。

对此，刘总很不满地对他说：“第一组团交房的小插曲化解及时，其负面影响面是极小的。”

眼看，第二批房源又将推出，怎么办？还用大量广告投入去促销吗？这样促销还会继续显效吗？这种搞法，也不是阳光事业置业集团的一贯行事风格。刘总第一次避开朱高明，单独找了赵聪灵商量推广对策。他好像突然想起了董宏理离开了，好在他的门生赵聪灵还在公司。

“刘总，你要是真问我的意见的话，我建议你还是尽快向总部争取，把董总要回来吧！”赵聪灵看着刘总，直言不讳地说。

刘总看了一眼赵聪灵，说：“你跟了董总那么久，难道你自己不能给公司出些好点子，好策略吗？”

“刘总，您高看我了！我感觉自己现在是肩膀嫩，挑不起大梁啊。到时误了项目的大事，可不得了！”

刘总略作沉思状，然后点了点头说：“看来只有把董宏理再弄回来了。”

董宏理是在傍晚时分飞回江边市的。刘总和几位高层领导晚餐为他设宴接风。翌日上午，他来到了推广部的办公区，高兴地喊了一声："小赵——"

正在悠然浏览网络的赵聪灵回头一看，闻声站了起来："董总，是你啊！你回来了？"此时的赵聪灵，已然全忘了关于董总的不愉快的记忆，眼下久别重逢只有无比的欢喜。

董宏理一张娃娃脸笑着，说话时还是喜欢摇头晃脑的："我说过，我可能还会回来的嘛。"

推广部的其他同志，邻座的俱乐部的同志都站了起来，都对董宏理笑脸相迎，亲切地喊"董总"。董宏理四面点头，热情地喊"大家好"。这一番不亦乐乎的场面，就像一位受人敬重的老师因故离开了一批学子们之后，师生团聚再共谋未来，因此大家心情都很欢喜。

董宏理便把赵聪灵喊到了自己的办公室。他看到董总办公室又有了一番熟悉的情形，其办公桌上又摆上了一尊新的不倒翁。赵聪灵突然想起好几天没有看到朱总了,估计是在几天前就悄无声息地辞职走人了吧。

“董总,又有了一尊不倒翁啊。”赵聪灵脱口而出。

“当然,这是我的随身伙伴嘛。”董宏理笑着说,“哎,小赵,我送你的那尊还在吗?”

“董总送我的礼物,我怎敢不珍惜啊。”赵聪灵回答,“我把它放在办公桌上摆了一段时间,怕丢失,就搬回到我的住处了。”

董宏理问起第二组团营销的情况。赵聪灵把朱高明接替他之后的一些推广行为说了一个大致。董宏理说:“你怎么不提醒提醒刘总呢?”赵聪灵回答:“我多次提醒过,可刘总听不进,只相信朱总。”董宏理不作声了。沉默了一会儿,他便分析出朱高明总监的动机,说:“朱总大概在玩一箭双雕,借阳光国际的品牌推广也风光一把自己!可是,做品牌推广得遵从市场规律,多琢磨消费心理,从引诱消费的角度去做文章,让购房者感觉到买阳光国际城的房子是最佳选择与荣耀。你从购房者之需求去吹捧,人家才买账。你自恋狂老自吹自擂,购房者就反感,不买你的账!”

赵聪灵觉得董宏理的点评是在对他传经授道,也一语说到朱高明总监的要害。他瞬间慨叹:董总与朱总,的确是两种层次截然不同的人品与行事风格。随后,董宏理邀赵聪灵陪他去营销中心走访。罗经理一见到董宏理,清亮的眼睛就溅出兴奋来,不知说什么好。其他置业顾问也一个个神情欢喜,站起来纷纷跟董宏理打招呼。

“董总,你还不回来,我们这个江边楼市的第一品牌项目差一点玩不下去了。”罗经理苦着脸说。

“莫要危言耸听啊。”董宏理扭扭脖子,开心地说,“我现在又回来了,大家就齐心协力再好好帮助我,精彩地干一场吧!把第二组团痛痛快快地销出去!”

“好!”置业顾问们嘻嘻哈哈异口同声地回应,“好啊!董总回来了,我们就有信心了。”

董宏理突然发问:“怎么没看到蓉蓉?”

“蓉蓉在董总离开不久就辞职走了。”有人回答。

董宏理“哦”了一声,便不再说什么。

赵聪灵的心头掠过了一丝别样的心思。

面对第二组团第二批房的下半年营销，董宏理重拾年初离开江边阳光国际城前制定的一揽子推广计划，开始着手逐步实施。原计划在项目广场搞的老爷车展，已来不及筹备，董宏理就与赵聪灵商量想改成比较简便、能快捷操作的其他活动，但是他们一时又想不出可替代的好点子。

傍晚，董宏理邀赵聪灵散步，一起叙谈叙谈。他问小赵对眼下市场状况有何妙招高见。赵聪灵笑嘻嘻地说："现在公司上下都寄望于您，只有您能让项目起死回生呢。"董宏理苦笑了一下说："我也不是一尊神啊。"他俩肩并肩走到了灯光璀璨的"韩国街"。这个项目是前两年竣工交付使用的，经营状况一直不佳。现在又面临着经济大局不景气，生意更显萧条。他们晃晃悠悠来到了"韩国街"的中心广场，意外地发现：一个颇有规模的"玉石奇石展销会"正在举行，倒是吸引了一些顾客在流连，或者购买。董宏理快步走向展场，兴致很高地观赏起来，不时对一些天然玩石、雕塑出来的工艺品发出赞叹声。赵聪灵也跟着观赏，不时喝彩。看了一圈，董宏理找卖主攀谈起来。攀谈中得知，这一帮搞奇石展的人来自云南，常年在全国各地巡回展销。他们流转到江边市才两天。

董宏理突然对一个负责收钱的黑脸膛男人发问："你是老板吗？我们给你免费提供展销场所一个月，还免费给你打展销广告，你们去不去？"

黑脸膛男人点了一下头，用疑惑的眼神看着他，仿佛一时没有反应过来。于是，董宏理又把话重复了一遍。

摊主满脸的防备神色，戒备地高着声调反问道："你们是什么人？为什么要免费邀我们去做展销？"

闻声，摊主的其他几个同伙表情严肃地围拢过来，俨然准备应对可能发生的不测。

董宏理看着这番局势，乐了。他笑嘻嘻地道："你们放心吧，我们邀你们去搞展销不是骗局，没有其他意图。我们是做房地产的，是江边市最大的房地产项目。我们是想借用你们的展销，吸引更多人去我们的营销中心，这样就能够增加我们售楼的概率。"

摊主听后，神色释然，同伙的紧张也松懈了下来。摊主的黑脸膛上渐渐展出了欢喜:“如果这样的话,好啊! 你们如果不收我们的场地费,还给我做广告,我们就愿意去。”

“当然,我们实际上也是为自己卖房子嘛。”董宏理肯定地回答。

董宏理当即与主人谈妥初步意向,承诺等把活动的前期准备安排妥当后,就过来与他签合同,邀请他们迁去阳光国际城的会所做展销。

回程的路上,董宏理显得特别的快活。赵聪灵也对董总做事风格的与众不同心领神会:表面是给了对方很大的便利,实际上阳光国际城是借机办推广活动,也替公司省了一笔不小的开支。董宏理说:“不单是省钱的问题! 小赵,做策划的人就是处处留心该学问啊! 你去琢磨琢磨石文化,玉石与奇石不但是价值贵重、有个性、不可多得的稀珍,又可以作为穿戴或居室的装点,也可收藏,是高贵情趣与身份的象征,其品位、品质、内涵认知,正好可以同阳光国际城主张的高尚生活品位相类比。再有,爱玉石和奇石的人,都是讲求品质、讲格调、有消费能力的人,这批人无疑也是我们的目标客户。把他们吸引到阳光国际城的会所来观赏、选购玉石与奇石,就容易对阳光国际城房子的‘精品、个性’产生联想,进而产生好感……”

董宏理的一番见解与策略,说得赵聪灵连连叫好,他久违的崇拜情愫,又升腾了起来。

不花一分钱代价,就换来了一个很有特色的促销活动,一时间让公司上上下下无不惊异,都快乐地称:董宏理这个人,一回到江边就出手不凡! 是不是在哪里得了道,所以做起事情来可以呼风唤雨!

阳光国际城广场的奇石展活动,通过几家电视、报纸媒体发布出去,果然吸引了一批精英白领纷至沓来观赏购买。冷清了好久的营销中心,借着活动的举办再度热闹起来。十天下来,项目第二组团第二期的尾房,几乎没费多大劲,就顺利地销了出去。为此,刘总眉开眼笑地特意在南门口街包了一处大排档,请全体职员大饱口福。刘总带领大家给董宏理敬酒。

自此,公司人员纷纷感慨:这个董宏理有种! 他一回江边,气象就不一样! 阳光国际城后期营销大有希望了!

赵聪灵关注到2007年初秋，神州大地上的房地产市场像高烧不退的天气一样炙手可热；人们将热钱投资取向都寄托在楼市上。北京、上海、深圳等一线城市房价一周一涨，消费者疯狂抢购。同时，上海的“汤臣一品”海景楼以其120000元/米^{2}的天价成为高价房市的极端代表，让人们为之咋舌，被网络和全国媒体引为话柄，众议纷纭。同时各地地价也快速飙升，地产大鳄四处跑马圈地的消息不断被报道，各地“地王”接连涌现。高价房市高价地成为众矢之的。一份出自江边市房地产局信息中的监测数据显示：从居民购房次数来看，二次以上购房居民比例较高。按照购房身份证统计占全市购房比例的14.37%。近期对长沙市100个楼盘（2003—2006年上半年开发的楼盘）以家庭为单位调查统计的结果，二次以上购房比例达到了49.34%。投资性购房目的是二次以上购买的主要动因。分析认为投资性购房过高，就会带来较高的金融风险。资料又显示：2006年全市共办理抵押登记手续42028起，抵押面积737.67万平方米，贷款金额约171亿元，同比分别增长13.39%、8.89%、16.18%。江边市目前住房空置率达20.8%,高出国际警戒线一倍。媒体报道楼市的新开工面积仍在激增。董宏理在分析了楼市这些大气候环境后认为,房地产市场虚火过旺,泡沫迹象已经很明显。

其时,国家为了平抑房价和地产投资过热,再次采取提高存贷款利率,提高第二套房首付比例,责成地方政府增加廉租房、经济适用房开发并快速投放市场等等一系列措施,设法为过热的商品房市场降温。许多地方政府声称坚决要把房价降下来。与此同时,网上对美国的房价持续下跌不断报道。业内和社会出现了“市场拐点即将出现”的言论。以任方祥为首的一批业内人士,又站出来声称“地产无拐点”,两种观点争论不休。国内一部分地区开始出现消费者持币观望的现象。江边与全国楼市一样出现了“极端气候”现象,董宏理和赵聪灵分析认为阳光国际城第二组团的第三批房,务必在10月1日上市才行,争取“金九银十”的时机力拓销量;否则,春节后全国房地产市场走向难料。

由于工程进度问题,第三批房拖到10月中旬得以入市。开盘一周,销出了60%,业绩算是不好不坏。进入11月,中国地产拐点即将出现的舆论渐渐占了上风,网上舆论、报纸新闻、市民闲谈都在大事渲染房价即将下跌。同时,沸腾的舆论开始清算起高房价的缘由,有的说地产商谋求暴利,有的说开发商灰色开销太高、把之计入成本抬高了房价,有的说地方政府的高地价使房价飙升,有的说投资过热,有的说炒房推高了房价等等不一而足,总归一句话:目前高房价属于病态,事出有因,必须要降下来老百姓才能安居乐业。

入冬,媒介大事渲染:季节寒流入侵全国的楼市,许多大中城市成交量下降,房价回落的城市不断增加,百姓持币观望的气氛进一步形成。《江边晚报》《清江晨报》等地域主流媒体也报道说,市房地产局的统计资料显示10月份江边房市成交量、成交价环比与同比都呈现出了下降趋向;江边市民持币观望的现象也显然呈现。赵聪灵觉得这个冬天其实不太冷,铺天盖地而来的舆论,才是真正的寒流,让江边的楼市显得萧条,各处售楼部——包括阳光国际城的营销中心人气,一天比一天减少,变得门前冷落车马稀。

面对阳光国际城的销绩江河日下,刘总急得坐立不安,不停地向董宏理要对策。董宏理支吾着没有拿出好办法来。刘总看到报纸上房地产促销的广告在不断增多,就主张再采用以前朱高明的“花钱打硬广”策略,与同行对垒火并。可是,几期广告发布后,“疗效微弱”,成效远不如前。对此,赵聪灵在董宏理的授意下,访问了几家在用硬广拼市场的楼盘,也都是“同病相怜”。

罗经理反馈营销中心收集的客户信息:许多意向顾客都认为房子会普遍大降价,他们表示要等房子跌价再买房了;那些炒房客户,也偃旗息鼓进入了冬眠。

而后,江边楼市打折、让利促销的广告,不断增多起来。价格战,似乎露出了苗头。“金九银十”,已明显出现了强弩之末的迹象。

对此,董宏理提出了一个逆向思维的策略:以“品牌楼盘不跌价”作口号,打了几期阳光国际城的营销广告,低迷的销势也不见扭转。公司高层开了几次营销研讨会,仍然一筹莫展。在这个寒冬,公司办公室的情绪低落了下来,没有了从前项目旺销时的笑语欢声,悠然自得。这番景象对比,就像春暖花开与肃杀冬天一样判然有别。

董宏理在冬天的寒风中望着苍茫的景色,口气不无苍凉地对赵聪灵说:“小赵啊,现在看来,房市已走过了火热的夏秋,进入寒季了!楼市的拐点真正出现了!”

从2007年底开始,阳光国际城第二组团还剩下200多套房,陷入滞销。其时,阳光国际城的均价亦随楼市水涨船高蹿升到了5900元/米^2。

面对下落的销况,刘总突然变得十分慷慨,主张再加大硬广投放力度!董宏理摇摇头说:“寒潮来了,你点几团火,能够改变冬天的气象吗?还是省下这些木炭钱吧。现在高明的应对是,静观市场动态,以不变应万变。”

董宏理一副凝思状,对赵聪灵说:“我想到冒险的两招,不知还能不能管用。”赵聪灵忙问:“董总,什么高招啊?都这时候了,我看就不妨一试吧。”董宏理没有正面回答,只喊了赵聪灵一起去营销中心。

他们来到营销中心。室内空空旷旷地只有七八个置业顾问。董宏理对罗经理说:“不妨试一试‘逼成交’法与‘美人计’吧。若有来客看中了哪一套房子却又犹豫不决,置业顾问就称该房已经有好几位意向客户了,要买就最好赶紧定下来。要不就逼成交,要不就把他逼走。”罗经理笑笑道:“我们不逼,人家都自动退场了,我一逼,上门客户只能逃得更快了。”

董宏理又道:“那‘美人计’呢?你指导你的姐妹们试了没有?”罗经理反问道:“你就是要置业顾问们各自发挥出美女的魅力,像磁铁一样把上门来的男性客户吸引住吧?”赵聪灵在一边禁不住笑出声来。置业顾问们的表情,好像脸上都有些挂不住。

罗经理苦着脸说:“董总,你知道小静这阵子,为什么很少来上班吗?”

董宏理反问:“为什么呢?”

罗经理回答说:“这几个月她搞‘恋销售’,迷惑了三个帅哥,都在阳光国际城买了房;鱼上了钩,她就和他们说‘拜拜’。结果呢,这三个男青年隔三差五就来找她,吓得她现在不敢来上班了。我们的美女们为了多搞定一个客户,就像‘白骨精’迷惑唐僧、猪八戒一样,百般招数都使出来了。”

董宏理一听,也止不住地喷嘴笑了,然后不再吱声了。

看着这场面,赵聪灵算是领教了董宏理的下策!跟随董宏理学做策划以来,这是让董宏理最不让他佩服的一回了!他心头首次感觉到:眼前这个“运筹帷幄、决胜千里”、市场推广高招总是出人意料的上司,原来也有黔驴技穷、对市场困境束手无策的时候。

他们回到公司办公室,正与刘总碰了个照面。刘总知道他俩从营销中心归来,便问了前线的情况。而后,他半玩笑半逼促地对董宏理说:“董总,你也没策了?调离江边几个月,是不是营销思路也短路了啊?”

董宏理咂了一下嘴巴,晃晃脑壳就回答:“刘总啊,眼下大势所趋,哪一个楼盘想独挽狂澜,恐怕请出神仙来也是没辙的了。”

2008年的春节前后，气候再次陡转恶劣。一场历史罕见的冰雪灾难，突如其来。世界冰封雪裹，城市交通阻碍，许多街道小区停水停电，生活秩序一下子乱了套。抗冰救灾成了江边市的头等大事。银装素裹的世界，也把百孔千疮暴露了出来。江边的房市，似乎也被冰雪冻结了，售楼部门可罗雀。阳光国际城已基本没有客户了，于是提前关门放长假。

寒潮延伸到年后的春天，江边楼市没有回温迹象。房地产统计出的资料通过媒介报道出来，2008年一季度房价涨幅略有下滑但仍在攀升，成交量减少了32%。《江边晚报》楼市版刊出了一幅漫画，画的是消费者与开发商强悍对峙：一方叫喊“我就是不买房了，看你降不降”，另一方也嚷道“我就是不降价，看你买不买”。漫画形象地反映了房市买方和卖方呈现出一种胶着状态。同期报纸又有文章分析，江边市写字楼的租售比严重超过了300:1，住宅已近临界点，表明房市已呈现泡沫前兆。其时，银行信贷突然收紧，许多待开工的项目戛然而止。楼市，仍处在冬寒未退的状态。

阳光国际城一季度才销出30多套，而且销况走势令人堪忧。按照集团公司对江边项目的开发计划，年中就要着手阳光国际城最后一期别墅加部分洋楼的开发，由于江边市乃至全国房市呈现整体萎缩现象，江边阳光国际城也颓势明显，第三个组团的开发便决定暂延。董宏理与公司高层进行研讨，召集营销联席会议商量对策，都找不出比较妥当的促销策略来，因此整天眉头紧锁的。赵聪灵也为自己无能替董总分忧而苦恼着。

一天周末，赵聪灵与董宏理相约一起又去南门口街吃口味虾。现在董宏理对江边市的口味虾情有独钟了，几乎隔一段时间就与赵聪灵前来享受一次口福。这天，他们一边吃一边漫不经心地聊天，不时看着大厅墙头的电视节目。电视正插播一个新保健品广告：一位知名医学保健专家正对该产品绘声绘色地鼓吹其神奇功效，还有消费者对服用后效果明显的现身说法，使得该保健品在市场迅速蹿红，受到消费者的追捧。赵聪灵顿时来了灵感，悄声对董宏理说："我们是不是也找出一位房地产界的知名人士，来充当阳光国际城的购房客户，然后让他现身说法做推广、拉动一点市场呢？"

"可以啊，小赵。这种促销办法江边的楼盘好像没有谁用过，我们可以试一试。"董宏理说。

董宏理和赵聪灵为他们找到了新的思路，兴奋地碰了一杯啤酒，仰起脖子咕噜吞下肚……

上班，董宏理即找刘总商量"名人促销"的策划思路："找到江边大学建筑学院院长、全国知名建筑设计家郑鸿教授来阳光国际城购买一套房子，公司给他半价的大优惠，条件是：让他以一个自然购房者兼业内专家的双重身份现身说法，对阳光国际城做高评价的点评，强调品牌楼盘的保值品质。我们就借他大做推广文章。这样，既能够影响社会购房者的心态，更有希望带动高校里的一大批教师跟随来阳光国际城购房。"

刘总若有所思地点头同意，却又皱了皱眉嘀咕："半价是不是让利太高了点？"

董宏理知道，刘总精打细算的毛病又上来了。

他无奈地苦笑了一声道："刘总，我们滞销的房子总值还有一个多亿呢,您算算贷款利息一个月有多少。如果收到预期效果,我们送他一套房子都是无所谓的!"于是刘总皱了皱眉头,没异议了。董宏理授意赵聪灵拿出策划方案马上实施。刘总出面,请来了郑教授到公司做客茶话。谈笑之间,董宏理借机提出了他代言一次楼盘广告。郑教授客套了一番后,便愉快地同意了。当天,双方就签下了一纸协议书。这一招能不能凑效呢?赵聪灵心头有些忐忑。

董宏理让赵聪灵写好新闻通稿,在几大广告合作的报纸上发出了国内知名建筑师郑鸿教授做客、点评阳光国际城的消息报道。

赵聪灵撰写的较大篇幅的软文,同时在江边的两大主流报刊登出来。果然,冷清好长一段时间的阳光国际城营销中心,来访人数有所增加,而且来客绝大多数是附近高校的教职员工。看到自己的计策初步见到预期效果,赵聪灵颇有几许自得。

按媒体报道出的信息,5 月份江边楼市的成交量继续下落。而阳光国际城逆市飘扬竟然原价销出了 52 套房。其中,有 32 套归周边高校的教师购走。这个促销举措虽然没有达到期望的目标,但公司上下都一致认为,相比于整体气候,此销绩已经是很不错的了。董宏理和赵聪灵聊天时感慨:如果此促销方式提前到第二组团首批房源入市采用,或许促销的放大效应就远远不一样,或许第二组团至今就已完美收官了。

董宏理在办公室若有所思,下意识地摆弄着不倒翁,感慨地对赵聪灵说:"小赵啊,我们的市场策划其实也像给庄稼施肥。庄稼旺长的时候你去施肥,就肥效显著。如果在季节到来庄稼衰萎的时候你再施肥,肥效也就微弱了。还有就是,拐点出现,投机性购房者锐减,房市一时难再振作起来。"

他们一起分析着楼市现状。北京奥运会的临近,江边市民与全国人民一起,日益沉浸在百年奥运到来的狂欢氛围之中。阳光好像普照到北京的奥运赛场去了,对于中国的楼市与股市来说,衰秋在夏天就已悄然到来。购房者与开发商的博弈似乎开始见分晓。其时,媒体报道出中国地产老大万科率先大举降价销房,并引发了前期高价购房者群体要求退房的风波。全国大中城市的房价开始普遍停涨,许多楼盘都采取了降价或者打折扣让利的方式抛售。大气候环境中，江边市的楼市也不甘人后似的，成交额日益降低到了冰点。不少楼盘也沉不住气地打折销售，或买房送装修、送小车、送国外游。其中，500 亩大盘清江花城第三期开盘竟然以低于第二期价格每平方米近 1000 元入市，使得阳光国际城第二组团的高价购房者群体上门吵事，要求退房。事情闹大了，江边市政府又不得不出面调解。因为从法律上认定，在市场不同时期所签订的房屋买卖合同合法有效、不存在欺骗行为。后来事情不了了之。

不久，江边市房地产开发协会按政府的授意下了一个内部文，要求各地产企业不要大幅度降价销售，以免引起新的动荡。董宏理对赵聪灵说："楼价只有上涨才有市场繁荣，政府调解矛盾之外，应当出手救市才行。"

到处洋溢着奥运的气氛，国人似乎把买房的事情也暂时忘却了，各处售楼部更加表现得门前冷落车马稀。

赵聪灵的出租房附近有一个大的超市，每逢周末，就见到勤工俭学的大学女生举着××楼盘让利大促销、××花园买房送装修之类的牌子示众，散发传单。赵聪灵站在一棵林荫树下看着这番别出心机的促销情景，一片落叶从他面前飘落，触了他的心思：这如夏日般红火的楼市，怎么也会像秋天到来一样，说萧条就萧条呢？他又心想：人哩，真是一个矛盾的动物，市场蒸蒸日上时，他有些同情买房的人被开发商榨取了腰包；现在萧条呢，他又有些替开发企业着急。

在办公室聊天时，赵聪灵幽默地对董宏理说："现在全国人民都在狂欢，只留下开发商、股民和前期中短线炒房客相拥在一起，黯然神伤、相互安抚了。2008 年股市普跌中，房地产股更是跌得一塌糊涂，哀鸿遍野。2008 年，是阳光与阴影并存的一年。"

董宏理说："奥运过后听说又会发生奥运疲惫症，今年房子的销路怕是没有多少指望了。"

阳光国际城截至 7 月底还滞留有 118 套房子，而且多是中大户型。公司本来也有打折抛售的想法。但是，媒体报道出全国不少城市出现因楼盘降价，引发原购房业主吵事的事情，公司高层研究决定，阳光国际城不参与折价竞争，原价能销一套算一套，维持品牌大牌的形象。其时，为了稳定房市，江边市政府也学其他地方政府出台了一个内部规定：不准随便大幅度降房价促销。

赵聪灵和欣欣的婚礼是选择在2008年8月8日这个别具纪念意义的日子举行的。新婚他们搬进了装修豪气的新房。新婚的喜气，冲淡了赵聪灵在事业感觉上的低落。

硬撑的房地产市场依然一步步滑落低谷。阳光事业置业集团采取了顺势退守的策略，秣马厉兵于9月份在北京开展推广部优秀中层干部奥运会观光与培训。赵聪灵办完婚礼后即去北京参加培训，正好借机带欣欣同往北京度蜜月去。

因为市场冷落，公司各部门基本处于无事可干的状态，江边阳光国际城项目公司也采取了放假、裁员、普遍减薪的计划，流动性比较强的销售部裁减了一半人员，其他部门人员，大多拿基本工资待岗休息。公司所有员工的各种奖金及部分补贴被取消。对此，赵聪灵心头倒也没有怨言。

欣欣陪赵聪灵在北京参加三个月的培训，之后两人又一路往北旅游了新疆、西藏等地，痛快地享受了一番爱情与花钱的洒脱。虽说今年收入欠丰收，但他们积攒的厚实底子，让他们的生活没有欠年的情绪。当他俩带着几大袋旅游纪念品回到江边市时，已是2008年年尾了。

赵聪灵与董宏理阔别重逢彼此都很高兴，又相邀一起去南门口街吃口味虾。赵聪灵向董宏理说起了北京之行和蜜月旅行的一些事情。董宏理告诉他现在江边各处销售部普遍门可罗雀，房价震荡下跌，同往年年末火暴的营销景象形成鲜明的反差。不过半年下来，阳光国际城在不降价的情况下，在江边乃至全国房市一片哀鸿遍野的情况下，也卖出了15套房子。

“这15套房子说明一个什么问题呢？小赵。”董宏理问。

“说明什么问题？”赵聪灵茫然地反问。

“说明我们项目的品牌效应依然有星火余焰未熄！”董宏理说，“我们希望今后这‘星星之火，可以燎原’！”

赵聪灵被董总的幽默逗乐了，他说：“有董总在，星星之火，一定会再燎原起来的。”

2009年的春节前夕,冷清的楼市让人无所事事,精神不振。阳光国际城项目公司大多提前休假,董宏理也早早回湖北老家过年去了。

新年的早春仍然氤氲着冬天的寒意,寒意也浸透在全国楼市的肌体和骨骼里。江边市一处高档楼盘以低于原售价1500元/米^{2}的价格抛售近20套尾房,结果引来原购房者跑到售楼部要求退还差价。开发商不敢露面,售楼人员落荒而逃,结果售楼中心的玻璃被砸,公安到场才把事态平息。赵聪灵从电视上看到这一则新闻,也不禁后悔自己买房心太急,如果等到现在再买的话,会节省一大笔钱的。欣欣就对他嗔道:"哎,你买房还是靠房地产发的财呢!市场如果早就这样,你到哪儿挣钱去?还不是照样买不起房!"他哑口无言。

江边房市的交易状态几近停滞,媒体传出的开发企业大喊"救市"的声音有些歇斯底里。这种情况下,中央到地方政府出台了一系列扶持房地产市场的政策措施。二手房转让免征营业税政策从5年降至2年,购新房契税减半、免收印花税等。中部省会江边市的房价虽然没有出现大起大落,但成交量也出现了震荡下跌。为了扶持下滑的市场,江边四个区政府分别发放购房消费券,依据国家政策,按揭降低首付门坎、利率下调、按揭利率7折优惠,允许使用公积金贷款购房,开发项目一部分费用可缓后交纳,同时媒体也用各种舆论鼓励市民购房。

春节后楼市依然春寒料峭,直到春暖花开的4月,市场才似乎出现了回温的兆头。《江边日报》报道,2009年4月,江边市商品房住宅市场成交量50.15万平方米,同比上涨35%,环比上涨42%,成交均价同比上涨5%,环比下降9.0%。说明楼市状况从中央到地方扶持房地产市场一系列优惠政策出台后,首次呈现了"小阳春"势头。

赵聪灵看完这篇报道后,便找到了董宏理说:"现在房市开始复苏,我们项目第三期的开发是不是可以着手准备了?"

董宏理玩弄着案头的不倒翁,边笑笑说:"小赵,是不是现在没多少事情做,觉得不好玩了?"

赵聪灵点点头说:"好像是的。"

"你认真分析了这个'小阳春'是怎么一个'小阳春'吗?"董宏理把玩

着不倒翁,不经意地问道。

"怎么一个'小阳春'?"赵聪灵有些迷茫地喃喃道。

董宏理分析说:"这除了政府出台的优惠政策诱惑了极小部分置业者之外,主要是江边市停建经济适用房,出台政策对符合经济适用房条件的购房者实行现金直补,并硬性规定必须在申请后一年内购房消费,这样刺激了一批自住性置业强撑市场。现在绝大多数想改善居住条件的二次置业者、投机性购房者,基本处在持币观望的保守状态。你再看报纸的楼市广告,那些滞销楼盘,依然还在折扣让利促销。"董宏理一语说得赵聪灵点头认可。举眼望窗外,天色阴沉沉的。

"房价同比小幅上涨、环比仍然大幅度继续下落,说明什么?"董宏理又问。

赵聪灵摇头,他惭愧自己在房地产界混了两年多,在董宏理总监面前还只配做一个诚恳的听客。

"这同比上涨仅是针对2008年年底、房市价格跌到了最低谷的时候略有回升,而环比2007年价格依然在低水平波段运行,大多数开发商依然按兵不动。再就是全球经济形势与全球性金融危机远未见底,世界经济加速下滑,这种时候,房地产真正的阳春能够到来吗?"董宏理道,"再说,我们第三组团属于别墅、洋房高端产品,没有等到楼市复苏的真正时机,是决不敢贸然行动的。"

赵聪灵连连点头表示诚服。他说:"董总说得是!我买的那个楼盘,至今也还有一部分尾房没有销出去。红火时他们一天能销十几套,现在的尾房几个月下来也同样卖不出几套房了。其他许多楼盘的尾房景况也都差不多,比我们楼盘销况还惨,说明市场整体回升的大气候没有到来。"

董宏理与赵聪灵进而聊起了市场消费心理话题。中国的老百姓呢,也的确缺乏理性消费能力。以前房价疯涨的时候,他们也随着疯狂抢购。现在购置税减半,许多楼盘价格本来很低了,你去购房还能享受政府直补,按揭利率能够享受银行7折等等利好,一套100余平方米的房已经让出一部价值8万—10万元的私家车的利润了,可是购房者硬是愣着脑壳不买房了,还希望房价再继续下跌。他们好像压根不知道开发商已经被跳水的房价和沉重贷款负担逼得在喊爹喊娘了。购房者恨不得再逼房老板几步、让他真的跳楼。开发商都跳楼了,然后,他的楼盘就会真的不见成本贱价处理掉,这样购房者就高兴了！眼下这种状况,政府不再以炒房为异端,然而炒客们大多数也都不出手了。市民平时大呼房价增长过快,现在变相降价,他们也都只是坐视观望了。他们坐在冷清的办公室看新闻,边谈楼市现状和走向,不时发出喟叹。董宏理感慨道:"市场的理性哪里去了？所以我说,市场永远是感性跟风的!"

晚上,赵聪灵突然想起给表姐等不少曾向他咨询买自住房的、买二套房做投资的亲戚朋友打电话,告诉他们现在正是房价抄底的时候了,建议他们"该出手时就出手"。他找出电话本,试着打了几个电话,建议他们说,眼下正是买低价房的大好时机,今后必定有升值空间的。然而,这些亲友一个个在电话中反诘他——"现在这状况,还能购房啊?""再等等看,房价现在还会继续下跌呢!"……亲友们的非理性表现,验证着董宏理的描述,让他有些哭笑不得。赵聪灵感慨董总对房市消费心理的现状分析,洞若观火,的确入木三分。

2009年5月中旬,江边市破获了一起因高利贷借贷绑架案。

江边市南城区一个独栋开发的小盘,在2007年年底楼市全面滑向低谷时硬着头皮开盘,结果开盘即陷入严重滞销境地。该盘是四个股东凑钱搞的开发。2006年,他们看到全国房市一派兴旺发达景象,就趁涨水撒网,想到楼市"捞一票"快速致富。他们债台高筑注册了一家房地产开发公司,其中一个老板借了2000万元的高利贷无力偿还,结果遭到了放贷者的绑架索款,有的开发商逃到了国外躲债。媒体网络报道楼市高利贷投机现象十分普遍,房市受挫后,房地产信贷出现危机,类似的案件在其他城市也有发生。同时,媒体又曝出一个用连环抵押连环借贷炒房的炒家,因四套房子出不了手,被债务逼得服毒自杀。楼市寒潮因资金链的断裂与事态变化进一步表现得凄风苦雨,哀鸿遍野。江边市政策在因楼市而起的案情相继发生后,开始全面调查全市开发企业的高利贷情况,决定采取相应防范措施。这一番市场情形,颇有些像一场洪水过后,河床裸露杂物横陈的满目疮痍。为此,身陷囹圄的房市投机者苦不堪言。聊到这些话题，董宏理与赵聪灵禁不住欷歔叹息，怨国家没有把房地产纳入4万亿促动内需的救助计划之中。

赵聪灵陪董宏理在市郊的一个农家乐边钓鱼，边聊眼下楼市的状态。房市低迷，情绪低落，竟然连鱼也不上钩，使得这一场没事找事的休闲意兴萧然。董宏理边收钓竿边对赵聪灵说："小赵，我们到餐馆点一条鱼吃中餐去吧。"

赵聪灵突然怅惘于自己转行房地产业后还没有过足一把瘾、美美风光一场就遇上了整体业态的萧条衰落，很不甘心似的。他冲董宏理问："董总，这种市场状态应当会很快过去吧？"

董宏理眉头紧锁，懒洋洋地回答："谁知道呢？我们只能坐观大局走向了……"

趁着市场衰落无事可做的休整期，赵聪灵与欣欣都觉得有些无聊，便想到了去学车考驾照。他们双双选择了同一个驾校报名。赵聪灵对欣欣提议说，如果他们俩一同通过驾考，就马上取出存折上的款子买一辆车；当然能力有限，眼下又是行业低谷期，只能买一辆普通点的。欣欣就斜了他一眼说："买辆大路货，就不如晚一年再买辆好的，开出去也不怕丢面子啊！"

"现在楼市都这种状况了，还怕丢什么面子？"赵聪灵争辩。

欣欣不服气地朗声道："我就不相信，房地产市场会继续这么低落下去！"

赵聪灵忽然心神一振，也便笑着附和说："行行，但愿托你的吉言！我们就先拿到驾照再说吧。"

40

暮春的一个上午,董宏理与赵聪灵一起来到了项目部。新生的太阳有些晃眼,空旷的大地上爽风吹拂,鲜嫩的绿色正在树头与地面散发生机。熠熠的太阳光下,阳光国际新城周边几处项目打了几个月的地基,又突然在北京奥运会开幕那一段时间停工了。现在工地上的茅草又长了起来,掩盖了工地上的坑坑洼洼,片区因此显示出了缺少人气的荒凉。房市低谷一年来,江边市停建的项目也是一大片,几乎没有新开工的项目。这些闲置下来的开发地绝大多数是2006年至2007年全国圈地角逐运动中落下的结果,使无数大大小小的开发商身陷其中。阳光事业置业集团也不例外,现在正被几宗囤积的土地背上沉重的借贷包袱。刘总从北京总部开会回来,描绘亿董事长现在整天是愁眉不展。

赵聪灵说:"这美国次信贷危机也够狠的,江边报纸往年楼市广告喧哗,今年就显得清冷了,能看到的就是几个打折促销或大惠清盘的楼盘广告了。"

营销中心静寂得就像一场洪水退却后的港湾,几位守摊的置业顾问无所事事,也显得百无聊赖的。曾经人气鼎盛的其他各处售楼部,现在几乎都是一派门前冷落车马稀的情形。清风在会所前的广场空旷地吹拂,这场面让人有些心痛!

董宏理和赵聪灵在外头兜了一圈后,走进了阳光国际城营销中心。懒洋洋的置业顾问们便支起精神来与他俩打招呼。他们告诉董总,2009年至今7个月了,第二组团第三期房源埋头苦干才卖出30套房。现在,整天难得有一个人走进营销中心来。

罗经理说:“近期倒是不时有一些投机客户来营销中心,进门就问打多少折,想捡大便宜来的。在当今房市“降声”一片的大环境下,他们以为我们楼盘也会搞甩卖了,结果没降,就发牢骚离开了。”罗经理提议说:“市场行情都到这个地步了,阳光国际城的近百套尾房是不是尽早降价抛售算了。”董宏理有些无奈地说,这得等总公司下指示。

因为生意清冷,他们一起聊天说事似乎也提不起劲来了。待了不多久,董宏理与赵聪灵就一起离开了。一路上他们言谈很少。现在房市大局有让人回天无力之感,但他俩的神情上都流露出不甘心的神色。

阳光国际城的局面,好像是江边楼市的缩影,而江边楼市俨然又是全省乃至全国的缩影。这番市场低迷的大局,似乎让人感觉有些无可奈何。

他们在项目周边溜达了一圈,再回到办公楼。赵聪灵对董宏理说出了一个酝酿已久的意见:“董总,抛售尾房让资金回笼,我倒是有一个意见。”

“什么意见?”董宏理落座,随手拨动了不倒翁漫不经心地问。

“现在鼓励买房利率打折首付降低,公司是不是可以把滞销房假卖给内部员工?公司付首付供按揭,等今后房市回温了,公司再解约把房子收回来重新出售。滞销房压死的资金不就提前回笼了?”

董宏理眼睛眨巴眨巴就张圆了,表情有些夸张地一手拍在赵聪灵的肩上,说:“小老弟,好主意!你这个高招怎么不早说啊?!”

赵聪灵欢喜得有些害羞地回答:“我,我也是前几天才突然想到的……”

“真是个好主意!真是个好主意!小赵,你出师了!胜过师傅了!”

董宏理高兴得差不多失态了。

按赵聪灵的思路,阳光国际城的近百套尾房很快就“销”了85%,只剩下12套房了。在秘密操作中,给每一个挂名买房的员工都做了一些适当补偿,一些有顾虑的员工也不勉强。这套方式又被集团公司推广到其他分项目,江边阳光国际项目公司得到了总公司的表扬嘉奖。刘总高兴之下,特批公司私下里奖给赵聪灵1万元。

时间一转眼到了11月份,2009年的冬天是一个暖冬,反弹的房价渐渐推高,到阴历年底再次出现新一轮报复性上涨,就像一场不正常的冬天大雨引发枯江水涨,把用石头压着的葫芦冲上了水面似的,房价再次成为社会关注的醒目浮标。

董宏理与赵聪灵通过媒介信息得知:国家4万亿资金刺激内需计划正不断显示出效果来,国内经济逐步转向企稳向好的局面。低迷的房地产市场在差不多休眠了两年之后,北京、上海、深圳等一线城市的一手和二手房交易不断上升,房价也出现了较快攀高的势头,许多热钱纷纷投向房地产。网上传出一则热读的戏剧性新闻:曾经一度成为热议焦点的上海的天价楼盘——汤臣一品,从2005年入市,四年间只卖出了7套房;2009年下半年居然“咸鱼翻身”,到8月底已痛快地销出了55套。在一线楼市潮头的带动下,江边市的楼市也在下半年出现整体向好,交易与房价双双上升,诸多积压房源开始被市场消化。因为两年来新开工楼盘锐减,江边市现在部分新楼盘出现了热销态势,并且价格反弹上涨。社会再度传出房价在明年还会大幅度上涨的风声。疲软了一年多的房市,现在看来真正开始恢复体质,阳气振作了。

赵聪灵去江边阳光国际城营销中心,发现旁边两处停工的工地不知何时复工了,使冷清的河西片区再次出现了忙碌景象。周围的另几块空置地,在10月底的一次招拍会上,居然被各路开发商争相角逐,价格也蹿升到了450余万元一亩。片区地价的走高,让阳光国际城项目公司的高管们心头快活,得意于地块在市场低潮期也坐收渔利。

阳光国际城也成为江边楼市回温的风向标:假按揭销售之外所剩下的12套房,以原价出手很快销完。董宏理分析认为:因为诸多项目停建,现在江边房市也出现了房源存量严重不足、供需矛盾突出的局面，建议公司适时着手对40多套套现的内部假购房进行处置。顺应着楼价的涨势，阳光国际城的房价上提8%，行销时再采取一次性付款优惠3%、按揭优惠1.5%折扣的政策。董宏理嘱咐营销中心尽量推销给一次性付款的客户，这样省了按揭转户的麻烦。得知曾经“假买”的房子要真卖时，公司一部分假买客户又提出来要求按原价买下。

“照原价？那怎么行呢?”刘总说，“只能按现在的楼价行情。”

赵聪灵提意见说：“公司内部的人以前做假顾客替公司套现，现在要真买、享受一点优待也是应当的。”后来董宏理出面斡旋，最后公司出台了一个折中的内购政策：照现价多优惠1.5%。结果内部人员还是嘟着嘴嫌优惠得太少，说开发商眼里真是只有钱，贪得无厌，缺少人情味。大家一致相约不出手买。

但外来买家在一个月内把这40余套房抢走了32套。掐指粗略一算，公司轻松多赢利了一百多万元。这段时间，赵聪灵走访了几处其他楼盘的售楼部，发现看房买房的人气也普遍明显回升。暖风吹得董宏理和赵聪灵的心情又快活起来。董宏理与赵聪灵一起谈市论道，不时发出歇斯底里的大笑声，仿佛也在抒发一种报复的快感。

趁着房市雄风振起的势头，人事部杨经理把东借西借苦撑按揭的三套房子出手，居然美美地大赚了一把。因此，杨经理以往的苦脸也冬去春回，面容也天天春暖花开了。公司有一部分当初想买房却未买的人，面对快速回升的房价终于坐不住了，一边赶紧出手一边又颓然喟叹这两年的班白上了。市场情态的此一时彼一时局面，让赵聪灵不胜感慨：楼市起落变迁，真是风云莫测让人捉摸不透啊，眼下楼市转机的出现，真有些戏剧性。

阳光事业置业集团根据目前的房市大动态，于12月初召开三天“房市走向研讨会”，集团12个项目公司高层经营人士都参加。于是刘总和董宏理去北京参加了此次会议。会议研讨结论认为：2009年中国经济企稳向好，GDP全年保“8”无悬念；全球经济也处在了全面复苏期。在这样一个大背景下，目前全国楼市成交额与价格的较快上升不属偶然，属于楼市的暖风真正吹回来了，开始春江水涨了。于是，集团公司研究决定“该出手时再出手”：全面启动所有暂停的项目，马上进入预备状态，在2010年再度一展宏图。

刘总与董宏理回来立即召开了项目公司的高层会议，传达总公司“房市走向研讨会”的精神，针对江边阳光国际第三组团别墅与洋楼的开发做准备。

2009年12月开始着手推广造势、积累高端客户资源的开篇活动是：在12月25日请全国知名的房地产经济学者赵小小，亲临江边举办一场关于2010年房产市场形势分析及走向的演讲。业内人士都知道赵小小是一个很有个性观点的学者，社会知名度大，尤其在网上人气很旺。现在房市又在峰回路转的端口，阳光国际城项目公司请他前来江边市发表高见，显然是很有吸引力的。因为赵学者将至，赵聪灵突然间为自己姓“赵”而感觉了几分荣光，并对这位鼎鼎大名的家门学者的精彩表现生出一种期待。

董宏理紧急通知营销部待岗的人上班，投入活动的前期准备。活动前在《江边晚报》与《清江晨报》两家影响面大的报纸登了广告，又让推广部与销售部抽人手帮助俱乐部清理堆积如山的会员资料，遴选高端客户，并一一邀请他们前来听讲座。赵聪灵起草了一份介绍阳光国际城第三期产品的讲话稿和一份新闻通稿。赵小小来江边演讲的事情已由总部拟定。

讲座如期举行。公司选择的能容纳2000人的大礼堂座无虚席。这个活动虽不如以前那次“为城市建功立业高峰论坛”搞得声势浩大，但到会的人数足以显示出人们购房的热情开始回升，对江边阳光国际城举办活动的热捧。

讲座由刘总亲自主持，他在开场白中说了一段极有个性的话，让会场气氛一下子活跃了起来：“……我认为现在还未结束的金融危机没有什么不好！大家看，2008年至今那些地产巨富的财产纷纷缩水、房价大跌让广大置业者得到实惠、买得起房，物价下降也有利于老百姓的生活。金融风暴有什么不好的？因此这里我提出：让金融风暴来得更猛烈点吧！”

顿时会场一片嘘声,欢笑声,掌声雷动。

而后董宏理作了关于公司强势发展与江边阳光国际城第三期产品的推介。活动是营销的载体与特别方式,这一点当然是不可更改的。董宏理在推介中除了强调产品的大师设计,还特别强调了第三组团高档小区规划有人工湖,靠近清江,住宅可以临湖观水的水景文化特色。而后赵小小走上主席台进入主题演讲。背景投影屏幕显示出他演讲的主题:没有房地产,就没有新中国!

好雷人的一个标题!会场掌声自然响起,听众的情绪再次提了起来。赵聪灵的心弦也被这一个演讲标题拨动了,求知的兴致陡然涨起。

赵小小清亮而抑扬顿挫的嗓音响了起来:"亲爱的朋友们,今天很荣幸受阳光国际置业公司之邀来到地理、人文风光独美的江边市与大家一起侃谈'房地产市场走势'的大话题。"

"2008年北京奥运会带给了中国好的国运,让世界聚焦中国,但中国的房市与股市的表情却是一副苦脸。

"2009年下半年以来,房市与股市随着宏观经济的企稳向好再度崛起,房价快速地反弹,让业界在冬天里提前感受到了明年的一派大好春光。

"因此,我对2010年的楼市充满美好而又兴奋的期待。我今天要演讲的主题大家在投影屏幕上看到了:《没有房地产,就没有新中国》。

"伟大领袖毛主席带领工农兵闹革命,推翻了旧社会,建立了新中国,这个话题就无须我多讲了。随着历史的发展,新与旧还在运动。所以,我们需要永远去创建新中国。学生写作文、官员做报告常写道'祖国日新月异',就是这层意思。"

会场出现了一阵如微风荡漾的欢笑声,随即掌声响起。

待掌声过后,赵小小继续以煽情的肢体语言和声调发表演说。"邓小平作为总设计师提出的改革开放政策让中国大变了样,现在中国加快脚步往城市化发展,城市一年一年地在变大变美。大家想想看,是什么在变?是城市的建筑空间在变,是房地产引导城市的面貌在变!现在市民的生活日益优裕,优裕主要体现在哪儿?体现在住的质量变化,住得越来越优越了。从这些表面的现象，我们很自然地能推导出一个主题——“没有房地产，就没有新中国”！

如潮的掌声再次送给了赵小小。赵小小演讲的激情愈发高涨。小小的个子在台上神气活现，身子都像被激情拔高了一截似的。他清了清嗓子切入正题：“下面，我将从以下几个方面来说明今天的演讲主题。

“其一，房价过快增长有问题，但是房价下跌所带来的社会与经济问题会更大；因为国家拉动内需刺激经济增长需要房地产的兴旺。

“其二，国家继续推进城镇化进程，需要房地产；市民要过幸福好日子，离不开房地产；投资也离不开房地产；货币保值离不开房地产。

“其三，大中城市房地产市场在大的经济背景下回温，预示 2010 年房市将迎来真正的春天。

“其四，1998 年亚州金融危机曾导致房地产一度低迷，但随着危机消退，房地产市场从 2000 年开始复苏，走高的抛物线一直延伸到 2007 年，说明此次楼市的复兴也将会有一个较长的走高周期。

“其五，国家经济工作会议提出调控房市，之后国务院出台‘国四条’遏制房价过快增涨，紧接着国家五部委联合发文打击开发商囤地，但这些并不会影响房地产市场的回温。

“下面，我与大家探讨第一个方面的话题……”

赵小小的演讲抑扬顿挫，又很懂得利用面部表情和手势等肢体语言，演讲时激起会场一阵又一阵掌声。赵聪灵也激动地拍着巴掌。赵小小用幽默睿智的语言风格带出其个性化的观点，搅得会场情绪起伏。

赵小小演讲的结尾是关于房价的论述，更把会场气氛推向了高潮。他说：“房价的稳步上涨是不可逆转的趋势，因为政府不希望房价下跌，买了房的人不希望房价下跌，投资与投机购房者更不希望房价下跌；只有那些买不起房的人，才指望房价下跌。三比一的势力，大家说，房价能不继续上涨吗？”

他最后预言：2010 年中国房地产市场会出现 V 形反弹！

掌声潮涌中，赵小小走下了演讲台。他的脚步像写着一串省略号，让听众久久去回味房地产的发展与新中国建设之于哲学的思辨与无穷内

涵……

走出会场时,董宏理笑脸如春地对赵聪灵说:“我们今天的活动又收到了预期效果,相信赵小小的大胆观点又会成为媒体报道的猛料。”赵聪灵连连点头附和。

董宏理再道:“经历房市的潮起潮落,对于我们搞房地产策划的人来说是一个好机会! 今天,赵小小把市场回温的春讯早早地带给了我们;我们预备再好好干一场吧!”说完,董宏理伸手和赵聪灵的手紧紧握到了一起……

2010年的春天，江边市及全国的房市波澜不惊。然而平静的表面下，又一场掠地的争夺战开始在全国各大城市悄然上演，媒体报道各地“地王”争相涌现。

春节后上班，董宏理与赵聪灵针对阳光国际城尾期开发的营销，进行了挖空心思的研讨，准备了一系列“出奇制胜”的营销策略，立志再造市场神话。

明媚的三月，中央“两会”召开。“两会”议题，楼市调控成为热点，并传递出要开征物业税试点的信息。董宏理与赵聪灵放下其他工作，开始专心关注起“两会”有关的地产政策走势。

政府工作报告再次重申：政府要坚决遏制部分城市房价过快上涨势头，满足人民群众的基本住房需求。2010年建设保障性住房300万套，各类棚户区改造住房280万套；继续支持居民自住性住房消费；增加中低价位、中小套型普通商品房用地供应；抑制投机性购房，加大差别化信贷、税收政策执行力度；坚决遏制房价过快增涨，大力整顿和规范房地产市场秩序……住房与城乡建设部官员也措词强硬地表态:抑制房价过快增长,不行也得行!“两会”上政府高层决心抑制房价过快增涨的表态,声色俱厉。其间国土部再次下文规范土地交易行为。“两会”上,代表们及社会舆论对房市现状诟病声一片。房地产界的代表们对自己的行业噤若寒蝉,转而言他。董宏理从网上报上看到这些信息,蹙着眉头出着粗气对赵聪灵说:“房地产市场发展这二十多年,改变了中国改变了生活,现在全国上下怎么又反戈一击,对房地产业群起而攻之!仿佛有非把房市生机扼杀而后快的势头!这不公平嘛!我们地产界的声音哪儿去了,难道地产大鳄们都只顾闷声闷气发财吗?怎么就不据理力争呢?”

赵聪灵也一脸忧悒地附和说:“今年的楼市开局氛围有点倒春寒的味道啊,这样下去的话,刚刚复苏的房地产业发展就会举步维艰了。”

第二天,赵聪灵上网浏览有关房市的宏观信息,发现网民们对中央立志重拳调控房地产反响兴奋。他浏览到一处有关“两会花絮”的动态,精神被一则报道振作了起来。他当即下载打印了一份,兴冲冲跑到了董宏理的办公室:“董总,两会上终于有地产界的声音了。你看,您欣赏的地产大亨任方祥代表又英勇开炮了……”董宏理欢喜地接过打印纸,一行标题“任方祥的言论你爱听吗?”跃入眼帘。内文摘录了他的一些惊人言词:“中国年轻人就该买不起房”“买卖有理,炒房无罪”“倒卖土地具有合法性,并非都是犯罪”……董宏理看完后哈哈大笑,说:“好啊!好啊!终于有我们地产界的声音了!痛快!痛快!我们的房地产业应当多站出来几个像任方祥这样的孤胆英雄!”董宏理激动地用指头弹了一下不倒翁,不倒翁笑得前仰后合。

赵聪灵也跟着高兴,表示赞同董宏理的观点。

春暖花开的时节,赵聪灵陪董宏理在阳光国际城旁边的沿江大道上散步,江边清风拂着他俩闲散的身影。举目河西这一片平整的开发地,停工一年多的几个项目都重新开工起来,片区显示出一派忙碌和热闹的景象。城市的天空没有蓝天,灰蒙蒙的,显得高深莫测。

赵聪灵向董宏理说起在网上看到的、有关中国地产风云人物任方祥的一则昨日新闻:日前他在济南演讲,再次大放“厥词”称,中央意愿只抑制房价过快上涨,并没有叫房价下跌的意思;又说物价上涨房价下跌不符合市场规律;还说商品房天生就是给有钱人造的,没钱人应当把租房作为首选……突然,形如小布什在伊拉克演讲遭遇的一幕:会场冷不防有个年轻人从座凳上蹦了起来,向他扔过去一只鞋,嘴里喊道"你在放屁!";又扔过来第二只鞋,嘴里仍愤慨地骂"你在放屁!"……任方祥反应敏捷,本能地躲避了两枚"鞋弹"的袭击,一时乱了方寸,片刻才回过神来。他立正了身子,缓了口气便对着话筒,面向惊愕的全场清了清喉,调侃说:"我现在也享受到总统待遇了。"……

董宏理听着听着便站住了,完后,他一手拍着赵聪灵的肩膀爽朗大笑起来,笑得前俯后仰,便一个劲地称赞任方祥这家伙真是有种!有种!

轶闻趣事的插曲,让他们的心情突然变得十分舒展。他们并肩一起在风光带上散步,话题也多了起来。分析年初国家出台打击囤地的政策、"两会"刚刚闭幕,为何各地"地王"又争相出现;谈论国内一线城市楼价出现的"报复性反弹",成交量再创新高的楼市动态。当然,他俩觉得最有噱头的,还是网络另一个热论议题:中国房地产市场是总理说了算,还是房企总经理说了算?这个噱头命题,反映了眼下楼市似乎进入了失控状态。他们又谈及近来"国新 11 条""国新 4 条"相继严厉出台,重拳打压房价过快增涨的宏观调控政策对未来楼市的影响……不知不觉他们走到了沿江路的风光带上,他俩在深入的讨论中似乎也变得心情平静。

煦阳有些晃眼,清风送爽,河西的春天景象毕竟带给人新的希望,时有小鸟啁啾着从头顶飞过。阳光国际城周边的几处工地,机械打桩的轰隆声又响了起来。赵聪灵眯缝着眼睛看着董宏理,说:"中国楼市的健康稳步发展是大政策所趋,也是民心所向。如果房价再过快增长,依中央政府的态度,势必还会采取更严厉的抑制措施来宏观调控,进一步规划市场。我认为市场回升后,2010 年的房价回落不太可能,但赵小小预言的房市 V 形反弹难成现实。估计江边楼市 L 形反弹在所难免。"

董宏理面带微笑听得不声不响,又语气温和地冲赵聪灵道:"小赵,你继续说……"

赵聪灵于是又说:"以后置业者会更趋向理性购房。董总,我们的营销思路是不是也得顺时应变才行了?”

董宏理放松地迈着步子,若有所思。然后,他英雄所见略同、郑重其事地冲赵聪灵点了点头:“中国房市仍处在一个青春朝气的成长期,一味打压市场,肯定不是解决问题的好办法!不过呢,市场的大起大落也不是一回事,那样无论对宏观经济、开发商还是购房者,都会折腾得够呛的!政府调控政策怎样与楼市自身的发展更协调,更能促进市场稳健成长,的确是一个很有挑战性的话题。”

清江水涨,默默无语,两岸城市风光的天际线正在以新貌展现,象征着江边市的房地产业方兴未艾……